조선의 영혼을 훔친 노래들

ㅎ 06

조선의 영혼을 훔친 노래들

시조로 만나는 조선의 풍경

김용찬 지음

한티재

책머리에

간혹 고등학교에서 학생들을 가르치는 국어 교사들과 만나 얘기를 나누다 보면, 학교 현장에서 고전문학을 가르치는 것이 갈수록 어렵게 느껴진다는 이야기를 자주 듣는다. 무엇보다 학생들에게 흥미를 불러일으킬 수 있는 교수 방식을 찾기가 쉽지 않다는 고충을 토로하면서, 교사와 학생들이 이용할 수 있는 자료가 생각보다 많지 않다는 내용도 덧붙였다. 생각해보니 이러한 고민은 대학의 강의실에서도 마찬가지였다. 국문학을 전공하는 대학생들도 여전히 고전시가를 어렵게 생각하고, '고전문학은 어렵다'는 선입견이 자리를 잡아 관련 과목을 멀리하는 경우가 적지 않다.

아마 이러한 현상이 만연하기까지, 고전문학을 전공하는 연구자들의 책임이 가장 클 수밖에 없다고 생각한다. 대학의 강의에서도 고전문학 관련 과목들은 여전히 '규범적인 해석'을 중시하고 작품에 대한 '닫혀진' 해석으로 이어져, 고전문학은 '재미없다'라는 생각을 갖게 하는 것은 아닌지 반성할 필요가 있다.

나는 고전문학 연구자로서 고전문학 작품을 해석하는 데 나름대로 새로운 접근을 시도하고 있다. 그러한 방안의 하나로 학생들이나 일반 독자들이 쉽게 접할 수 있는 고전문학의 대중화 작업을 꼽을 수 있다. 조선시대의 시조문학을 보다 쉽게 풀어내어 독자들에게 소개하려는 이 책의 기획은 바로 이러한 문제의식에서 비롯된 것이다. 그러한 의도가 독자들에게 제대로 전달될 수 있기를 바랄 뿐이다.

우리에게 노래란 무엇인가? 울적할 때면 노래를 부르며 마음을 달래고, 때로는 누군가가 부르는 노래 한 곡조가 다른 이들의 감정을 고양하기도 한다. 노래가 없는 삶은 쉽게 상상할 수 없다. 그만큼 노래란 우리의 삶에서 생동감을 불러일으키는 활력소가 되어준다. 옛사람들 역시 노래로 가슴 속에 쌓인 시름을 풀었으며, 심신을 수양하는 데 윤리적 관념 못지않게 음악을 중요하게 생각했다. 고전문학 작품 속에 남아 있는 수많은 시가 작품들은 바로 우리의 선조들이 향유했던 노래들이다.

여기서 다루고 있는 시조 작품들 역시 옛사람들의 노래이다. 주로 조선시대에 지어지고 향유되었던 시조 작품들은 언제나 '현재'의 언어로 지어졌다. 옛사람들은 시조를 통해 자신의 사상과 감정을 표출하고, 풍류와 흥취를 즐기며, 당대의 현실과 역사에 대해 비판적인 목소리를 토해내기도 했다. 언뜻 고루하다고 생각하고 있는 시조 작품들을 읽다 보면, 오히려 풍부하고 다양한 주제와 세계가 펼쳐져 있다는 것을 확인할 수 있다. 그들의 '현재'가 우리에게는 '과거'이지만, 그들의 '현재'를 통해 오늘의 '현실'을 이해할 수 있는 실마리를 찾을 수 있을 것이라 생각한다.

실제로 다양한 시조 작품들을 통해 우리는 당시 사람들의 삶과 문화에 다가갈 수 있다. 이 책은 우리의 옛 노래인 시조를 통해, 조선시대 사람들이 어떻게 생각하고 또 어떤 모습으로 살았는가를 보여주고자 했다. 다시 말하자면 시조를 통해 조선시대 사회의 조감도를 그리고 싶었다. 여기에서 다룬 작품들만을 보더라도 자연을 사랑하고 인간을 생각했던 옛사람들의 마음이 그대로 묻어나는 것을 확인할 수 있을 것이다. 또한 작품을 통해 그것이 지어진 당대의 사회를 읽어낼 수 있는 안목을 키울 수 있다고 본다.

이 책이 그저 단순한 시조 해설서로 그치는 것이 아니라, 작품을 통해 옛사람들과 교감할 수 있는 통로가 되었으면 좋겠다. 즉 문학을 통해 들여다본 사회와 문화의 내밀한 풍경화로 독자들이 읽어주었으면 한다. 먼저 이 책은 하나의 주제를 정해 그것을 관류할 수 있는 열쇠를 찾아 작품들을 분류하고, 작품 해석과 더불어 다양한 이야기를 펼쳐냈다. 모두 스무 개의 주제를 선정하고 한 주제에 5~6수의 작품을 대상으로, 그 주제에 가장 잘 어울리는 작품의 초장을 그대로 각 주제의 제목으로 삼았다.

문학은 언제나 작품만을 떼어내서 볼 것이 아니라, 그것이 지어진 배경과 지은이의 처지를 고려하면서 읽어야만 제대로 이해할 수 있다. 나의 경우 짧지 않은 기간 동안 고전시가를 연구하면서, 시조 작품들에서 고리타분함이 아닌 그 작품을 창작하고 향유했던 이들의 '자유로운 영혼'을 느낄 수 있었다. 만약 독자의 일부라도 나의 이러한 생각에 동의할 수 있다면, 이 책을 출간한 소기의 목적을 이뤘다는 위안으로 삼고자 한다. 책의 제목을 『조선의 영혼을 훔친 노래들』이라 붙인 이유도 바로 이러한 점을 고려한 것이다.

이 책의 주요 내용은 십여 년 전 이미 한 차례 세상에 선을 보였던 원고들이다. 처음 책의 내용을 기획하고 원고를 집필하기까지 삼 년여의 시간이 소요되었다. 이후 내 저서 목록에만 이름을 올리고 책의 존재가 조금씩 잊혀져가는 시점에, 한티재의 오은지 대표와 변홍철 편집장에 의해서 새로운 옷을 입고 다시 세상에 선을 보이게 되었다. 대학 시절부터 오랫동안 인연을 맺어온 두 사람이 올해 초 내가 사는 순천을 찾아와, 이 책을 다시 출간하고 싶다고 한 것이다. 그래서 시조문학을 개략적으로 소개하는 '프롤로그'를 붙여 새로운 모습을 갖추게 되었다. 잊혀져가는 원고에 새로운 호흡을 불어넣어준 도서출판 한티재의 관계자들에게 감사의 말을 전한다.

금년은 내가 대학에 자리를 잡아 학생들을 가르치지 시작한 지 만 이십 년이 되는 해이다. 그때 태어난 아들 가은이는 이제 고등학교를 졸업하고 대학에 입학했다. 강권하지 않았음에도, 제 부모들의 뒤를 따라 국문학과를 선택해서 이제는 엄연한 동학(同學)의 길을 걷게 된 것이다. 학기 중에는 기숙사에서 지내는데, 주말마다 돌아오는 아들과의 만남이 요즘 내 삶에 활력소가 되고 있다. 여전히 '밀양'을 비롯하여 곳곳을 누비며 활발한 활동을 이어가고 있는 아내 심명선에게도 고마움과 함께 깊은 사랑을 전한다. 또한 팔순이 넘은 어머니는 건강한 모습으로 생활하시는데, 건강을 잘 유지하셔서 오래도록 우리 곁에 함께 계실 수 있기를 간절히 소망한다. 앞으로도 어렵게만 여겨지는 우리의 고전시가를 독자들이 쉽게 접하고 이해할 수 있도록, 또 다른 성과물로 만날 수 있도록 노력하겠다는 약속을 드린다.

2019년 7월 초순

순천 향림골의 여중재(與衆齋)에서

김용찬

차례

책머리에 004

프롤로그 시조, 조선의 노래 012

1 노래 삼긴 사람 시름도 하도 할샤 034
2 초당에 일이 없어 거문고를 베고 누워 049
3 옛사람 풍류를 미칠까 못 미칠까 065
4 연하로 집을 삼고 풍월로 벗을 삼아 081
5 내 마음 베어 내어 저 달을 만들고자 101
6 한 몸 둘로 나눠 부부를 삼기실사 117
7 오백 년 도읍지를 필마로 돌아드니 134
8 남으로 삼긴 중에 벗같이 유신하랴 151
9 술이 몇 가지요 청주와 탁주이로다 166
10 사랑이 어떻더냐 둥글더냐 모지더냐 183
11 어져 내 일이야 그릴 줄을 몰랐던가 201
12 꿈으로 차사를 삼아 먼 데 님 오게 하면 219

13 반나마 늙었으니 다시 젊든 못 하여도 236
14 장검을 빼어 들고 백두산에 올라보니 254
15 귀거래 귀거래 말뿐이오 갈 이 없네 274
16 비 오는데 들에 가랴 사립 닫고 소 먹여라 295
17 산촌에 눈이 오니 돌길이 묻혔세라 316
18 재 넘어 성권농 집에 술 익단 말 어제 듣고 336
19 환욕에 취한 분네 앒길 생각하소 355
20 상공을 뵈온 후에 사사를 믿자오매 373

작가 소개 391
작가 찾아보기 406
작품 찾아보기 408

프롤로그

시조,
조선의 노래

시조는 노래이다. 지금도 여전히 시조는 악기의 반주를 수반하여 노래로 불리고 있다. 더 정확하게 말한다면 시조는 우리의 전통 노래 양식을 가리키며, 그 노랫말이 바로 문학 작품으로서의 시가인 것이다. '시가(詩歌)'는 문학으로서의 '시(詩)'와 음악으로서의 '노래(歌)'가 결합되어 있는 양식을 지칭하는 용어이다. '현대시'라는 명칭과 달리 '고전시가'라는 용어를 사용하는 이유는, 그것이 노래로 불렸던 사실을 반영하고 있기 때문이다. 하지만 오늘날의 교육 현장에서는 노래로서의 시조를 접해볼 기회가 거의 없기 때문에, 시조를 노래가 아닌 문학 작품으로만 가르치는 경우가 일반적이다. 시조를 노래하는 방식의 하나인 가곡(歌曲, 가곡창)은 지난 2010년에 유네스코 세계무형문화유산 가운데 하나로 등재되었다. 따라서 우리는 시조가 노래이자 문학이기도 하다는 것을 염두에 두고 작품을 감상할 필요가 있다.

조선을 대표하는 노래

시조가 우리 문학사에 출현한 정확한 시기를 확정할 수는 없지만, 지금까지 전해지고 있는 작품들의 면모로 보건대 고려 말엽에 창작되기 시작했다는 것이 일반적으로 통용되는 견해이다. 한시(漢詩)와는 달리 시조는 순 우리말로 부르는 노래이기에, 처음에는 이를 기록할 수단이 없어 구전(口傳)될 수밖에 없었다. 때문에 고려시대에 창작되었던 작품들은 입에서 입으로 전해지다가, 조선시대 세종 임금에 의해 한글이 창제(1446)된 이후 비로소 문자로 기록될 수 있었다. 이러한 전승 방식의 특성으로 인해, 고려시대에 창작된 작품들은 구전되는 과정에서 내용이나 표현이 바뀔 수 있었다. 구전을 통해서 후대에 전해진 몇몇 작품들의 경우, 작자의 이름이 원작자가 아닌 다른 사람으로 잘못 알려졌을 가능성을 배제할 수 없다. 실제로 적지 않은 작품들이 수록된 문헌에 따라 작가의 이름이 서로 다르게 표기되어 있기도 하다.

일부 학자들은 작품이 수록된 문헌의 편찬 시기가 늦고 후대에 전해진 경로가 분명하지 않다는 이유 등을 내세우며, 고려 말에 창작된 작가와 작품들의 진위에 대해서 의문을 제기하기도 하였다. 그러나 고려 말에 창작된 작품들에 관한 일화가 적지 않고, 또한 시조가 노래로 불렸다는 다양한 기록들도 전해지고 있다. 이러한 근거들을 토대로 시조가 고려 말기에 창작되어 향유되었다는 견해가 오늘날에는 일반적인 학설로 받아들여지고 있다.

한글이 창제된 이후에도 조선시대의 지배 계급인 양반들은 여전히 한글보다 한문을 우선적으로 사용하였다. 그래서 한시와 달리, 한시를 짓는 나머지 시간을 들여 지은 작품이라는 뜻으로 시조를 '시여(詩餘)'라고 부르기도 했다. 그들은 한시야말로 진정한 '시'이고, 시조와 같은 우리말 노래들은 '시의 나머지'로서의 의미를 지닌다고 생각했던 것이다. 하지만 사대부들 중의 일부는 노래로서의 시조가 지닌 예술적 가치를 인정하였고, 시조를 창작하여 한시와는 다른 효용이 있다는 점을 인정하게 되었다. 예컨대 조선 전기의 학자인 이황(李滉, 1501~1570)은 자신이 지은 연시조(聯時調) 「도산십이곡」의 발문(跋文)에서 한시에 대해 "읊조릴 수는 있지만 노래할 수는 없다(可詠而不可歌)"고 하였다. 다시 말하자면 이황이 「도산십이곡」이란 시조 작품을 창작한 이유가, 한시로는 충족될 수 없는 노래에 대한 욕구를 해소하기 위한 것이었음을 밝히고 있는 것이라 하겠다.

조선시대에는 시조를 가리키는 고정된 명칭은 없었으며, '노래' 혹은 짧은 노래라는 의미의 '단가(短歌)'라고 부르는 것이 일반적이었다. 이 밖에 말을 길게 늘여 노래한다는 의미의 '영언(永言)'도 사용되었고, 새로운 노래라는 뜻의 '신번(新飜)' 혹은 '신조(新調)'라는 기록도 발견할 수 있다. 또한 한시에 대비되는 개념으로 '시여(詩餘)'라는 명칭도 있으며, 음악 연주에 맞추어 부르는 '시조(時調)'와 '가곡(歌曲)'이라는 창법도 시조를 지칭하는 용어로 사용되었다. 조선 후기에 편찬된 가집들의 제목에서도, 『청구영언』이나 『가곡원류』 등과 같이 시조가 노래라는 사실을 드러내고 있다. 이러한 명칭들 중에서 시조를 노래하는 창법 중의 하나인 '시조'가, 20세기 이후 국문학 연구자들에 의해서 하나의 갈래 명칭으로 굳어져 지금까지 사용되고 있는 것이다.

고려 후기에 새롭게 등장했지만, 시조는 조선시대에 가장 많이 창작되고 향유되었던, 조선을 대표하는 노래라 할 수 있다. 조선 전기에 주로 시조를 창작했던 이들은 당대의 지배 계층이었던 사대부들이었다. 고려 후기에 새롭게 유입된 유학(儒學)의 일파인 성리학(性理學)을 기반으로 성장한 학자들을 일컬어 신흥사대부(新興士大夫)라고 하는데, 고려 말엽으로 접어들면서 이들은 점차로 불교를 추종했던 기존의 집권층에 맞서는 새로운 세력으로 성장한다. 새 왕조인 조선의 건국에 대한 의견 대립으로 인해 신흥사대부들은 고려 왕조를 지키려는 이들과 새로운 왕조를 세우려는 세력으로 분화되었고, 끝내 정치적으로 서로 다른 길을 걷게 되었다.

일부는 고려 왕조의 몰락과 함께 의리를 지키기 위하여 은거 생활을 선택하였고, 또 다른 부류들은 조선의 건국에 적극적으로 참여하여 새로운 왕조의 주축 세력으로 활약하였다. 비록 정치적으로 다른 선택을 했지만, 이들은 성리학을 사상적 기반으로 하고 있었다는 점에서 동질적인 세력이라 할 수 있다. 지방으로 은거한 학자들에게 교육을 받았던 제자들 가운데 일부는 조선 왕조가 안정기에 접어드는 16세기 무렵에 사림파라는 명칭으로 중앙 정계에 진출한다. 이후에 조선의 권력 집단은 사림파와 훈구파로 나뉘어 치열한 권력 투쟁을 하였으며, 얼마 지나지 않아 훈구파가 몰락하면서 사림파가 자연스럽게 권력의 중심에 자리를 잡게 되었다. 훈구파와 사림파를 막론하고, 이들 사대부들에 의해 창작되었던 조선 전기의 시조는 그들의 세계관과 미의식을 가장 잘 반영한 양식이었다.

고도로 정형화된 시가 양식

시조는 우리나라의 대표적인 정형 시가이다. 네 개의 음보(音步, 소리마디)가 결합하여 한 행을 이루고, 그것이 세 번 중첩되어 한 수를 이루는 '4음보격 3행시'이다. 그 형식은 초장·중장·종장의 3장으로 구성되며, 각 장은 네 개의 음보로 이루어진다. 다음 작품을 통해 시조의 형식적 특징을 살펴보기로 하자. (작품에서 '/'은 각각의 음보를 구분하는 표지이며, '//'은 행(장)을 구분하는 표지이다.)

잔 들고 / 혼자 앉아 / 먼 뫼를 / 바라보니 //
그리던 / 임이 오다 / 반가움이 / 이리 하랴 //
말씀도 / 웃음도 아녀도 / 못내 좋아 / 하노라. // — 윤선도

이 작품은 윤선도(尹善道, 1587~1671)의 「산중신곡」 연작 중 전체 여섯 수로 구성된 「만흥(漫興)」 가운데 제3수이다. '만흥'이란 사람의 마음에서 절로 일어나는 흥취를 일컫는데, 이 작품에서는 작자가 전라도 해남의 금쇄동에 은거할 당시 느꼈던 감흥을 담아내고 있다.

초장에서 화자는 혼자 앉아 술을 마시며, 문득 고개를 들어 바라본 먼 산(뫼)의 풍경에 빠져들었다. 만약 홀로 있는 화자에게 평소 그리워하던 '임'이 찾아온다면, 반가운 마음이 더할 나위 없었을 것이다. 하지만 주변의 자연 풍광이 너무도 아름답기에, 기다리던 임이 온다 하더라도 지금 화자가 느끼는 심정에는 미치지 못할 것이라는 생각이 중장에 드러나 있다. 종장에서 화자는 주변 풍경을 바라보는 것만으로도 못내 좋아할 수밖에 없다고 강조한다. 즉 반가운 임이 온다면 서로 말씀도 나누고 오랜만에 만난 기쁨에 웃음도 절로 나겠지만, '먼 산'을 바라보면서 느끼는 지금의 심정이 더 만족스럽다는 것이다. 작품을 읽다 보면 술을 마시며 아름다운 자연의 풍경에 취해 즐거워하는 화자의 모습이 머릿속에 그려진다. 특히 이 작품에서는 한자어를 전혀 사용하지 않고 순 우리말로만 시어가 구성되어 있는데, 바로 이러한 면모가 윤선도를 일컬어 '우리말의 연금술사'라는 호칭을 가능하게 하는 중요한 요인이라고 하겠다.

이 작품에서 보는 바와 같이 시조는 각 장마다 네 개의 음보를 중심으로 시상을 전개하며, 마지막 행인 종장의 제2음보는 상대적으로 많은 음절수를 배치하여 시적 긴장을 이끌어낸다. 이처럼 정연한 형식을 취하는 작품들을 '평시조'라고 하는데, 초장과 중장에서 시상을 개방적으로 전개시킨 다음 종장에서 그 이완된 흐름을 압축하여 고조시키며 마무리한다. 대체로 평시조는 종장의 첫 음보에 3음절로 이루어진 감탄사를 배치하여 정서를 고양하는 역할을 하고, 둘째 음보는 5음절 이상으로 확장함으로써 정서를 효과적으로 집약할 수 있도록 하였다. 종장의 마지막 음보 역시 감탄형이나 의지형 어미로 마무리하여, 시적 주체의 정서적 환기를 불러일으키면서 작품을 종결짓는다. 이상에서 설명한 바와 같이, 시조는 안정된 호흡과 세련된 시상 전개 방식을 동시에 갖춘 고도로 정형화된 시가 양식인 것이다.

조선 전기의 시조

조선 전기의 시조문학은 주로 사대부들이 중심이 되어 창작하고 향유했던 양식이었다. 이들은 시조를 통해 자신들의 사상적 기반이었던 성리학적 세계관에 부합하는 심성을 함양할 수 있다고 여겼다. 사대부들은 그 덕목으로 '온유돈후(溫柔敦厚, 부드럽고 온화하며 성실한 인품을 일컬음)'를 내세웠는데, 말씨나 얼굴빛이 온화하고 부드러우며 마음가짐이 너그럽고 두텁게 행동하는 것을 의미한다. 이러한 마음으로 작품을 창작한다면 진실하고도 맑은 소리로 사람들의 선(善)을 이끌어 내고 마음에 쌓인 더러움을 씻어낼 수 있다고 보았다. 이들은 내면의 도덕적 수양을 지극히 강조했는데, 내면 수양이 전제되어야만 관직에 나아가서 역량을 펼칠 수 있다고 생각했다. '수기치인(修己治人)'은 그러한 사대부들의 의식세계를 드러내는 용어라고 할 수 있다. 인간을 포함한 우주의 질서를 조화롭게 이해할 수 있도록 내면 수양을 하는 것이 '수기(修己)'의 요체라고 파악했으며, 이를 위해 성리학적 이념을 갖추고 자신의 도덕적 역량을 함양할 수 있도록 힘썼다. 내면적 수양을 갖춘 이후에 관직에 나아가 다른 사람을 교화하는 '치인(治人)'의 덕목 역시 사대부들에게는 가장 중요한 가치라고 인식되었다.

이런 까닭에 사대부들이 창작한 조선 전기 시조 작품들의 주제가 주로 '강호자연(江湖自然)'과 '훈민(訓民)'이었던 것은 매우 자연스러운 양상이다. 조선 전기 시조들을 살펴보면, 대체로 '훈민'이나 '연군(戀君)' 등 유가(儒家)의 이념과 규범을 노래한 작품들과, 벼슬에서 물러난 화자가 혼탁한 세속의 갈등을 강호자연의 공간에서 심성을 기르며 유유자적하는 삶을 형상화한 작품들이 주류를 차지하고 있다. 이들 가운데 강호시조가 정치적 현실에서 물러나 있는 처사(處士)로서의 모습을 형상화하고 있다면, 훈민가(訓民歌) 계열의 작품들에는 관직에 진출하여 임금을 섬기고 아래로 백성을 다스리는 대부(大夫)로서의 삶이 투영되는 경우가 일반적이다.

강호시조와 훈민가 등의 범주가 조선 전기 시조사의 주류를 형성하고 있기는 하지만, 현재 전해지는 작품들이 이러한 주제에만 한정되어 있는 것은 아니다. 자신의 늙어가는 모습을 한탄하는 탄로가(歎老歌) 계열이나 세태의 비루함에 대한 풍자를 표출하는 작품들도 적지 않다. 또한 취락적(醉樂的) 풍류를 즐기는 화자의 모습을 형상화하는 작품들도 그 나름의 흐름을 형성하면서 꾸준히 창작되었다. 무엇보다 지은이가 기녀와 무명씨(無名氏)로 기록된 애정시조의 경향은 조선 전기 시조사에서 적지 않은 비중을 차지하고 있다. 이러한 주제의 작품들은 평시조가 사대부적 특질에서 벗어난 인간의 본원적 감성을 표출하고 있다는 점에서 주목할 필요가 있다. 궁극적으로 이러한 작품들이 보여주는 다채로운 형상화의 면모는 조선 후기에 들어서면서 다양한 작품들과 영향을 주고받으며 시조의 경계를 한층 넓히는 데 기여했다.

조선 후기 시조의 변화

조선시대의 문학사는 대체로 17세기 중반을 기점으로 조선 전기와 후기로 구분되며, 조선 후기에는 시조를 비롯한 문학 작품의 창작과 향유에 관여하는 계층이 더욱 확대되었다. 일본과 청나라의 침략으로 발발했던 임진왜란(1592)과 병자호란(1636)의 양대 전란이 끝난 이후, 조선의 일각에서 진행되고 있던 변화의 움직임이 사회와 문화 등 모든 분야에 걸쳐 광범위하게 확산되었다. 이앙법의 실시로 수확이 증대되는 등 농업 분야에서의 성장이 촉진되었고, 도시를 중심으로 장시(場市)가 개설되어 상업이 발달하면서 조선 전기와는 전혀 다른 사회 환경이 조성되었던 것이다. 이러한 변화의 흐름은 서울을 중심으로 도시의 발달을 촉진하였고, 그 결과 다양한 시정문화가 성장할 수 있는 토대가 마련되었다. 이에 따라 도시의 시정(市井)을 중심으로 유흥문화가 서서히 등장하기 시작했고, 중인과 평민들을 중심으로 한 새로운 문화 주도층이 당시의 시정문화를 이끌어 나갔다.

18세기 이후 서울을 비롯한 도시 기반의 시정문화가 성장하면서, 사대부 중심으로 향유되던 문화의 중심은 서서히 변화하기 시작한다. 예컨대 교역이 증가하고 상업이 발달하면서 잉여의 재화가 축적되기 시작했고, 도시의 인구 증가로 인해 잉여의 재화가 여가를 소비하는 곳으로 흘러들어 가면서 자연스럽게 유흥문화가 발달했다. 유흥문화가 성립하기 위해서는, 가무(歌舞)와 각종 기예를 제공하는 기녀와 악공(樂工) 등 국가 기관의 구속에서 벗어난 민간 예능인이 활동할 수 있는 조건이 전제되어야 한다. 조선 후기에는 양대 전란으로 장인과 예능인들이 국가 기관의 예속에서 벗어나 민간에서 활동할 수 있는 조건이 갖춰졌고, 이들의 참여로 시정문화에서 가장 활발해진 분야는 가악(歌樂)이었다. 조선 전기에는 가악이 주로 성리학적 이념에 걸맞은 예악(禮樂)을 실현하는 수단이었으며, 당대의 지배 계층이었던 사대부의 절제된 미의식을 표현하던 양식이었다. 하지만 조선 후기에 이르러 음악은 상업적 수요의 대상으로 부각되었고, 음악과 결합한 시가의 각 갈래(genre)에도 영향을 미치게 되었다. 조선 전기에는 지배 계층만이 향유했던 예술 양식들이, 이 시기에는 경제력을 지닌 사람들이라면 누구든지 대가를 지불하고 즐길 수 있었기 때문이다.

시조 분야에서는 18세기 전반에 편찬된 『청구영언』(1728)을 비롯한 가집들에 조선 후기의 특징이 적절히 반영되어 있다. 시조의 노랫말을 모아 편찬한 당시의 가집은 음악으로 연주되던 가창의 대본으로 활용되었으며, 가집의 편찬을 주도했던 이들은 이른바 '여항인'(閭巷人)이라 불리던 가창자(가객)들이었다. 이 시기에 적극적으로 활동했던 여항인들에 의해 가집이 편찬되고 다양한 작품들이 새롭게 창작되면서, 당연히 그들이 향유한 작품의 미의식에도 영향을 끼치게 되었다. 이들은 자신의 예술적 능력을 토대로 다양한 문화 활동에 적극적으로 참여하여 당시의 문화 활동에 새로운 활력을 일으킨 존재들이라 할 수 있다. 여항인들의 경우 신분적 한계로 인해 태생적으로 신분 상승의 기회가 주어지지 않았기에, 자신이 지니고 있는 재능을 십분 발휘하면서 주로 문화와 예술 분야에서 활동했던 것이다.

이들이 민간에서 다양한 음악 활동을 펼침에 따라 시조 작품을 노래하던 가곡창의 창법도 다양하게 분화되었고, 기존의 곡조와는 다른 새로운 곡조를 개발하는 등 음악상의 변화도 매우 빠르게 이루어졌다. 내용면에서도 이 시기에는 다양한 주제의 시조 작품들이 창작되었으며, 새롭게 등장한 사설시조 작품들이 가집에 수록되어 가곡창의 창법으로 연창되었다. 조선 후기에 등장한 작품들에는 다양한 경험이 수용되었으며, 여항인들이 적극 참여하여 새로운 향유층으로 자리를 잡게 되었던 것이다. 이로 인해 추상적이고 관념적인 내용 일변도에서 벗어나, 시정의 생활과 감성들을 흡수하여 생동감이 넘치는 작품들이 대거 등장하게 되었다.

사설시조의 등장

조선 후기 시조사의 가장 큰 특징 가운데 하나는 바로 '사설시조'의 등장이라 할 수 있다. 사설시조는 김천택이 편찬한 가집 『청구영언』에 '만횡청류(蔓橫淸類)'라는 이름으로 116수의 작품이 수록되면서 비로소 문학사의 전면에 등장했다. 사설시조는 시조와 마찬가지로 본래 평시조보다 긴 내용의 시조를 엮어 넘기는 창법의 명칭으로 사용되다가, 20세기 이후 연구자들에 의해 장형의 시조를 가리키는 용어로 정착되었다. 대개의 경우 종장은 평시조와 비슷한 틀을 유지하되, 초장과 중장 혹은 그 중의 어느 하나가 4음보 율격의

정제된 구조에서 현저하게 이탈하여 길어진 시조를 사설시조라 한다. 다음 작품을 바탕으로 사설시조의 형식과 내용상 특징에 대해 간략하게 정리해보기로 하겠다.

> 어이러뇨 어이러뇨 시어머님 어이러뇨
>
> 소대남진의 밥을 담다가 놋주걱 자루를 부러뜨렸으니 이를 어이 하려뇨 시어머님아 저 아기 하 걱정 말아스라
>
> 우리도 젊었을 때 많이 겪어 보았노라. — 작자 미상

조선 후기의 다양한 작품들에서는 며느리의 입장에서 시집살이의 설움을 표출하고 있는 경우가 일반적이다. 하지만 이 작품은 고부간의 갈등이 아닌 조화로운 모습을 그리고 있어, 그 내용이나 형상화의 측면에서 매우 특이하다. 며느리인 화자는 초장에서 애타게 시어머니를 부르는데, 중장에서는 밥을 푸다가 놋주걱 자루가 부러졌다고 하소연하고 있다. 나무주걱이 아닌 놋주걱은 매우 귀한 살림살이였을 터이니, 주걱을 부러뜨린 것은 시어머니에게 꾸중을 듣게 될 일이다. 하지만 중장의 뒷부분부터 나오는 시어머니의 답변은 독자들의 예상을 뛰어넘는다. 며느리가 남편이 아닌 샛서방(소대남진)의 밥을 푸다가 주걱을 부러뜨렸는데도, 시어머니는 자

신도 젊었을 적에 그런 경험이 있었다고 하면서 관용적인 태도를 보이고 있기 때문이다.

며느리가 자신의 성적 일탈을 시어머니에게 고백한다는 것도 의아한 일이거니와, 그러한 사실을 꾸짖기보다 자신의 경험을 들먹이며 관대히 넘기는 시어머니는 현실에서는 상상조차 할 수 없을 것이다. 조선시대 시어머니와 며느리 사이의 갈등은 해묵은 과제로 여겨졌으며, 민요나 규방가사 등에도 고부간의 갈등은 지속적으로 형상화되고 있었다. 따라서 이러한 작품은 시어머니와 며느리의 직접적인 이해와 거리를 둔 향유자들의 시선을 반영하고 있다고 볼 수 있다. 시집살이에서 벌어질 수 있는 고부간의 에피소드를 진지한 시선으로 다루기보다, 실상에서 벗어난 내용으로 살짝 비틀어 해학적으로 묘사한 것이다. 화자인 여성의 시각이 배제된 이러한 부류의 작품들은 당시 사설시조의 주된 향유층이었던 남성들에 의해 창작되고 향유되었을 것이다.

사설시조에서 다루는 주제들은 기존의 평시조 작품들에 비해 매우 이질적으로 느껴지기까지 한다. 형식면에서도 사설시조는 '4음보 3행시'라는 평시조의 정형에서 크게 벗어나 있다. 이처럼 파격적인 형식을 지닌 사설시조가 평민적 익살이나 사회 현실에 대한 풍자 그리고 자유분방한 체험을 표현함으로써, 조선 후기 문학사에서 새로운 국면이 전개되는 데 중요한 한몫을 했다는 것은 주지의 사실이다. 작품 속에서 화자의 감성이 격하게 표출되는 경우도 사설시조에서는 흔히 발견할 수 있다. 사설시조가 조선 후기라는 시대의 상황 속에서 종래의 관습화된 미의식과 규범적 세계상으로부터 벗어난 인간의 모습과 욕망 그리고 사람들 사이의 갈등을 시의 세계로 끌어들이고 갖가지 추한 것과 비천한 것들까지도 적극적으로 다룸으로써 새로운 문제의 지평을 열었다는 점은 주목해야 한다.

일반적으로 사설시조를 지배하는 원리는 웃음의 미학이라고 할 수 있다. 현실의 모순에 대한 날카로운 반어(反語)와 성리학에 토대를 둔 중세적 관념을 거리낌 없이 추락시키는 풍자가 사용되고 있으며, 서민들의 고달픈 생활을 해학적으로 형상화한 작품들도 적지 않은 비중을 차지하고 있다. 남녀 사이의 애정과 기다림을 형상화한 작품들은 사설시조의 또 다른 특징을 보여주는데, 더 나아가 성적(性的)인 내용을 직설적인 언어로 매우 강렬하게 다루는 작품들도 있다. 개개의 작품들이 내포한 구체적인 의미망을 면밀히 따져 보아야 하겠지만, 이것이 중세 해체기 문학예술사의 혁신적 흐름과 맞닿아 있음은 의심할 여지가 없다.

시조를 노래하는 방식

이제 마지막으로 시조를 노래하는 방식인 '가곡창'과 '시조창'에 대해서 간략하게 살펴보기로 하자.

시조를 노래하는 방식의 하나인 가곡(歌曲)은 전통 성악곡의 하나로, 가창을 할 때 반드시 관현악 반주가 따른다. 거문고와 가야금, 그리고 대금, 단소, 세피리, 장구, 해금 등 관현악 반주가 연주되는 가운데, 우조(羽調)와 계면조(界面調), 그리고 남창(男唱)과 여창(女唱) 등으로 구분하여 다양한 악곡으로 연창되는 성악곡인 것이다. 노래의 형식은 작품을 3장이 아닌 5장으로 구분하여 부른다. 노래를 시작하기 전과 후, 그리고 노래를 부르는 중간에 노래와는 별도로 악기 연주만으로 진행된다. 노래의 앞과 뒤에 연주되는 악기 반주를 '대여음'이라 하고, 전체 5장의 노래 가운데 3장이 끝난 다음에 '중여음'이 연주된다. 다양한 악기 반주를 갖추고 노래하던 가곡창은 어느 정도의 격식을 갖춘 의식이나 연회 자리에서 주로 불렸다.

다음 작품은 현재도 '이삭대엽'의 곡조로 불리는 작품인데, 이를 통해서 가곡창의 음악적 형식을 살펴보기로 하자.

(대여음 — 전주)

버들은 실이 되고 (1장)

꾀꼬리는 북이 되어 (2장)

구십삼춘九十三春에 짜내느니 나의 시름 (3장)

(중여음 — 간주)

누구셔 (4장)

녹음방초綠陰芳草를 승화시勝花時라 하든고. (5장)

(대여음 — 후주)

봄이 되어 홀로 있는 화자의 외로운 심사를 표현한 작품으로, 가곡창의 곡조 가운데 하나인 '이삭대엽'의 대표적인 곡으로 지금도 연창되고 있다. 문학 형식에서의 초장이 가곡창에서는 1장과 2장으로 나뉘어 노래로 불리는데, 봄이 되어 우리 주변에 비로소 나타나기 시작하는 버들과 꾀꼬리는 옷감을 짜기 위한 실과 북으로 비유되고 있다. 옷감은 세로로 놓인 날줄과 가로로 엮는 씨줄이 교차하면서 만들어지는데, 이 작품에서 '실'은 바로 날줄이며 '북'은 씨줄을 감아 놓는 도구를 가리킨다. 3장의 '구십삼춘'은 구십 일이나 되는 봄의 3개월을 지칭하며, 막 피어나는 버들과 봄이면 찾아오는 꾀꼬리 소리가 봄철 내내 홀로 지내는 화자의 '시름'을 짜내는 것 같다는 비유이다. 종장에 해당하는 4장과 5장에서는, 녹음방초가 우거지는 계절을 꽃이 활짝 핀 때보다 더 좋다고 하는 다른 사람들의 이야기를 전하는 것으로 끝을 맺고 있다. 이는 다른 사람들의 의견과는 상관없이, 봄철은 결국 화자에게 시름을 자아내는 계절일 따름이라는 의미를 드러내고 있다.

가곡창의 음악 형식은 초장·중장·종장으로 구분되는 문학 형식과 뚜렷하게 구분된다. 초장을 각각 2음보씩 1장과 2장으로 나누고, 중장은 전체를 그대로 3장으로 하여 가곡창으로 부른다. 노래를 시작하기 전에 전주(前奏)에 해당하는 '대여음'을 연주하며, 3장이 끝나고 4장이 시작하기 전에도 간주(間奏)인 '중여음'을 연주한다. 특히 종장의 첫 음보만을 떼어 4장으로 연창하고, 나머지 3음보를 마지막 5장으로 노래한다. 노래를 마친 다음에는 후주(後奏)에 해당하는 '대여음'이 연주되는데, 이것은 이어 부르는 다음 곡조의 전주로서 대여음의 역할도 하게 된다. 현행 가곡창 가운데 가장 느리게 불리는 '이삭대엽'은 한 곡을 연창하는 데 십 분 정도가 걸린다. 가곡창은 남자가 부르는 남창과 여자가 부르는 여창으로 나뉘어, 지금도 다양한 곡조로 연창되고 있다.

이에 반해 시조창은 간단한 반주가 가능한 악기의 연주에 따라 노래를 부르며, 악기 반주가 없더라도 손장단에 박자를 맞추면서 부를 수 있다. 그래서 반드시 연주자가 필요한 가곡창에 비해 장소나 형식에 구애됨이 없이 누구나 쉽게 배워 부를 수 있다. 노래의 형식은 초장·중장·종장의 3장으로 구분되는데, 문학으로서의 시조는 바로 시조창의 형식을 바탕으로 한 것이다. 다만 시조창에서는 종장의 마지막 음보는 생략하여 노래로 부르지 않는다는 차이점이 있다. 다음 작품은 지금도 시조창의 창법 중에서 '평시조'로 연창되고 있는데, 이를 통해서 시조창의 음악적 특징을 살펴보기로 하자.

> 매아미 맵다 울고 쓰르라미 쓰다 우네 (초장)
> 산채를 맵다는가 박주를 쓰다는가 (중장)
> 우리는 초야에 묻혔으니 맵고 쓴 줄. (종장)

이 작품은 매미와 쓰르라미의 울음소리를 음식의 맛 표현과 연결시켜, 초야에 묻혀 사는 화자의 자족적인 면모를 절묘하게 드러내고 있다. 실상 매미와 쓰르라미는 그 울음소리로 인해 붙여진 이름인데, 화자는 '매미'와 '맵다'를, '쓰르라미'와 '쓰다'를 연결시키고 있다. 산해진미에 길들여진 세상 사람들은 안주로 먹는 '산채(山菜)'는 맵고 '박주(薄酒)'라고도 하는 막걸리는 쓰다고 평가할지도 모른다. 그럼에도 화자는 초야에 묻혀 사는 사람으로, 산채와 박주를 맵고 쓴 줄 모르며 즐기고 있다고 말한다.

시조창으로 부를 때에는 종장의 뒷부분 '맵고 쓴 줄 몰라라'에서 마지막 음보인 '몰라라'는 생략하고 부르지 않는데, 이것이 시조창만의 특징이라 할 수 있다. 악기의 반주가 반드시 필요한 것이 아니기에, 가곡창에 비해 부르기 쉬운 시조창이 조선 후기에 더 대중화되어 연창되었다고 한다. 시조창 역시 지금도 평시조와 사설시조를 비롯하여 다양한 창법으로 불리고 있다. 조선시대에는 시조창이 지역에 따라 다양한 방식으로 불렸다. 예컨대 전라도 전주에서 부르던 '완제', 경상도 중심의 '영제', 충청도 중심의 '내포제' 그리고 서울 중심의 '경제' 등이 그것이다. 하지만 일제 강점기를 지나면서 지역에서 불리던 시조창의 다양한 방식은 제대로 전승되지 못했으며, 지금은 현대식으로 바뀐 창법으로 통일시켜 부르고 있다고 한다. 앞서도 언급했듯이, 문학으로서의 시조와 사설시조라는 명칭은 시조창의 창법을 취해서 명명되었음을 상기할 필요가 있다고 하겠다.

1

노래 삼긴 사람 시름도 하도 할샤

우리는 살아가면서 마음이 울적해질 때면 나지막하게 노래를 부르며 울적한 마음을 달래곤 한다. 노래를 부르다 보면 울적한 마음은 어느덧 사라지고 기분이 풀리는 것을 경험할 수 있다. 무언가 기분 나쁜 일이 있을 때 방문을 걸어 잠근 다음, 음악을 크게 틀어 놓고 정신없이 몸을 흔들다 보면 마음이 진정되기도 한다. 요즘은 어디에서나 쉽게 찾아갈 수 있는 곳이 노래방이니, 한두 시간쯤 실컷 노래를 불러 기분을 전환할 수도 있다. 노래에 소질이 없더라도 목청 높여 마음껏 노래 부르며 스트레스를 날려버릴 수도 있다.

우리에게 노래란 무엇인가? 또 노래는 우리에게 어떤 의미가 있는 것일까? 이러한 질문에 대한 답은 사람마다 조금씩 차이가 있으리라. 노래 부르는 것을 업(業)으로 삼고 있는 사람들에겐 노래가 곧 자신의 인생 자체라고도 할 수 있다. 또 어떤 이들에게는 있으면 좋지만 없어도 딱히 큰 불편함을 느끼지 않는 사소한 것일지도 모르겠다. 주변에는 노래를 잘 부르지 못해 스트레스를 받는 사람들이 심심찮게 있다. 하지만 이들도 남들 앞에서 노래 부르는 것은 힘겨워할지 몰라도, 다른 사람들의 노래를 들으며 마음껏 흥겨워할 수 있을 것이다. 무언가 하나로 답하기는 쉽지 않지만, 적어도 노래가 우리 생활에 활력을 불어넣는 것만은 분명하다.

그렇다면 옛사람들은 노래를 어떻게 인식하고 있었을까? 이 책은 우리의 옛 노래들을 통해 조선시대 사람들이 어떤 생각을 하면서, 또 어떻게 살아가고 있었는가를 차분하게 알아보자는 것을 목적으로 하고 있다. 하지만 '옛사람들의 노래'라는 표현에서 왠지 모를 '진부함'이 느껴지는 것은 아닌가? 불현듯 느린 가락에 졸음이 몰려올 것만 같은 고리타분함이 연상되기도 한다. 이러한 인식이 초래된 것은 우리의 옛 노래들이 '노래'라기보다, 시험에 나와서 어쩔 수 없이 배워야 하는 교과서 속의 '문학 작품'으로만 이해되어 왔기 때문이다.

이 책에서 중점적으로 다룰 '시조(時調)'는 고전시가의 대표적인 갈래이지만, 현대인들에게는 때로 진부하면서도 낯선 느낌을 자아내는 문학 양식이다. 이와 달리 당시의 민중들이 불렀던 민요(民謠)는 일상생활의 체험을 담아내고 있어, 단순하게 느껴지는 그 가락은 오늘날에도 익숙하게 느껴진다. 예컨대 〈모내기 노래〉와 같은 노동요를 듣다 보면, 가락을 흥얼거리며 어깨춤이 절로 추어질 정도로 흥겨움을 맛볼 수 있다. 또 판소리는 줄거리가 있는 이야기를 판소리 창자(唱者)가, 북을 두드리며 장단을 맞추는 고수(鼓手)와 함께 많은 사람들 앞에서 신명나게 펼치는 우리 고유의 민속악이다. 지금도 〈춘향가〉나 〈흥부가〉를 특유의 가락에 실어 노래하는 판소리 창자의 소리에 '얼씨구' 하면서 추임새를 맞추는 관중들의 모습을 볼 수 있다. 판소리는 노래이면서 또한 이야기이기에, 그 내용은 그대로 소설로도 만들어져 많은 사람들에게 읽혔다. 이 밖에도 나라의 안녕을 기원하는 국가의 제전(祭典)에 쓰인 종묘제례악(宗廟祭禮樂)에서는 웅장하고 장엄한 분위기의 음악이 연주되었다. 이처럼 전통 음악 양식은 다양하지만, 그 중에서도 시조가 조선시대 이후로 가장 폭넓게 불리면서 널리 향수되었다.

핵심은 우리가 중·고등학교 국어 시간에 배우는 고전시가 작품들은 단순한 문학 작품이 아니라, 문학(詩)과 음악(歌)이 결합된 하나의 예술 작품이라는 것이다. 이것이 우리 옛 노래들을 '시(詩)'가 아닌 '시가(詩歌)'라고 부르는 까닭이다. 학교 교육에서는 그것들이 주로 문학 텍스트로서만 다루어지고 있기에, 우리는 고전시가 작품들이 음악이기도 하다는 사실을 종종 잊고 지낸다. 더욱이 고전시가에는 낯선 옛 표현(古語)들이 사용되고 있어, 심리적으로 그 거리가 더욱 멀게 느껴지는지도 모르겠다. 그러나 모든 작품들은 당시에 일상적으로 사용되던 '현재의 언어'로 쓰였음을 상기하도록 하자.

따라서 우리는 고전시가를 통해 당시 사람들의 언어 관습에 대해서도 확인할 수 있다. 이 책에서 다룰 모든 작품들의 표현은 가급적 수록된 문헌의 형태를 유지하되, 지금은 쓰이지 않는 철자에 대해서만 현대어 표기에 맞게 고쳤다. 또한 작품들을 문학 텍스트로 다루면서, 각 작품 속에 담긴 당대의 문화적 성격이 충분히 부각되도록 노력했다. 이 글을 읽는 독자들은 각 작품들을 음미하면서 우리 고전시가가 더 이상 '고리타분한' 것이 아니라, 당시 사람들의 풍류와 홍취를 담고 있는 옛사람들의 문화 유산임을 확인할 수 있을 것이다. 이제 고전시가의 대표 갈래인 시조를 중심으로, 우리의 옛 노래에 담긴 이야기들을 하나씩 풀어내기로 하자.

노래 삼긴 사람 시름도 하도 할샤
일러 다 못 일러 불러나 푸돗던가
진실로 풀릴 것이면 나도 불러 보리라. —신흠

조선시대 학자인 신흠(申欽, 1566~1628)이 지은 시조이다. 그는 이 작품에서 노래의 효용을 인간의 보편적인 정서 측면에서 찾고 있다. 초장에서 노래를 처음으로 만든 사람은 시름이 많고도 많았을 것이라 말하고 있다. 이것을 통해 우리는 '노래는 곧 사람들의 시름을 풀기 위한 것'이라는 그의 생각을 엿볼 수 있다. 따라서 중장에서처럼 아무리 말해도 채 풀리지 않는 시름이 있기 때문에, 비로소 노래를 지어 부르고 나서야 풀렸다고 할 수 있다. 초장과 중장에서 노래에 대한 세상 사람들의 보편적인 인식을 제시한 반면, 종장에서는 이를 자신의 문제와 적극적으로 연결시켜 생각하고 있다. 만약 노래를 불러 가슴속에 쌓인 시름을 풀어낼 수 있다면 자신도 노래를 불러 풀어보겠다는 것이다. 여기에서 우리는 신흠이 마음에 맺힌 시름이 있다는 것을 알아챌 수 있다. 종장의 마지막 부분에서 시름을 풀어줄 노래를 "나도 불러 보리라"라고 했지만, 그는 이미 노래가 사람들의 시름을 풀어주는 효과가 있음을 알고 있다. 사대부였던 신흠은 이 작품을 통해 노래의 가치를 적극 옹호하고 있는 것이다.

이를 더 넓게 보면, 노래인 시조가 조선시대 사람들에게는 시름을 풀 수 있는 수단으로 인식되었던 것이다. 노래를 통해 자신의 감정을 다스리고자 했던 것은 민중들에게도 나타난다. 하루 종일 깊은 산속에서 지내야 했던 나무꾼은 때로 노래를 흥얼거리면서 적막감과 피곤함을 달랬으며, 소꼴을 먹이던 목동들도 피리를 불며 지루함을 잊었다. 마을 사람들이 모여 품앗이를 할 때에도 노래는 노동의 분위기를 고조시켰다. 이처럼 노래는 사대부뿐만 아니라 민중들에게도 생활의 활력소와 같은 역할을 했다.

그렇다면 노래가 항상 긍정적인 것으로만 인식되었을까? 젊은 세대와 기성세대의 음악에 대한 생각을 예로 들어

보자. 대체로 젊은 세대는 느린 음악보다 격렬한 비트와 빠른 박자의 음악을 선호한다. 그러나 기성세대는 젊은이들이 즐겨 듣고 부르는 빠른 음악을 대개 공감하지 못한다. 때로는 서로의 음악적 기호 때문에 원치 않는 감정적 충돌이 일어나기도 한다. 젊은 세대와 기성세대의 이러한 갈등은 살아오는 과정에서 생겨난 음악적 취향의 차이에서 비롯된다. 이런 현상을 '세대 차이'로 간단히 치부하기도 하지만, 음악 자체에 대한 생각이 서로 다르지 않다면 얼마든지 공감대를 만들 수 있을 것이다.

음악적 취향의 차이로 겪는 문제는 옛사람들에게도 예외는 아니었던 모양이다. 다음은 조선 후기의 사대부인 김이익(金履翼, 1743~1830)의 작품이다. 이 작품에서 사대부인 김이익과 세상 사람들의 서로 다른 음악적 취향에서 비롯된 문제가 흥미롭게 제시되어 있다.

> 노래로 두고 보면 세상 인심人心 거의 알다
> 휘모리 시조時調에는 조올던 이 눈을 뜨니
> 아서라 이 내 노래 깨어 앉은 사람 잠들일까 하노라. — 김이익

조선시대 양반들은 아무리 급한 일이 있더라도 뛰지 않고

천천히 걷는 것이 체통을 지키는 것이라고 믿었다. 즐겨 듣던 음악도 빠른 음악보다는 느린 곡조의 음악이었다. 그런데 이 작품이 지어졌던 시기에 이미 세상 사람들은 느린 음악보다 빠른 음악을 더 즐겨 들었던 것 같다. 실제로 음악사에서는 조선 후기의 음악적 변화를 '번음촉절(繁音促節)'이라는 용어로 설명하는데, 이는 음악의 절주(박자)가 빨라지고 선율(리듬)이 복잡해지는 현상을 일컫는다. 종종 변화가 빠르다고 느낀 당시 사대부들이 음악에 대해 우려하는 목소리를 기록으로 남기기도 했지만, 그러한 음악적 변화는 되돌릴 수 없는 추세로 여겨졌다. 이 작품에서도 김이익 자신이 좋아하는 음악과 세상 사람들이 즐기는 음악 사이에 적지 않은 간극(間隙)이 있음을 인정하고 있다.

김이익은 노래를 통해 세상 사람들의 인심을 알 수 있다고 말한다. 어떤 노래가 유행하는가를 통해 당시 사람들의 음악적 취향을 읽어낼 수 있다. 중장에서 알 수 있듯이, 당시 많은 사람들이 좋아하는 음악은 휘모리라는 아주 빠른 장단으로 연주된 노래였다. 그런데 휘모리는 시조를 창할 때의 장단 이름이 아니다. 휘모리는 보통 판소리나 산조(散調, 가야금·거문고·해금 등의 악기를 장구의 반주에 맞춰 연주하는 기악 독주의 악곡)와 같은 전통 음악에 사용되는 장단 가운데 하나로, 가장 빠른 속도로 처음부터 급히 휘몰아가는 분위기를 연출한다. 전통 음악의 장단에서 중모리는 가장 기본이 되는 것으로 보통 빠르기의 가락이다. 이보다 느린 장단으로는 진양조가 있으며, 중중모리와 자진모리 그리고 휘모리의 순서로 장단이 빨라진다.

판소리나 산조 등에서는 이 모든 장단이 하나의 작품 속에 번갈아 나타난다. 하지만 시조에 수반되는 음악은 주어진 악곡에 따라 처음부터 끝까지 같은 빠르기로 부르는 것이 일반적이다. 따라서 '휘모리 시조'란 아주 빠른 휘모리의 장단에 맞추어 부르는 노래를 일컫는다. 누군가 빠른 장단의 휘모리 시조로 노래를 하니, 자리에 앉아 졸던 사람들까지 눈을 번쩍 뜰 정도로 흥겨운 분위기가 연출된다. 흥겹고 신나는 음악에 어깨춤을 추며 리듬을 타는 것은 옛날이나 오늘날이나 다를 바 없는 것 같다. 그러나 문제는 김이익은 그것을 못마땅해 하고 있다는 점이다. 그는 세상 사람들과는 다르게, 느린 가락의 장중한 음악을 여전히 더 선호한다. 그래서 휘모리 시조에 "깨어 앉은 사람"이 다시 잠들까 우려해, 느린 가락으로 노래 부르는 것을 그만두겠다고 한다.

아주 단순한 에피소드를 제시하고 있는 것 같지만, 사실 이 작품에는 조선 후기 음악적 변화와 이에 대한 사대부 계층의 음악관이 반영되어 있다. 조선 후기에는 시정의 공간에서 문화 활동이 활발하게 진행되었다. 그전에는 양반들의 잔치나 풍류 모임에서 행해지던 각종 예술 활동에, 평민의 신분이라도 경제력만 있다면 참여할 수 있는 분위기가 만들어졌다. 이 시기에 이르면 음악을 비롯한 각종 예술의 향유가 더 이상 양반들만의 전유물이 아니었다. 신분의 고하를 막론하고 누구나 경제적 능력만 있으면 예술인들을 초청해 공연을 주선하기도 하고, 그렇게 무대에 올려진 공연을 관람할 수 있었다. 그렇기 때문에 예술인들 또한 세상 사람들의 취향에 민감하게 반응할 수밖에 없었다.

그래서 양반 신분인 김이익이 관람하는 노래 공연의 무대에도, 자연히 당시 사람들의 음악적 취향을 반영하여 빠른 장단의 '휘모리 시조'가 불린 것이다. 그는 그러한 변화가 못마땅하기는 하지만 막을 수는 없었던 모양이다. 오히려 자신의 노래가 다른 사람들의 취향에 거슬릴까 봐 자제하고 있는 형편이다. 여기에서 당시 문화적 분위기를 주도해 가던 일반 서민들과 예술가들의 적극적인 교감과 향유되던 음악의 분위기를 알 수 있다. 그러나 다른 한편으로 본다면 빠른 음악을 선호하는 세상 사람들과는 달리 자신만의 음악적 취향을 고수하겠다는 완고함이 느껴진다. 세상의 변화를 거스를 수는 없지만, 자신만큼은 그러한 흐름에서 벗어나 스스로의 음악 세계를 지키겠다는 의지를 보여주고 있다.

이처럼 옛 노래에 담긴 의미를 적절히 풀어낼 수 있다면, 당시 사람들이 생각했던 여러 가지 삶에 대한 인식과 문화적 환경까지 읽어낼 수 있다. 노래가 사회적 성격을 담고 있기는 하지만, 또한 그것은 철저히 개인적인 취향의 문제이기도 하다. 때로는 더운 여름날 시원한 나무 그늘에 홀로 앉아 노래를 부르며 한가로움을 만끽할 수도 있다. 또 기분이 좋아서 자신도 모르게 저절로 노래를 흥얼거리는 경우도 있다. 기본적으로 노래는 개인의 정서적 반응과 밀접한 관련이 있기 때문이다. 다음 두 작품은 노래 자체에 대한 인식보다는 특정한 노래가 불리는 상황을 그리고 있다.

칠십 년 다 지낸 후에 또 팔 년에 다다르니
한가한 이 내 몸이 수역壽域 중에 늙어 간다
오늘날 또 봄을 만나 격양가擊壤歌를 하노라. — 김득연

김홍도(金弘道, 1745~?)**의 〈무동**(舞童)**〉**(국립중앙박물관 소장)

조선 후기에 이르면서 양반들의 전유물이었던 각종 문화 예술 활동을 평민도 경제력만 있다면 향유할 수 있게 되었다. 예술인들은 세상 사람들의 취향에 민감하게 반응했고, 시조에서도 당시 사람들의 음악적 취향을 반영해 빠른 장단의 시조가 즐겨 불렸다.

베잠방이 호미 메고 논밭 갈아 기음매고
농가農歌를 부르며 달을 띠어 돌아오니
지어미 술을 거르며 내일 뒷밭 매옵세 하더라. — 신희문

첫 번째는 역시 사대부인 김득연(金得硏, 1555~1637)의 작품으로, 일흔이 넘도록 평화롭고 한가롭게 살고 있는 자신의 처지를 잘 그려내고 있다. 이 작품에는 고민이 될 만한 어떠한 문젯거리도 등장하지 않는다. '다른 곳에 비해 장수하는 사람들이 많은 고장'이라는 뜻의 "수역(壽域)"이라는 낱말과 "한가한 이 내 몸"이라는 표현이 결부되어 은연중에 자신이 살고 있는 시대가 태평성대(太平聖代)임을 드러내고 있다. '격양가(擊壤歌)'는 '땅을 치며 부르는 노래'라는 뜻으로, 중국 고대의 성군(聖君)이었던 요(堯) 임금이 천하를 잘 다스려 태평성대를 구가하던 시절에 백성들이 불렀다는 노래이다. 나이 한 살을 더 먹어 다시 봄을 맞이했는데, 여전히 자신이 살고 있는 세상이 태평하여 격양가를 부른다는 내용이다. 이 작품에서 '격양가'는 그 노래 자체라기보다는, 일흔을 넘긴 자신이 느끼는 태평한 시절을 상징하는 표현임을 알 수 있다.

두 번째는 조선 후기에 활동했던 가창자(歌唱者)인 신희문(申喜文, 생몰년 미상)의 것이다. 가창자는 다른 말로 가객(歌客)

이라고도 하는데, 전문 혹은 비전문적으로 노래를 부르며 음악 활동을 했던 사람들을 일컫는 말이다. 요즘으로 말하자면, 전문적인 가수와 더불어 전문가 못지 않게 노래를 부르고 즐기는 사람들을 아우르는 개념이다. 가창자들에게 노래란 직업이기도 하고 취미 활동이기도 했다. 조선 후기에 중인 또는 평민의 신분으로 노래 부르는 것을 전문적으로 하면서, 흩어진 시조 작품들을 수집해 노래책(가집, 歌集)을 만드는 사람들이 등장하기 시작했다. 또 양반이나 경제력을 지닌 사람들이 이들을 후원해, 가창자로 활동하는 데 도움을 주기도 했다. 가창자들은 양반이나 부유층들이 주최한 각종 풍류 모임에서 노래를 부르고 일정한 대가를 받기도 했고, 노래를 좋아하는 비슷한 처지의 사람들과 모여 자신들만의 풍류를 즐기기도 했다.

신희문의 이 작품은 평범한 농부의 일상을 그리고 있다는 점에서 주목할 만하다. 이 작품을 나직하게 읊조리면, 농부의 하루 일과가 그대로 그려질 듯하다. '잠방이'는 여름철 농부들이 입는 짧은 바지를 일컫는데, 당시 흔했을 삼베로 짠 잠방이를 입고 호미로 김을 매며 일하는 모습이 그려진다. 여기에서 우리는 당시 농민의 전형적인 모습을 연상할 수 있다. 비록 하루의 일과를 간단하게 제시하고 있지만, 고단한 농사일을 천직으로 여기고 묵묵히 일하는 농부의 모습을 발견할 수 있다.

농부가 달이 떠오를 때까지 늦도록 일하고 집으로 향한다. 농부는 집으로 돌아가면서 무료함을 달래기 위해 나지막하게 노래를 부르며 걸었고, 그때 불렀던 노래가 곧 '농가(農歌)'이다. 그는 노래를 부르며 힘들었던 하루의 피로를 조금이나마 덜었을 것이고, 그렇다면 노래는 농부에게 생활의 활력을 불러일으키는 역할을 한 것이다. 농부는 가을의 풍성한 수확을 기대하며 날마다 반복되는 고된 농사일을 묵묵히 한다. 그렇게 힘든 하루 일을 마치고 돌아온 농부에게 아내는 저녁상에 술을 올리며, 내일은 뒷밭을 매자고 말한다. 비록 고된 농사일이지만, 피로를 달래주는 노래와 아내의 따뜻한 마음씨에서 농부는 다시 힘을 얻을 것이다. 노래는 이처럼 평범한 사람들의 생활 속에서 활력을 불러일으키는 의미로 다가온다.

2

초당에 일이 없어 거문고를 베고 누워

음악은 사람의 마음을 안정된 상태로 이끌어준다. 그래서 음악으로 환자의 재활을 돕는 '음악 요법'이 이용되고 있다. 몸과 마음의 병에 시달리는 환자가 건강을 회복할 수 있도록 음악으로 도와주는 '음악 치료'도 이루어지고 있으며, 이러한 일을 전문으로 하는 음악치료사도 활동하고 있다. 굳이 이런 치료법을 들지 않더라도, 사람들은 불안할 때 음악을 들으면서 마음의 평화를 찾는다. 이처럼 음악은 사람들에게 긍정적인 효과를 더 많이 주는 예술 양식이라 할 수 있다.

우리는 음악이 마음에 위안을 준다는 사실을 경험을 통해 잘 알고 있다. 어린 손자가 부모에게 꾸지람을 듣고 혼자 울고 있을 때, 우리네 할머니들은 손자를 감싸 안고서 노래를 불러주어 달래곤 했다. 할머니가 불러주시는 노래를 들으며 손자는 이내 눈물이 그쳤고, 그 노랫소리를 자장가 삼아 잠에 빠져들었다. 노래는 또한 두려움을 누그러뜨리는 작용도 한다. 늦은 밤 심부름을 다녀오다 지나야만 했던 깜깜한 골목길, 노래인지 괴성인지 알기 힘든 소리를 내지르며 어두운 골목길을 내달리지 않았던가. 특별히 의식하지는 않았겠지만, 이런 경우에도 사소한 음악 활동이 사람들에게 적지 않은 마음의 위안을 가져다주었다.

나는 지금도 누군가 기타를 치며 노래를 부르는 모습을 보면 참으로 그 사람이 부럽다는 생각이 든다. 내 자신이 악기 하나 제대로 다룰 줄 모를 정도로 음악적 소질이 변변치 않기 때문일 것이다. 하지만 좋아하는 음악은 즐겨 듣는 편이다. 세월이 흐르면서 유행하는 음악이 변하고, 세대 사이의 음악 취향이 뚜렷이 구분되기도 한다. 같은 사람도 상황에 따라 듣고 싶은 음악이 달라진다. 이렇듯 사람마다 시대마다 즐겨 듣는 음악의 장르는 다를 수 있지만, 음악을 좋아하는 마음은 보편적이라 할 수 있다.

옛사람들은 음악을 어떻게 생각하고 있었을까? 조선시대의 지배 계급이었던 사대부들에게 음악은 정신 수양의 중요한 수단이었다. 사대부들은 유학, 그 중에서도 중국 송나라 주희(朱熹, 1130~1200)에 의해 완성된 성리학을 삶과 학문의 지표로 삼았다. 사대부들은 성리학을 바탕에 둔 예의범절을 생활의 기본으로 하여 스스로를 엄격하게 절제했고, 때로는 국가에서 법률로 이들의 몸가짐을 규제했다. 또한 사람의 마음을 다스리는 수단으로써 음악을 매우 중시했는데, 윤리와 음악이 결합된 표현인 '예악(禮樂)'이라는 말에서 이를 확인할 수 있다. 이는 인간의 심신(心身)을 수양하는 데 있어 윤리 못지않게 음악이 중요한 역할을 했다는 것을 잘 나타내주고 있다.

예컨대 조선 전기의 유학자인 이황은 전체 12수로 구성된 연시조 「도산십이곡(陶山十二曲)」을 지었는데, 집안의 아이들에게 노래를 부르게 하여 아침저녁으로 듣기도 했다. 그는 작품에 붙인 발문에서, 노래를 하는 사람은 물론 듣는 사람도 정신 수양에 도움이 된다는 것을 강조하고 있다. 조선 후기의 사대부인 이정섭(李廷燮, 1688~1744)도 『청구영언(青丘

永言)』의 발문에 "우리말로 읊조리고 노래하는 사이에 그윽이 사람을 감동시킨다"고 하여, 음악의 가치를 적극 옹호하고 있다. 또한 조선시대에 역대 왕들의 위패를 모시던 왕실의 사당인 종묘(宗廟)에서 펼쳐지던 '종묘제례악'은 음악을 통해 선왕(先王)의 업적을 기리는 국가적인 행사였다. 중요무형문화재 제1호로 지정되어 있는 종묘제례악은 지금도 일년에 한 차례씩 열리고 있다. 이처럼 음악은 국가적으로도 매우 중요한 통치 수단으로 여겨졌다. 정리하자면 음악이 개인에게는 정신 수양의 유용한 수단이었고, 국가를 통치하는 데에는 갖춰야 할 하나의 원리였던 것이다.

조선시대 지식인들은 음악을 가까이하려고 노력했고, 악기 중에서 특히 거문고를 애지중지했다. 거문고는 그 소리가 깊고 장중해 예로부터 '모든 음악의 으뜸(百樂之丈)'이라 여겨져, 학문과 덕을 숭상하는 선비들에게 사랑받았다. 조선시대 사대부들이 즐겨 향유했던 시조 작품들에서 거문고를 가까이하는 선비의 모습을 적지 않게 찾아볼 수 있다.

초당草堂에 일이 없어 거문고를 베고 누워
태평성대太平聖代를 꿈에나 보려 하니
문전의 수성 어적數聲漁笛이 잠든 나를 깨우네. — 유성원

조선시대 학자이자 사육신(死六臣)의 한 사람인 유성원(柳誠源, ?~1456)이 지은 것으로 알려진 작품이다. 사육신은, 조카인 단종을 폐위시키고(1455) 스스로 왕위에 오른 세조의 행위에 죽음으로 맞서 항거한 여섯 명의 충신들을 일컫는다. 이들이 단종을 다시 왕위에 세우려는 '단종복위운동'의 계획을 세우던 중, 변절한 사람의 밀고로 주모자들이 모두 체포되어 반역의 혐의를 받게 되었다. 사육신 중에서 성삼문(成三問, 1418~1456)·박팽년(朴彭年, 1417~1456)·유응부(兪應孚, ?~1456)·이개(李塏, 1417~1456)·하위지(河緯地, 1412~1456) 등은 이를 추궁하던 세조의 국문(鞠問)에 죽음으로 항거했고, 유성원은 거사가 실패했다는 소식을 듣고 곧바로 집에서 자결했다. 비록 단종을 다시 왕위에 세우려는 계획은 실패로 돌아갔지만, 죽음 앞에서 당당한 태도를 잃지 않았던 이들은 지금도 충신의 대명사로 기억되고 있다.

이 작품 속의 주인공은 현재 벼슬을 하고 있지 않고 그저 자연에서 유유자적하며 지내는 선비인 듯하다. 비록 누추한

초당에 거처하며 청빈(淸貧)한 삶을 살고 있지만, 그는 늘 거문고를 가까이하면서 지내고 있다. 나날의 생활 속에서 세속(世俗)의 일에 별로 신경 쓸 일이 없는 그는 가까운 곳에 두었던 거문고를 베개 삼아 한가로이 잠을 청했다. 거문고를 베고 누웠다는 표현이 나오는 것으로 보아, 그가 잠을 청하기 전에 거문고를 연주하고 있었음을 알 수 있다. 그런데 잠을 청하는 이유를 "태평성대를 꿈에나 보려 하"기 위함'이라 말하고 있다. 현실은 태평성대가 아니라는 의미이다. 유성원은 잠을 청해 꿈에서라도, 어진 임금이 다스리고 세상의 질서가 잘 갖춰진 태평한 시대를 만나고 싶은 것이다. 유성원의 현실에 대한 비판적인 인식이 밑바탕에 자리 잡고 있다는 것을 알 수 있다.

문득 들었던 잠을 다시 깨운 것은 '문 앞에서 여러 가닥으로 들리는 어부들의 피리 소리(數聲漁笛)'이다. 아마도 유성원이 꿈속에서 만나고자 했던 태평성세를 조그마한 어촌 마을을 통해 상징적으로 드러내고자 했던 것으로 이해할 수 있다. '옳고 그름(是非)'을 따지고 서로의 이익을 다투는 세속적인 모습과는 달리, 자신이 머물고 있는 조그마한 어촌 마을은 세상의 명리(名利)에 얽매이지 않고 지낼 수 있는 공간이다. 이곳이 평화로울 수 있는 이유를 거문고와 어부들의 피리 소리와 같은 음악에서 찾고 있다. 따라서 이 작품에서 거문고는 혼탁한 현실에서 마음을 붙이지 못했던 그에게 위안을 안겨주는 소재라고 볼 수 있다.

조선시대 선비들은 거문고를 자신의 분신과도 같은 매우 중요한 악기로 여겼다. 그리하여 그들은 정신 수양의 한 방법으로 거문고 연주를 택하기도 했다. 인격 수양을 위해 윤리 도덕 못지않게 음악이 중요하다는 그 당시의 예악관(禮樂觀)에서 본다면 이러한 생활 자세는 그리 이상한 것이 아니다. 설령 세상과 절연하며 지낸다 해도 거문고만 곁에 있으면 세속적 가치를 초월하여 살 수 있다고 생각했다. 때로는 우연히 목격한 오동나무를 보면서 그 나무가 거문고로 만들어지기를 바라기도 한다.

내 집이 깊고 깊어 뉘라서 찾을손가
사벽四壁이 소연蕭然하야 일장금一張琴뿐이로다
이따금 청풍명월淸風明月만 오락가락하더라. — 이정보

석상石上에 자오동自梧桐을 석 자만 베어 내면
일장 현금一張玄琴이 자연히 되련마는
아마도 고산 유수高山流水니 알 이 없어 하노라. ― 낭원군

앞의 작품은 조선 후기의 사대부인 이정보(李鼎輔, 1693~1766)의 작품이다. 이정보는 은퇴할 무렵까지 여러 벼슬을 역임하면서, 대체로 현달(顯達)한 생애를 살았다고 한다. 그는 나이가 들어 관직에서 은퇴한 뒤에도 예능인들을 양성하는 교습소를 꾸릴 정도로 음악에 조예가 깊었던 인물이다. 이 작품 속에서 그는 자신의 집이 속세와 너무 많이 떨어져 있어, 세속의 사람들은 찾을 수 없을 것이라고 말하고 있다. 더욱이 속세에서 깊숙이 떨어져 있는 집은 네 벽(四壁)에 어떠한 장식품조차 없어 소연(蕭然, 쓸쓸한 모양)한데, 오로지 '거문고 한 벌(一張琴, 張은 악기 등을 세는 단위)'만이 덩그러니 놓여 있다. 사람들의 왕래가 거의 없고 '맑은 바람(淸風)'과 '밝은 달(明月)'이 오락가락하며 벗이 되어 준다고 말하고 있다.

어찌 보면 이 작품의 내용은 너무도 단순하다. 그런데 과연 이정보와 같은 사대부가 이처럼 누추한 환경에서 살았던 것일까? 물론 작품 속의 상황을 반드시 이정보의 삶과 일치시켜 해석할 필요는 없다. 하지만 조선시대 사대부들은 그들

이경윤(李慶胤, 1545~1611)**의 〈월하탄금도**(月下彈琴圖)**〉**(고려대학교박물관 소장)

거문고는 그 소리가 깊고 장중해 예로부터 '모든 음악의 으뜸'이라 여겼다. 그림 속의 선비가 타는 거문고는 줄이 없는 무현금이다. 거문고를 단순히 음악을 즐기기 위한 악기가 아니라 정신 수양의 도구로 생각한 선비들의 정신세계를 보여주는 작품이다.

이 즐겨 향유했던 시조를 통해 자신들의 의식 세계를 드러내고자 했다. 이 작품에서 제시하고 있는 모습은 적어도 이정보가 지니고 있던 인식의 일단을 반영하고 있다. 그렇다면 이 작품의 상황은 현실의 모습이라기보다는, 그가 만들어낸 관념적인 상황이라고 보는 것이 더 자연스럽다. 사대부들은 현실에서의 살림살이가 어떠하든, 늘 그들의 작품을 통해 청빈한 생활을 이상적인 조건으로 내세우곤 한다. 이 작품 역시 그러한 관점에서 보아야 하고, 청빈한 삶 속에서 '일장금'으로 상징되는 음악과 항상 함께하고 있다는 것을 강조하고 있는 것이다.

조선시대 사대부들은 이 작품에서처럼 일상에서도 화려하고 사치한 것보다는 검소한 생활을 추구했다. 청빈한 선비들은 자신이 거처하는 방에 요란한 장식을 하지 않고 책을 읽을 수 있는 조그만 서안(書案)과, 책이나 장식물들을 올려놓을 수 있는 사방탁자(四方卓子) 정도를 갖출 뿐이었다. 조금 여유가 있다면 방 뒤편에 간소한 병풍이 놓여 있고, 사방탁자에 도자기도 하나쯤 있을 법하다. 조선시대에는 하얀 빛깔의 백자가 유행했는데, 그것은 사대부들의 검소하고 질박함을 추구했던 정신과 연관되어 있다. 18세기 실학자(實學者)인 이규경(李圭景, 1788~?)은 그의 저서인 『오주연문장전산고(五

洲衍文長箋散稿)』에서 "우리나라는 백자를 선호했는데 임금님께서도 백자를 사용했다. 그 이유는 무엇인가? 청렴하고 결백함을 사랑하였기 때문이다"라고 했다. 이러한 작품들에 드러난 면모를 통해 당시 선비들의 정신적 풍모를 엿볼 수 있다.

뒤의 작품은 조선시대 왕족의 한 사람이었던 낭원군 이간(朗原君 李偘, 1640~1699)의 작품이다. 작품의 내용은 산수(山水)를 유람하다가 바위 주변에 자라고 있는 오동나무를 우연히 발견한다. 오동나무는 재질이 가볍고 잘 터지거나 비틀리지 않아 거문고를 만드는 재료로 이용되었다. 화자는 오동나무를 석 자(한 자는 약 30센티미터)쯤 베어내면 거문고 한 벌(一張玄琴)을 충분히 만들 수 있을 것이라고 생각한다. 하지만 그 오동나무가 자라는 곳은 사람들의 발길이 좀처럼 닿지 않는 '고산유수(高山流水)'이니 세속의 사람들이 알 수 없다. 오직 그런 곳까지 찾아다니며 자연을 즐기는 사람만이 발견할 수 있다. 세상 사람 어느 누구의 눈에도 띄지 않았던 나무는 곧게 자라, 그것을 베어낸다면 충분히 거문고 하나쯤은 만들 수 있게 되었다. 그러나 세상 사람들과는 달리, 궁벽한 곳에 있는 나무를 알아볼 수 있는 자신의 안목을 확인하는 것에서 만족한다.

이제 이 작품의 의미를 좀더 따져보기로 하자. 지은이인 낭원군은 이 작품을 통해 무엇을 말하려고 했던 것일까? 사람들의 발길이 닿지 않는 곳까지도 찾아다니며 유람을 즐기는 자신의 방랑벽을 자랑하고자 함인가? 아니면 세상 사람들은 좀처럼 발견하지 못하는 곳에 서 있는 오동나무를 보고, 그것으로 근사한 거문고를 만들고 싶었던 것일까? 아마도 이 두 가지 모두를 드러내고자 했을 것이다. 그런데 여기서 우리가 생각해볼 것은, 조선시대 왕족들은 벼슬에 나아가는 것이 제한되어 있었고, 정치적 격변이 있을 때마다 단지 왕족이라는 이유로 역모(逆謀)에 연루되는 경우가 적지 않았다는 사실이다. 그래서 왕족들은 자신이 정치에 뜻이 없다는 것을 세상 사람들에게 보여줘야 했으며, 이런 이유로 그들은 사회 현실과는 다소 떨어져 풍류와 여행을 즐기는 것이 일반적이었다.

낭원군 역시 왕족이라는 이유로 늘 사람들에게 주목의 대상이 되었을 것이다. 때문에 세상사와는 다소의 거리를 두고, 여행을 다니거나 좋아하는 음악을 탐닉하면서 살아갔다. 그리하여 우연히 낯선 곳을 지나다가 마주친 오동나무를 보면서 그것이 훌륭한 거문고가 될 재목임에도 알아주는 사람이 없어 버림을 받았다고 생각했을 듯하다. 그의 처지를 염두에 두고 더 깊이 해석해 들어간다면, 그가 오동나무를 보며 능력이 있으면서도 제대로 쓰이지 못하는 자신을 떠올렸다고 생각할 수 있다. 왕족의 피를 이어받았다는 이유로 늘 현실 정치와는 거리를 두고 살아가야 했던 낭원군의 삶이 작품에서 느껴진다.

어찌 됐든 이 작품에서는 오동나무가 거문고로 만들어지는 것이 마땅히 그 쓰임을 다하는 것이라고 인식하고 있다. 이렇듯 조선시대의 지식인들이 거문고로 상징되는 음악을 얼마나 중요하게 여기고 있었던가를 짐작해볼 수 있다. 이제 구체적으로 거문고를 연주하는 모습을 담은 작품을 살펴보면서, 그 의미를 간략하게 설명하며 마무리하자.

거문고 대현大絃 올라 한 괘棵 밖을 짚으시니
어름에 막힌 물 여울에서 우니는 듯
삷기는 전혀 아니 하되 이별離別 어찌 하리. ―정철

거문고 타자 하니 손이 아파 어렵거늘

북창北窓 송음松陰에 줄을 얹어 걸어 두고
바람이 제 우는 소리에 이것이야 듣기 좋다. — 송계연월옹

앞의 작품은 사대부인 정철(鄭鐵, 1536~1593)의 작품으로, 여기에 묘사된 내용은 거문고를 직접 연주해본 사람이 아니면 표현하기 어려울 만큼 구체적이다. 거문고는 '현학금(玄鶴琴)' 혹은 '현금(玄琴)'이라고도 한다. 이는 고구려 왕산악(王山岳)이 거문고를 연주하니 검은 학이 날아들었다는 『삼국사기(三國史記)』의 기록에서 유래한 것이다. 특히 조선시대에는 거문고를 선비의 높은 기상을 나타내는 현묘(玄妙)한 소리를 가진 악기로 여겼다. 현재 거문고는 여섯 줄로 되어 있는데, 첫째 줄부터 각각 문현(文絃)·유현(遊絃)·대현(大絃)·괘상청(棵上淸)·괘하청(棵下淸)·무현(武絃) 등의 명칭으로 불린다. 초장에 나오는 대현은 거문고의 세 번째 현(絃)인데, 16개의 괘(棵, 현악기의 줄을 괴는 기둥) 위에 얹혀 있다. 거문고의 연주법은 왼손으로는 괘를 짚고, 오른손으로는 술대(거문고를 타는 데 사용하는 막대 모양의 도구)로 줄을 쳐서 소리를 낸다.

이 작품은 대현을 연주할 때의 음악적 분위기를 묘사하고 있다. 그 소리가 마치 얼음에 뒤덮여 있는 여울물이 울면서 흐르는 듯하다고 묘사하고 있다. 또한 그 음악의 분위기

를 전혀 서럽지는 않지만, 이별하는 순간 어찌할 줄 모르는 것과 같다고도 표현하고 있다. 사랑하는 사람과의 이별의 순간에 서럽지 않은 사람은 없겠지만, 작품에서는 애써 그러한 감정을 억제하고 있다. 아마도 작품 속에서 묘사된 음악의 분위기가 격한 감정을 토해내기보다는, 절제된 정서를 표출하고 있기 때문일 것이다. 이 작품은 거문고의 연주법과 그 음악적 분위기를 사실적으로 묘사하고 있는 것이 특징이다. 거문고를 연주할 줄 모른다면, 작품 속에서 묘사하고 있는 생생한 표현이 나오기는 쉽지 않았을 것이다. 이를 통해 정철이 평소에도 거문고를 즐겨 연주했고, 또 연주법을 자세히 묘사할 정도로 음악을 가까이했다는 것을 알 수 있다.

뒤의 작품은, 이름은 알 수 없고 호(號)로만 알려진 송계연월옹(松桂煙月翁)의 작품이다. '송계연월옹'은 '소나무와 계수나무가 있는 자연에 사는 늙은이'라는 뜻이니, 작품을 지을 당시 작자는 이미 연로했으리라 짐작할 수 있으며, 평생 자연 속에서 풍류를 즐기며 살고자 했음을 알 수 있다. 스스로 풍류인을 자처하는 사람이 평상시에도 음악을 가까이하는 것은 너무도 자연스럽다. 그리하여 음악에 대한 지은이의 평소 인식이 작품 속에 반영되어 나타나게 된다.

이 작품의 주인공 역시 늘 거문고를 연주하면서 생활하

는 사람이다. 작품의 내용으로 보아 거문고 연주에 매달리다 보니, 손이 아파서 더 이상 연주를 할 수 없는 지경이라고 한다. 이는 평생을 손이 아프도록 거문고 연주에 매진했다는 의미에 다름 아니다. 그래서 자신이 좋아하는 음악도 즐기지 못하게 된 것이다. 이러한 상황에서 차선책으로 자연이 내는 음악 소리를 듣고자 했다. 북쪽으로 난 창문 밖 울창한 소나무들 사이에 줄을 얹어 걸어 두면, 바람이 불 때마다 줄이 흔들리며 내는 소리가 곧 음악이 되리라 생각한 것이다. 그렇게 하고 보니 자연이 들려주는 소리야말로 진정한 음악과 통한다는 것을 실감하게 되었다. 지은이가 음악을 대하는 면모는 진정한 음악의 애호가라고 할 수 있을 것이다. 이 작품을 통해, 음악을 좋아하여 자연의 소리마저도 음악적으로 이해하는 사대부들의 정신세계를 엿볼 수 있다.

3

옛사람 풍류를 미칠까 못 미칠까

겨우내 앙상하던 나뭇가지에도 어느덧 파릇파릇 새잎이 돋기 시작하고, 사람들의 가벼워진 옷차림에서도 어김없이 봄이 왔음을 느낄 수 있다. 불어오는 바람조차도 온화한 기운을 머금고 있어, 불현듯 가까운 산이라도 찾아 나서고 싶어진다. 사람들은 대체로 일상에서 벗어나 자연 속에 있는 동안 왠지 모를 편안함을 느낀다. 이따금 산을 오르다 보면, 만나는 사람들의 표정 또한 언제나 밝다. 비록 처음 보는 사람일지라도 서로에게 따뜻한 인사말을 건네는 것도 잊지 않는다. 이렇듯 사람들로 하여금 넉넉한 마음을 품을 수 있도록 만드는 것도 자연의 힘이 아닐까.

해마다 때가 되면 찾아오는 봄이고 늘 돌아오는 계절이지만, 계절이 바뀔 때마다 경이롭다. 언제나 같아 보이지만 또 조금씩 다른 모습으로 사람들을 맞이하는 까닭이다. 이는 계절의 변화에 따라 자연의 모습이 달라지는 것도 있겠지만, 우리들이 자연을 찾을 때의 상황이나 마음가짐이 다르기 때문이기도 할 터이다. 자연 속에서 오래 지내다 보면 사람들은 자연을 닮아간다.

간혹 산행을 하다가 외진 곳에 터를 잡고 사는 이들을 만나면, 그들은 잠시 머무를 뿐인 우리들을 언제나 반갑게 맞이한다. 잠시 쉬면서 대화를 나누다 보면, 자연 속에서 생활하는 그들의 넉넉한 마음씨가 느껴진다. 뿐만 아니라 주변의 경치를 감상하면서 산행을 하다 보면, 어느덧 정신이 맑아오는 기분을 맛보기도 한다. 이렇게 자연 속에서 지내다 보면, 각박한 사회생활에 지쳐 있던 자신이 조금은 재충전되는 듯하다. 다시 일상으로 돌아와야 하는 것이 내심 안타깝기는 하지만, 적어도 자연 속에서 지낸 시간만큼은 세속의 이해관계로부터 자유로울 수 있다.

자연을 즐겨 찾고, 자연에서 노니는 것을 좋아했던 것은 옛사람들도 마찬가지였다. 그래서 고전시가에는 자연에서의 삶을 그린 작품들이 적지 않다. 특히 조선시대 사대부들은 자연에서의 생활을 추구했으며, 자연 속에서 심성(心性)을 닦으며 유유자적한 삶의 모습을 그린 작품들을 즐겨 지었다. 비록 빈한(貧寒)한 처지에 놓여 있을지라도, 자연에서 지내며 올바른 도리를 행하며 살아가는 것은 당시 지식인들의 이상적인 삶의 모습이었다. '안빈낙도(安貧樂道)'라고 할 수 있는 이러한 자세는, 가난한 가운데에서도 세속적 가치에 흔들리지 않고 자신이 옳다고 믿는 바의 '도(道, 진리)'를 추구하는 삶을 가리킨다.

성리학을 자신들의 이념으로 받아들였던 조선시대 사대부들은 자기 자신의 내면적 수양(修養)을 지극히 강조했다. 이들은 자신의 정신 수양이 전제되어야만 타인을 교화할 수 있는 벼슬에 나아갈 수 있다고 믿었다. 이들이 강조했던 정신은 '수기치인'이라 할 수 있는데, 이러한 표현에서 사대부들이 지니고 있었던 미의식을 엿볼 수 있다. 대체로 '수기(修己)'란 인간을 포함한 우주의 질서를 조화롭게 이해하는 것을 말하며, 자연에 머물면서 자신의 내면 수양에 힘쓰는 것을 가리킨다. 내면적 수양을 갖춘 이후에 관직에 나아가 다른 사람을 교화하는 '치인(治人)'은 언제나 도덕적 수양을 전제로 하고 있는 것이다.

사대부들이 지은 작품들 중에서 강산(江山)·산림(山林)·전원(田園)에서의 맑고 깨끗한 삶을 담았거나, 그러한 생활을 동경하고 있는 시가들을 일컬어 '강호시가(江湖詩歌)'라고 한다. 여기에서 사용된 '강호(江湖)'라는 말이 관직에서 물러난, 또는 관직에 나가지 않은 사람이 머무는 '은일(隱逸, 속세를 피해 숨어 지냄)'의 조건이 되는 물리적인 공간만을 가리키는 것은 아니다. 강호시가에서의 자연은 있는 그대로의 자연이라기보다 지은이의 사상과 감정이 묻어나는 관념적인 공간이 대부분이다. 다시 말하면 자연 혹은 우주와 같은 무한하고 절대적인 조건에 대해 정서적 반응이 이루어지는 사대부들의 심리적 공간인 것이다.

따라서 강호시가에서의 '강호'라는 공간은 이상향(理想鄕)과도 그 성격이 다르다. 흔히 신선들이 머무는 공간인 '선계(仙界)'나 인간 세계와는 다른 천상 세계가 작품 속에 그려지는 경우도 있으나, 그것은 강호시가의 배경이 되는 '강호'와는 그 의미와 성격이 일치한다고 할 수 없다. 예를 들면 중국 남북조시대 동진의 시인인 도연명(陶淵明, 365~427)이 그의 작품 속에 그려 놓은 '도화원(桃花源)'은 이 세계와 따로 떨어진 별천지로서의 이상향이다. 이러한 이상향은 인간 세계와는 절연(絶緣)된 공간이며, 그곳에 사는 사람들은 아무런 고민 없이 행복하게 살아가는 것으로 그려진다. 이상향을 추구하는 사람들의 마음속에는 고통과 불행으로 점철된 현실 세계에서 벗어나고자 하는 바람이 자리 잡고 있다. 따라서 이상향을 추구하는 작품들은 그 밑바탕에 고통스러운 현실 세계를 전제로 하고 있다. 즉 현실의 어려움을 벗어나기 위한 수단으로 이상향을 꿈꾸는 것이다.

'강호'는 분명 지은이가 관념적으로 '만들어낸' 공간이기는 하지만, 반드시 이상적인 생활만이 펼쳐지지는 않는다. 작품 속에서 언제든지 현실 세계와 강호를 왕래할 수 있으며, 몸은 비록 강호에 있지만 현실 세계에 대한 관심의 끈을 놓지 않는 경우가 많다. 또한 마음만 먹으면 언제든지 강호에서 다시 현실의 세계로 돌아갈 수 있다. 다만 자신이 머물고 있는 공간이 어지러운 세태(世態)로 점철된 현실 세계와 달리, 도덕적으로 우월한 곳이라는 것을 강조할 뿐이다. 그렇기 때문에 현실에 존재하는 공간이되, 현실 세계의 모순이 존재하지 않는 관념적인 모습으로 형상화되었다. 이제 강호시가에 나타난 자연의 형상(形象)이 어떻게 그려지고 어떤 의미를 지니고 있는지 작품들을 통해 살펴보기로 하자.

홍진紅塵에 묻힌 분네 이 내 생애生涯 어떠한가
옛사람 풍류를 미칠까 못 미칠까
천지간天地間 남자男子 몸이 나만 한 이 하건마는
산림山林에 묻혀 있어 지락至樂을 모를 건가.

— 정극인의 「상춘곡」 중에서

조선 전기 문신이자 학자인 정극인(丁克仁, 1401~1481)이 지은 가사(歌辭)인 「상춘곡(賞春曲)」의 일부로서, 이 작품의 시작 부분이다. 봄의 경치를 보고 즐기는 것을 '상춘(賞春)'이라 일컫는데, '상춘곡'은 겨울을 지나 봄을 맞은 자연 속에서 아름다운 경치를 보고 즐기는 심정을 읊은 노래라는 의미이다. 이 작품은 속세를 떠나 자연 속에 거처하면서 자연에 몰입하여 봄을 완상(玩賞, 아름다운 대상을 보고 즐김)하고 인생을 즐긴다는 지극히 낙천적인 내용이다. 예나 지금이나 꽃피고 화창한 봄철이면 아름다운 곳을 찾아 자연을 즐기고 싶은 것이 사람의 마음이다. 봄이 되면 상춘객들이 줄지어 전국의 수많은 관광지를 찾아 나서는 것은 이런 마음 때문일 것이다.

먼저 "홍진에 묻힌 분네"에게 "이 내 생애 어떠한가" 하고 말을 건네는 형식으로 시작된다. '홍진(紅塵)'은 본래 붉게 일어나는 먼지를 가리키는 말로, 온갖 이해관계에 얽매어 사람들이 살아가는 속세를 지칭한다. 따라서 말을 건네는 대상은 속세에서 살고 있는 사람들이고, 그는 그들과는 구별되는 '산림'에 거처하고 있다는 것을 알 수 있다. 오히려 자연 속에서 즐기는 자신의 풍류가 '옛사람'들의 그것에 미칠까 그렇지 못할까에 신경을 쓰고 있을 뿐이다. 곧 자신은 선현(先賢)들의 삶의 방식을 따르고 있다는 것을 강조하고 있는 셈이다. 세상에는 남자로 태어나서 풍류를 즐기는 사람도 적지 않다. 다만 자연 속에서 풍류를 즐기며 그것을 '지극한 즐거움(至樂)'으로 여기는 것은 자신뿐이라고 주장한다.

이 작품의 2행은 "옛사람 풍류를 미칠까 못 미칠까"라고 세상 사람들에게 묻는 형식으로 되어 있지만, 그 속뜻은 이미 자신의 삶이 옛사람의 풍류와 비슷하다는 것을 전제하고 있다. 그렇게 여기지 않았다면 구태여 이런 언급을 하지 않았을 것이다. 이어지는 내용으로 보아, 자연 속에서 노니는 사람들이 적지 않다는 것을 알 수 있다. 하지만 자신이 다른 풍류객들과 구별되는 이유는 자연 속에서의 삶에서 '지락(至樂)'을 체득(體得)하고 있기 때문이다.

'강호시가'는 이처럼 공간적으로 자신이 거처하는 '강호자연'과 대부분의 세상 사람들이 살고 있는 '현실 세계'와의 대립 구도를 형성하고 있다. 덧붙여 강호에서 지내는 삶이 속세와 단절되어 있음을 강조함으로써, 자신의 생활이 속세의 그것보다 우월하다는 것을 암묵적으로 전제하고 있다. 그리하여 자연 속에서 지내는 자신의 생활을 옛사람들의 풍류에 견주어 인정받고자 한다. 풍류(風流)란 속되지 않고 운치가 있는 일을 찾아 즐기며 멋스럽게 노니는 일을 가리킨다. 옛사람들은 물이 흐르는 냇가에서 막걸리에 산나물을 안주 삼아 먹더라도, 자신과 뜻이 맞는 친구와 함께라면 세상에 부러울 것이 없다고 생각했다. 보름달이 환하게 떠오른 가을 밤에 혼자서 거문고를 켜면서 노래를 부르는 것도 또한 풍류를 아는 사람만이 느낄 수 있는 마음 자세이다. 이처럼 풍류는 그것을 즐기는 사람의 마음가짐에 달려 있다.

「상춘곡」의 뒷부분에는 지은이인 정극인의 인식 속에 자리 잡고 있는 봄날의 경치를 읊고, 자연을 벗 삼아 지내는 여유로운 생활의 모습이 구체적으로 그려져 있다. 가사라는 형식 때문이기도 하겠지만, 「상춘곡」에서의 자연의 형상과 그 속에서의 생활은 비슷한 주제를 다루고 있는 시조들보다 표현이 상세하다. 이어지는 내용 속에는 구체적으로 '이웃'이 등장한다. 작품의 중반부에 "이봐 이웃들아 산수 구경 가자스라"라는 구절이 보인다. 또한 전체적으로 작품의 정서도 매우 고조되어 있어, 절제된 감정을 표출하는 시조들과는 다소 다른 면모를 보인다.

다음 작품을 통해 시조에서 자연의 형상은 어떻게 그려지고 있는지를 살펴보기로 하자.

> 강호江湖에 봄이 드니 미친 흥興이 절로 난다
> 탁료濁醪 계변溪邊에 금린어錦鱗魚 안주로다
> 이 몸이 한가閑暇하옴도 역군은亦君恩이샷다.
>
> — 맹사성의 「강호사시가」 중에서

이 작품은 조선 전기의 재상으로 세종(世宗) 때 우의정을 지낸 맹사성(孟思誠, 1360~1438)이 지은 연시조 「강호사시가(江湖四時歌)」 중 '봄'을 노래한 것이다. 「강호사시가」는 강호 자연에서의 생활을 봄·여름·가을·겨울의 네 계절로 나누어, 한 수씩 각 계절에 자연을 즐기는 모습을 노래하고 있다. 네 수의 작품은 모두 "강호에 ……이 드니"로 시작해서 "……도 역군은이샷다"로 매듭지어진다. 이렇게 짜인 각각의 작품들에는 계절의 변화에도 불구하고 변하지 않고 존재하는 조화로움이 자리 잡고 있다. 이렇게 맹사성의 작품에서 그려지고 있는 '강호'는 자연의 풍성함과 너그러움이 존재하며 그 속에서 살고 있는 이의 흡족함이 그 바탕에 자리 잡고 있는 조화로운 세계이다.

초장에서 강호에 봄이 되니 미친 듯한 흥(興)이 절로 난다고 했다. 물론 구체적인 강호의 정경은 작품 속에 제시되어 있지 않고, 단지 느끼는 정서적 반응만이 표출되었다. 그렇지만 강호에서 봄을 즐기고 있는 사람에게 흥을 불러일으키는 요소 중의 일부라 할 수 있는 구체적 삶의 모습이 중장에서 제시된다. 중장의 '탁료(濁醪)'란 흐린 술로, 곧 막걸리를 가리킨다. '금린어(錦鱗魚)'는 비늘이 비단과 같다고 하여 민물에서 자라는 쏘가리를 달리 부르는 이름이다. 그렇다면 우리들은 중장에서 따뜻한 봄날에 시냇가(溪邊)에 앉아 쏘가리를 안주 삼아 막걸리를 마시고 있는 모습을 쉽게 연상할 수 있다. 예나 지금이나 민물에서 잡히는 쏘가리는 최고의 안줏감으로 꼽힌다. 가만히 작품 속의 상황을 떠올리기만 해도 절로 부러움을 느낄 만한 상황이다.

작품 속의 상황은 화창한 봄철의 분위기와 그에 걸맞은 생활이 어우러져 만들어낸 넉넉한 삶의 모습이다. 종장에서는 이러한 생활이 가능한 이유를 자신이 한가하기 때문이라고 여기고 있으며, 이 모든 행위의 저변에는 '또한 임금의 은혜(亦君恩)'가 있기에 가능하다는 인식을 드러낸다.

많은 시조 작품들의 종장에 '역군은'이라는 단어가 등장하는데, 이 말은 관용적인 표현인 경우가 대부분이다. 그러나 이 작품에서 '역군은'(임금의 은혜)은 관용적 표현을 넘어서 실질적인 의미를 지니고 있다. 「강호사시가」 네 수의 종장에서 반복되는 "역군은이샷다"가 뜻하는 바는, 강호에서 누리는 안정된 삶이 임금의 은혜로운 통치로 가능하다는 것이다. 그렇기 때문에 이 작품에서는 다른 강호시조들과 달리 '임금'으로 상징되는 세속적 현실과의 관계가 단절적으로 드러나지 않는다. 비록 강호자연에 머물고 있지만 화자가 떠나온 현실 세계와의 갈등이 좀처럼 감지되지 않는 것이다.

이어지는 작품들 역시 강호자연을 형상화하고 있는데, 때로는 현실 세계를 강하게 의식하는 태도가 엿보이기도 한다.

이 중에 시름 없으니 어부漁父의 생애生涯로다
일엽편주一葉扁舟를 만경창파萬頃蒼波에 띄워 두고
인세人世를 다 잊었거니 날 가는 줄을 알까.

— 이현보의 「어부단가」 중에서

말 없는 청산靑山이오 태態 없는 유수流水로다
값 없는 청풍淸風과 임자 없는 명월明月이로다
이 중에 일 없는 내 몸이 분별分別 없이 늙으리라. — 성혼

앞의 작품은 조선 중종 때의 문신인 이현보(李賢輔, 1467~1555)가 예로부터 전해 오던 「어부가(漁父歌)」를 고쳐 지은 것으로, 모두 다섯 수로 이루어진 연시조 「어부단가(漁父短歌)」 가운데 제1수이다. 작품 속에 드러난 모습으로 본다면, 이 작품 역시 앞에서 살펴본 「강호사시가」의 그것과 흡사하다. 특히 중장에서 한 척의 조각배(一葉扁舟)를 끝없이 펼쳐진 너

른 물결(萬頃蒼波) 한가운데 띄워 두고 지내는 모습은, 자연에서의 한가함을 즐기는 강호시조의 전형적인 형상이다. 자연에 머물면서 어부를 자처하는 그의 생애는 시름조차 없다. 물론 작품 속의 인물은 고기잡이로 생계를 연명하는 진짜 어부가 아니라, 어부를 자처하며 강호에서의 삶을 즐기는 '가어옹(假漁翁)'일 뿐이다. 흔히 사대부들의 시조에서 고기잡이를 하는 어부가 등장하지만, 그들의 목적은 고기잡이가 아니다. '세월을 낚는다'는 표현에서 알 수 있듯, 자신의 포부를 펼칠 수 있는 때를 기다리며 잠시 어부의 모습으로 지낼 뿐이다. 때문에 이들을 진짜 어부와 구별되는 '가어옹'이라고 일컫는다.

그런데 이 작품의 종장에서 '인간 세상(人世)'을 다 잊었다고 강변하고 있으며, 그렇기 때문에 하루하루 날이 가는 것조차 알지 못하겠다고 말한다. 이와 관련해 우리는 초장에서의 '시름'이라는 표현에 주목할 필요가 있다. 시름은 마음속에 있는 근심이나 걱정을 뜻하는데, 강호에서 어부를 자처하며 살아간다는 그는 작품의 제일 앞부분에서 시름이 없음을 강조했다. 그렇다면 역설적으로 강호에 거처하기 이전에는 많은 시름에 시달렸다는 것을 짐작할 수 있다. 그는 현실세계를 벗어나 강호를 거처로 삼은 이후에 시름이 없어진 것이다. 강호자연과 속세가 구별되는 가장 중요한 이유가 바로 '시름이 있느냐 없느냐' 하는 것이기 때문에, 초장에서 이것을 내세우고 있다고 파악할 수 있다.

종장에서 인간 세상을 다 잊었다고 강조하고 있지만, 그의 인식 속에는 현실 세계에서의 삶이 완전히 지워지지는 않은 듯 보인다. 결국 강호에서 심성을 닦으며 살아가는 삶의 태도가 현실 세계의 상황과 도저히 화합할 수 없다는 것을 표현하고 있다고 해석할 수 있다. 그리하여 이 작품에서는 자연에서의 수기(修己)에 아무리 힘쓰더라도, 현실 정치로 나아가 치인(治人)에 매진할 수 있는 기회가 쉽지 않다는 것을 은연중에 드러내고 있다.

두 번째는 조선시대의 학자인 성혼(成渾, 1535~1598)의 작품으로 알려진 것이다. 작품의 배경으로 보아, 이 역시 지은이가 자연에 은거하고 있을 당시에 지은 것으로 추정할 수 있다. 초장과 중장에서 배경이 되는 자연물들을 청산·유수·청풍·명월로 제시하고 있다. 그러한 자연물과 함께 생활하는 그의 바람은 특별히 신경 쓸 일이 없는 가운데, 분별(分別) 없이 늙겠다는 것이다. '분별'은 현실 세계에서 서로의 이해관계에 따라 편을 가르고 시류(時流)에 따라 살아가는 것을 일컫는다. 따라서 분별없이 살겠다는 말에는, 이미 분별을 짓고 살아가는 현실 세계에 대한 일정한 거리감이 전제되어 있다. 더욱이 "이 중에 일 없는 내 몸"이라는 표현에서, 자연에 자신을 내맡기며 생활하는 삶의 자세를 엿볼 수 있다. 늙음마저도 자연스럽게 받아들이는 태도에서 이미 자연과 동화된 모습을 발견할 수 있다.

흥미로운 것은 초·중장에 제시된 자연물을 수식하는 표현들이다. '말 없는 청산'은 말이 많은 시정의 생활과 대비되고 있어, 매사에 누가 옳은가를 가리는 현실 세계의 모습이 절로 연상된다. '모양(態)이 일정하지 않게 흐르는 물(流水)'은 이해관계에 휩쓸리는 세태를 염두에 두고 있는 표현으로, 이 또한 자유자재로 흐르는 물의 속성을 통해 자유롭게 살고자 하는 지은이의 의지를 읽을 수 있다. 그리하여 맑은 바람과 누구 하나 임자라고 주장할 수 없는 밝은 달이야말로 자연 속에서 발견할 수 있는 진정한 동반자인 셈이다. 좋은 물건이 있으면 그 값어치를 따지고, 또한 그것이 누구 소유인가를 헤아리는 세속적 가치에 대한 비판적 인식이 전제되어 있다. 자연에서 찾은 대상들은 굳이 현실 세계의 이러저러한 분별을 따질 필요가 없다. 그렇기에 자신도 그 속에서는 마치 그러한 자연물의 하나인 듯이 지낼 수 있게 된다.

어쩌면 이 작품은 단순히 자연 속에서 만족하며 살아가는 사람의 면모를 드러낸 것일 수도 있다. 하지만 내용을 다시 곰곰이 음미해보면, 자연을 대하는 자세를 통해 현실 세계에 대한 인식을 발견할 수 있다. 이처럼 작품 속에 제시된 표현을 통해 그 속에 내재된 의미를 탐색하는 것도 시조를 흥미롭게 대하는 하나의 방식이다. 지금도 그렇듯이 사람들이 자연을 찾는 것은 복잡한 현실에서 잠시나마 벗어나고 싶기 때문이다. 옛사람들 역시 상황에 따라 조금씩 다르기는 하겠지만, 현실 세계를 벗어나 자연을 찾았던 궁극적인 이유는 오늘날의 그것과 크게 다르지 않았을 것이다.

4

연하로 집을 삼고 풍월로 벗을 삼아

과학 기술이 발전할수록 세상의 변화 속도는 그만큼 빨라진다. 빠르게 변화하는 세상 속에 내던져진 우리들은 자신의 생존을 위해 적응하며 살아간다. 물론 이 세상에는 변하는 것 따위에는 전혀 아랑곳하지 않고, 자기만의 삶의 방식을 고집하는 사람들 또한 적지 않다. 어떤 삶이 바람직한 것인가에 대한 대답은 각자 주어진 입장에 따라 다를 수밖에 없다. 그러나 대부분의 현대인들은 세상의 변화를 수용하지 못하면 곧바로 사회의 흐름 속에서 도태되는 상황을 맞게 된다. 매일매일 수많은 사람들과 만나고 관계를 맺으며 살아가지만, 결국 결정적인 순간에는 오로지 스스로의 선택에 자신의 운명을 걸기도 한다. 이러한 현실이 오늘날을 사는 현대인이 처한 냉혹한 삶의 조건일 터이다. 그렇기에 수험생은 수험생대로, 직장인은 직장인대로 매일매일 정해진 시간의 틀에 갇혀 살아간다. 사람들은 늘 변화하는 현실에 맞춰 살아가지만, 한편으로는 일상에서 벗어나 어느 누구에게도 구속받지 않는 자유를 꿈꾼다.

힘겹게 살아가고 있는 사람들은 누구나 마음속에 자기만의 이상향을 품고 산다. 그곳은 자신이 나고 자랐던 고향의 옛 풍경일 수도 있고, 현실 속에 존재하지 않는 가상의 공간일 수도 있다. 어쨌든 자신이 살고 있는 현실이 힘들다고 느낄수록, 잠시나마 일상을 벗어나 아무런 속박이 없는 곳으로 훌쩍 떠나고 싶어한다.

그래서인지 우리들이 즐기는 시와 노래에는 이상향을 그린 작품들이 적지 않다. 예컨대 많은 성악가들이 애창곡으로 즐겨 부른다는 〈청산에 살리라〉도 그 가운데 하나이다. 정지용의 시에 곡을 붙인 〈향수〉와 더불어 사람들이 가장 좋아하는 노래가 아닐까 싶다. 〈청산에 살리라〉에서 '청산'은 자연적 공간으로서의 '푸른 산'이라는 의미와 함께, 사람들이 찾고자 하는 이상적인 공간이기도 하다. 이 노래를 나직하게 읊조리며 가사의 의미를 따져보기로 하자.

> 나는 수풀 우거진 청산에 살으리라
> 나의 마음 푸르러 청산에 살으리라
> 이 봄도 산허리엔 초록빛 물들었네
> 세상 번뇌 시름 잊고 청산에서 살리라
> 길고 긴 세월 동안 온갖 세상 변하였어도
> 청산은 의구하니 청산에 살으리라.
>
> — 김연준 작사·작곡, 〈청산에 살리라〉

작품의 의미가 비교적 단순해, 우리들이 이해하기 그리 어렵지 않다. 매우 서정적으로 표현된 가사의 내용을 노래를 들으며 음미한다면 더욱 실감나게 감상할 수 있을 것이다. 이 작품을 제대로 이해하기 위해서는 우선 '청산'이 의미하는 바가 무엇인지를 따져야 한다. 내용으로 보아 청산은 화자가 현재 처해 있는 장소가 아니라, 미래에 가고 싶은 '어떤 곳'이다. 전체 6행으로 이루어진 이 작품에서 "청산에 살으리라"라는 표현이 네 번이나 등장하는데, 그만큼 청산을 찾고자 하는 열망이 강하다는 것을 알 수 있다. 그만큼 자신이 발 딛고 서 있는 현실에서 벗어나고자 하는 욕구가 크기 때문이다. 세상은 번뇌와 시름 따위의 온갖 고민을 안겨주는 곳이지만, 청산은 이에 대비되는 공간으로 오히려 찾아가 살고 싶은 곳이다.

또한 "길고 긴 세월 동안 온갖 세상 변하"는 것과 달리, "청산은 의구(依舊, 옛 모양과 다름이 없음)하"게 제자리를 지키고 있다. 작품 속에서 청산은 수풀이 우거져 있기에 우리의 마음까지도 함께 푸르게 만들어준다. 변하지 않는 성질을 간직하고 있는 청산이라는 공간은, 그리하여 사람들이 살고 싶은 이상적인 공간이 된다. 봄이 되어 초록으로 물든 청산의 풍경은 변함없는 영원의 상징이기에, 세상의 온갖 고민을 훌훌 털고 그 속에서 살고 싶을 뿐이다. 겨우내 앙상한 가지에 새싹이 돋아 푸른 모습을 되찾은 청산에서 삶에 대한 절실한 희망을 느꼈을지도 모를 일이다. 사람들이 푸른 바다나 하늘을 보면서 가슴이 확 트이는 듯한 기분을 느끼듯이, 화자 역시 청산의 푸른 이미지를 통해 마음속의 자유를 꿈꾸게 된 것이다. 그렇기에 이 작품의 배경이 되는 '청산'은 우리 주위의 어디서나 볼 수 있는 공간이면서, 또한 실제로는 존재하지 않는 관념적 세계이기도 하다.

이를테면 사람들이 일상을 벗어나 자연을 찾게 되면, 잠시나마 현실의 이러저러한 고민을 훌훌 털어버릴 수 있다.

그러나 영원히 세상과 결별하며 살 수는 없기에, 언젠가는 다시 일상의 세계로 돌아와야만 한다. 자연으로의 여행을 즐기는 사람들은 대개 반복되는 일상 속에서 느꼈던 고민들을 잊고 싶어한다. 하여 잠시의 여가를 내어, 그리 길지 않은 기간 동안 새로운 환경을 찾아 자연 속에서 지내며 활력을 찾는다. 그런 의미에서 본다면 이 작품에서의 '청산'이라는 공간은 사람들이 얼마 동안 머물 수는 있지만 영원히 지낼 수는 없는 공간이며, 누군가의 관념 속에만 존재하는 그런 '이상향'이라고 할 수 있을 것이다. 어쨌든 노래를 들으며 잠시나마 세상의 온갖 고민을 잊을 수 있다는 것은 노래의 중요한 역할이 아닐까.

화자가 처해 있는 공간을 이상적으로 설정하고 있는 작품들은 고전시가에서도 흔히 찾아볼 수 있다. 이른바 '강호시조'에 그려지는 자연 역시 지은이의 생각과 사상을 반영하는 관념적인 공간이라는 사실이다. 이러한 작품들은 강호자연을 배경으로, 당시의 지배 계급이었던 사대부들의 유유자적한 삶을 그리고 있다. 사대부들은 시조를 창작함으로써 자신의 이념으로 삼고 있는 성리학적 세계관에 걸맞은 '온유돈후'한 심성을 수양한다는 생각을 지니고 있었다. 그들은 무엇보다 성현들이 남긴 책을 가까이하며, 그 속에 담긴 사상을 배우는 것을 우선시했다.

예컨대 세상 물정에 아랑곳하지 않고 책을 읽으며 소일하는 사람을 일러 '남산골 샌님'이라 했는데, 이들의 삶의 자세를 사대부들의 '수기(修己)'의 한 방편으로 이해할 수 있다. 그들보다 앞서 관직에 뛰어든 사람의 입장에서는 오로지 학문에 매진하는 그들의 모습이 답답하다고 생각되었을 것이다. 하지만 입장을 바꿔 놓고 생각해보면, 그들은 스스로 수양이 부족해 아직 남을 다스릴 자격을 갖추지 못했다고 여겼을 터이다. 또한 자연의 섭리에 순응하며 변화하는 주변의 자연을 통해, 그들은 순리에 맞게 살아가는 이치를 터득했다. 또한 누군가의 모함으로 관직에서 물러나 있을 때조차도, 그것이 마치 자신의 허물 탓인 듯 스스로의 행동을 경계하며 생활했다. 다른 사람들의 모범이 되는 행동을 보이고, 덕을 갖추며 살아가는 이를 일러 군자(君子)라 칭했다. 이는 아마도 당시 사람들이 심성 수양을 통해 도달하고자 했던 바람직한 삶의 전형이었을 것이다.

'수기치인'을 자신의 신념으로 간직하고 있던 조선시대

사대부에게 '강호자연'은 자신의 정신을 수양하는 공간으로서의 의미를 지니고 있다. 그렇기에 자연에서의 삶을 추구하는 사람들은 일단 '현실 세계'와는 다소간의 거리를 두었다.

연하煙霞로 집을 삼고 풍월風月로 벗을 삼아
태평성대太平聖代에 병病으로 늙어가네
이 중에 바라는 일은 허물이나 없고져.

— 이황의 「도산십이곡」 중에서

이 작품은 조선 전기의 대표적인 유학자 이황의 연시조인 「도산십이곡」 가운데 한 수이다. 이황은 50세의 나이에 풍기군수를 사직하고, 곧바로 고향으로 돌아가 본격적으로 학문에 몰두했다. 이후에도 여러 차례 벼슬이 제수(除授)되었으나, 끝내 관직에 나아가지 않고 재야의 학자로 여생을 보냈다. 그가 관직에 나아가지 않은 이유는 학문에 대한 열망과 후학들을 양성하려는 욕구가 무엇보다 강했기 때문이다.

그의 문하에서 배우는 제자들이 늘면서 이황은 그들을 교육할 수 있는 공간을 마련하고, 그곳을 중심으로 제자들을 양성하고 또한 학문과 저술 활동에 진력했다. 안동으로 돌아온 이후 그는 자신보다 먼저 귀향했던 이현보와 빈번히 교유

정선(鄭敾, 1676~1759)의 〈계상정거도(溪上靜居圖)〉(리움박물관 소장)

도산서원이 걸립되기 전, 이황이 후학을 양성했던 도산서당의 풍경을 그렸다. 그림 속에서 이황은 완락재에 정좌한 모습이다.

하면서, 자연에서의 자족적인 삶을 노래한 작품들을 주고받기도 했다. 또한 호남에 기반을 둔 기대승(奇大升, 1527~1572)과는 3년 동안이나 서신을 주고받으며 서로의 철학적 견해에 대해 논쟁하는 등 학자적 면모를 보여주었다. 그의 사후(死後)인 1674년(선조 7)에 이황의 학덕을 기리기 위해 안동의 유림과 문인들이 중심이 되어 도산서원(陶山書院)을 창건했고, 이듬해에 선조(宣祖)에게서 편액을 받아 사액서원이 되었다.

「도산십이곡」은 모두 12수로 이루어져 있는데, 앞의 여섯 수(前六曲)를 '언지(言志)'라 하고, 뒤의 여섯 수(後六曲)를 '언학(言學)'이라 한다. 대체로 '언지'에서는 자연에 동화된 생활을 통해 자신이 품은 뜻을 드러내고 있으며, '언학'에서는 학문과 자기 수양에의 길을 노래하고 있다. 그는 작품의 발문(도산십이곡발)에서 "지금의 시는 옛날과 달라 읊을 수는 있어도 노래할 수는 없어, 만약 노래하고자 한다면 반드시 우리말로 짓지 않을 수 없다"고 했다. 그가 말한 '시'는 한시(漢詩)이고, '노래'는 바로 우리말로 이루어진 시조를 지칭한 것이다. 그의 말을 통해 우리들은 당시 사대부들이 시조문학을 짓고 즐겼던 이유를 엿볼 수 있다. 이황은 이렇듯 작품 주제를 제목에 명시적으로 드러내어, 노래를 부르는 사람이나 듣는 사람까지 모두가 마음이 순화되는 교육적 효과를 얻고자 한 것으로 이해된다.

알다시피 이 작품의 배경인 도산(陶山)은 이황의 고향으로 만년에 벼슬에서 물러나 머물렀던 곳이다. 「도산십이곡」은 그곳에서 생활하며 느낀 바를 지어 읊은 작품이다. 이 작품에서 자연은 유락적(遊樂的) 대상이 아니며, 현실적 공간 이상의 가치를 지닌 엄숙한 구도(求道)의 공간으로서의 의미를 지니고 있다. 인용된 작품은 '언지'의 두 번째로서, 자연을 벗 삼아 지내는 이황의 호방(豪放)한 태도가 아주 잘 나타나 있다. 초장에서의 '연하(煙霞, 안개와 노을이란 뜻으로, 자연을 지칭함)'와 '풍월(風月, 맑은 바람과 밝은 달이란 뜻으로 자연을 지칭함)'은 자신이 머물고 있는 자연을 가리킨다. "연하로 집을 삼고 풍월로 벗을 삼"는다는 표현에서, 자연과 더불어 살고 있는 삶의 자세가 잘 드러나고 있다.

사실 이 작품에는 현실 세계와 자신이 처한 자연과의 관계에서 심각한 선택의 갈등이나 고민은 좀처럼 보이지 않는다. 그에게 있어 자연은 변치 않는 가치를 추구하는 구도의 장이기에, 마땅히 혼탁한 현실 정치의 공간과는 격절(隔絶, 서로 멀리 떨어져 있어 연락이 끊어짐)된 곳이다. 따라서 자연을 벗 삼아 지내는 자신이 처한 현실을 '태평성대'로 인식하게 된다. 중장에서 “태평성대에 병으로 늙어가”겠다는 표현에서의 ‘병(病)’은 육체적 질병을 가리키는 것이 물론 아니다. 여기서의 ‘병’이란 ‘천석고황(泉石膏肓)’이란 표현으로 바꿀 수 있는데, 그 의미는 ‘자연을 너무도 사랑하여 마치 불치(不治)의 깊은 병에 걸린 것처럼 되었다’는 것이다. 더욱이 자연 속에서 생활하며 다만 “허물이나 없고져” 한다는 종장의 진술에서는 고결한 도학자(道學者, 도덕에 관한 학문을 연구하는 학자라는 뜻으로, 성리학의 이념을 따르고 실천하는 학자를 가리킴)인 이황이 지닌 수양의 태도를 엿볼 수 있다.

다음 작품은 이황과 비슷한 시기에 활동했던 학자 이이(李珥, 1536~1584)의 작품으로 전체 10수로 구성된 「고산구곡가(高山九曲歌)」 가운데 한 수이다. 여기에서 자연은 ‘학문을 수양하는 곳’으로서의 의미가 두드러진다.

> 고산高山 구곡담九曲潭을 사람이 모르더니
> 주모복거誅茅卜居하니 벗님네 다 오신다
> 어즈버 무이武夷를 상상想像하고 학주자學朱子를 하리라.

— 이이의 「고산구곡가」 중에서

이 작품의 배경이 되는 '고산(高山)'은 이이가 머물며 제자들을 가르치던 곳이다. 우리 주변에서 볼 수 있는 계곡의 모습이 대개 그렇듯이, 고산의 자연 풍광(風光) 역시 굽이굽이 흐르는 모습을 지니고 있었을 것이다. 초장에서 알 수 있듯이, 그가 머물고 있는 자연 공간은 이전까지 세상 사람들에게는 그리 알려지지 않은 곳이었다. 아마도 사람들의 발길이 닿지 않았던 이곳을 발견하고 자신의 거처로 삼을 결심을 했을 것이다. 중장의 '주모복거(誅茅卜居)'라는 표현은 풀을 베어내고 집을 지어 살 곳을 정한다는 의미이다. 이이가 고산에 먼저 들어가 자리를 잡고 거처로 삼자, 많은 사람들이 그를 따라 이곳을 찾아오기에 이르렀다. 자연의 아름다운 풍경을 즐기고, 학문에 뜻을 둔 사람들이 왕래하면서 비로소 학문을 닦기 위한 공간이 되었다.

그가 자연을 찾은 이유는 종장에 명시적으로 밝혀져 있듯이, '학주자(學朱子)'를 하기 위함이다. 주자(朱子)는 중국 송나라의 유학자인 주희로, 유학의 체계를 정비하여 '성리학'의 이론적 체계를 완성시킨 인물이다. 따라서 '학주자'란 표현은, 주희가 그랬던 것처럼 자연에서 학문에 정진하면서 자신의 수양에 힘쓰겠다는 의미이다. 또한 '무이(武夷)'라는 곳 역시 주희가 거처하던 곳으로, 그는 그곳에서 생활하며 「무이도가(武夷櫂歌)」라는 시를 짓기도 했다. "무이를 상상"한다는 내용으로 보아, 아마도 이이는 주희의 작품인 「무이도가」를 본떠서 「고산구곡가」를 새롭게 짓는다는 의식을 지니고 있었을 것이다.

이 작품을 포함해서 전반적인 관점에서 이이를 파악한다면, 「고산구곡가」에 등장하는 모습은 자연을 벗 삼아 심성을 기르며 강학(講學, 학문을 닦고 연구함)에 힘쓰는 근엄한 도학자만의 모습은 아니다. 「고산구곡가」의 제6수 종장은 "이 중에 강학도 하려니와 영월음풍(詠月吟風, 맑은 바람과 밝은 달을 대하여 시를 지어 읊으며 즐김) 하리라"고 했다. 이러한 부분에서는 오히려 맑은 분위기의 물가 정사(精舍, 학문을 가르치기 위해 마련한 집)에서 강학과 함께 달과 바람을 한가롭게 즐기는 여유 있는 이이의 모습도 아울러 발견할 수 있다. 그만큼 「고산구곡가」에는 전반적으로 구도자적인 긴장과 현실 정치에 대한 단절적 의식이 그리 두드러지지 않는다. 앞에서 살펴본 이황과는 달리, 적어도 이이에게 있어 자연은 철학적 탐구의 공간만은 아니었던 것이다.

다음의 두 작품을 통해 자연을 인식하는 당시 지식인들의 면모를 좀더 논해보기로 하자. 앞의 작품은 자연 속에서의 생활에 초점을 맞추었고, 뒤의 작품은 자연의 속성을 들어 형상화했다.

십 년十年을 경영經營하여 초려草廬 삼간三間 지어내니
나 한 간 달 한 간에 청풍淸風 한 간 맡겨 두고
강산江山은 들일 데 없으니 둘러 두고 보리라. — 김장생

내 벗이 몇이나 하니 수석水石과 송죽松竹이라
동산東山에 달 오르니 그 더욱 반갑고야
두어라 이 다섯밖에 또 더하여 무엇하리.
— 윤선도의 「오우가」 중에서

첫 번째는 김장생(金長生, 1548~1631)이 지은 것으로 알려진 작품인데, 자연을 바라보는 그의 인식을 엿볼 수 있다. 초장의 '경영(經營)'이라는 말은 계획을 세워 집을 짓는다는 의미가 있다. 건물의 규모를 재는 단위인 '칸'은 네 기둥 사이

의 공간을 일컫는 말로, '삼간(三間)'은 '초가삼간'이라는 관용적 표현에서 알 수 있듯 세 칸의 규모에 불과한 아주 작은 집을 가리킨다. 이렇듯 세 칸에 불과한 집을 짓기 위해, 자연 속에서 10여 년 동안을 고민하며 지냈음을 알 수 있다. 더욱이 그렇게 지은 집은 화려한 저택이 아니라, 단지 '초려(草廬) 삼간'에 불과하다. '초려'란 지붕을 짚이나 풀로 인 작은 집으로, 곧 보잘것없는 초가집을 일컫는다.

이런 규모라면 넉넉잡고 한 달이면 충분히 지었을 텐데, 왜 그토록 오랫동안 집을 짓기 위한 계획을 세웠을까? 아마도 자신이 지은 집이 어떻게 하면 주변의 자연과 조화롭게 어울릴 수 있을까를 생각했기 때문일 것이다. 그나마도 자신은 한 칸만을 차지하고, 나머지 두 칸은 자연물인 '달'과 '청풍'에게 맡겨 두었다고 했다. 자연을 배려하고 그 속에서 더불어 살고자 하는 넉넉한 태도가 잘 드러나 있다. 비록 자신의 집이 좁고 누추할지라도, 여전히 더 들이고 싶은 대상이 남아 있다. 그것은 종장에서 보듯이 바로 '강산'인데, 비좁아서 집으로는 들일 수 없으니 주위에 "둘러 두고 보"겠다고 했다. 세상의 부귀영화에 아무런 관심도 없이, 그저 자연 속에서 자연물과 벗 삼아 지내겠다는 자세는 '안빈낙도'의 그것이라고 이해할 수 있겠다.

이 작품은 지은이에 대한 이설이 있다. 고등학교 교과서에는 김장생의 작품으로 표기되어 있지만, 몇몇 연구자들에 의해 송순(宋純, 1493~1583)의 작품인 것으로 밝혀졌다. 조선 후기의 가집인 『병와가곡집(甁窩歌曲集)』에는 이 작품의 작자가 김장생으로 되어 있지만, 송순의 문집인 『면앙집(俛仰集)』에는 이 작품을 한역(漢譯)한 것이 분명한 한역가(漢譯歌)가 수록되어 있다. 따라서 현재까지 확인할 수 있는 자료를 통해서 보건대, 오히려 송순의 작품이라는 것이 더 분명한 근거를 지니고 있다고 할 수 있다. 그러나 이 글에서는 작자의 문제가 작품을 해석하는 데 큰 의미가 없으며, 고등학교 『문학』 교과서 등에 김장생으로 표기되어 있어 일단 그렇게 따랐다.

두 번째 작품은 조선시대 가장 뛰어난 시조 작가 가운데 한 명으로 평가받고 있는 윤선도의 연시조인 「오우가(五友歌)」 가운데 한 수이다. 윤선도는 고향인 해남에서 청나라의 침략으로 병자호란(丙子胡亂, 1636)이 일어났다는 소식을 듣고, 이에 맞서기 위해 의병을 모집해 배에 가득 태우고 서울을 향해 출발했다. 그러나 도성이 이미 함락되었다는 소식을 듣고 통곡하면서 뱃머리를 돌려 다시 고향으로 향하던 중, 남한산성에서 왕이 청나라에 항복했다는 충격적인 비보를 접하게 된다. 이에 세상을 영영 등지겠다는 마음을 먹고, 고향에 들르지도 않고 배를 그대로 제주도로 향했다. 제주도로 가는 도중 보길도의 아름다운 풍광을 만나자 그곳에 새로운 터전을 마련해, 이후 20여 년 가까이 해남과 보길도를 오가며 은거 생활을 하게 된다. 그의 대표적인 작품인 「어부사시사(漁父四時詞)」를 비롯한 많은 작품이 이 시기에 지어졌는데, 「오우가」 역시 이 당시에 창작되었다.

「오우가」는 이 시기 자연과의 교감 속에서 얻은 감수성이 짙게 배어 있는 작품이다. 전체 여섯 수인 이 작품은 물(水)·돌(石)·소나무(松)·대나무(竹)·달(月) 등 다섯 가지 자연물을 벗으로 비겨 노래했다. 인용한 작품은 그 중에서 '서(序)'에 해당한다. 작품의 어조가 마치 친근한 벗을 소개하는 듯 편안하다. 윤선도는 그 벗들을 하나씩 열거하면서, 종장에서는 이 다섯 벗이야말로 자신의 가장 소중한 존재라는 것을 다시금 강조하고 있다. 지은이가 이들을 좋아하는 이유는 바로 쉽게 변하지 않는 속성을 지닌 존재들이기 때문이다. 그 근저에는 세태에 따라 이리저리 휩쓸리고, 또한 상황에 따라 쉽게 변하는 인간 세상의 면모에 대한 윤선도의 비판적 인식이 자리 잡고 있었을 터이다.

그럼 작품을 자세히 살펴보기로 하자. 초·중장에서 밝혀

놓았듯이, 그는 주위에서 늘 볼 수 있는 '수석(水石)'과 '송죽(松竹)'을 자신의 벗이라고 했다. 물은 쉬지 않고 흐르는 속성으로 인해서, 그리고 바위는 영원히 변치 않기 때문에 자신의 벗이 될 수 있다고 설명한다. 여기에 한겨울에도 잎이 푸른 소나무와, 곧게 자라며 사시사철 푸른빛을 잃지 않는 대나무가 보태진다. 밤마다 어김없이 뜨는 달까지 합세하면, 더 이상의 벗들이 필요치 않다. 달은 어두운 밤에 높이 떠서 만물을 비추는 존재이다. 이들이 주위에 늘 존재하고 있기에, 이제 세상의 그 어떤 것도 부럽지 않다고 말한다. 그렇게 본다면 종장의 "두어라"는 체념적 의미를 지닌 것이 아니라, 자신의 다섯 벗들에 대한 신뢰를 표출하기 위한 감탄사인 셈이다. '서'에 해당하는 이 작품에서 자신에게 '다섯 벗'들이 있음을 말하고, 뒤이은 작품들에서는 각각의 벗에 해당하는 대상들을 차례로 형상화했다.

이러한 작품들을 통해 조선시대 사대부들이 자연을 어떻게 대했는가를 충분히 확인할 수 있다. 물론 자연에 대한 인식을 보여주고 있는 작품들은 이외에도 적지 않게 지어졌다. 이른바 '강호시조'로 분류되는 작품들이 자연을 대상으로 한 것들이고, 또 각각의 작품 속에 형상화된 면모도 다양하게 나타나고 있다. 어쨌든 이러저러한 일들에 치여 바쁘게 살고 있는 현대인들도 자연을 노래한 옛사람들의 넉넉하고 여유로운 삶의 자세만이라도 본받을 필요가 있다고 여겨진다.

5

내 마음 베어 내어 저 달을 만들고자

우리에게 국가(國家)는 어떤 의미일까? 어떤 이는 개인에게 있어 국가란 마치 공기와 같은 존재라고 말한다. 국가는 국민들을 보호해주는 상징적이고 실질적인 힘이지만, 우리들은 평소에 살아가면서 그 존재를 깊이 자각하지 못하는 경우가 대부분이다. 너무도 당연한 사실이기에, 자신이 그 국가의 국민이라는 것을 드러낼 필요가 없기 때문이다. 하지만 지금은 통신 수단이 비약적으로 발달되고, 그로 인해 우리나라는 물론 세계의 모든 뉴스를 실시간에 접할 수 있게 되었다. 이렇듯 세계화된 시대를 살고 있는 우리들은 자연스럽게는 '세계 속의 한국인'임을 인식하고 있다. 역설적이지만 세계화된 시대 속에서 다른 나라의 문제를 들여다보면서, 자신이 속한 국가의 존재와 의미를 새삼 깨닫게 된다.

사실 우리는 '국가'나 '민족'이라는 거창한 개념들에 대해서는 진지하게 생각해볼 기회가 그리 많지 않다. 다만 국내외적으로 특정한 문제들이 이슈화될 때, 당위적인 차원에서 국가나 민족이라는 문제에 대해 생각하곤 한다. 예컨대 2002년 한일 월드컵이 열렸을 때, 수많은 사람들이 붉은색 티셔츠를 입고 태극기를 들고 거리에 모여 '대한민국'을 외치며 응원했던 기억을 떠올려보자. 거리에서 만난 사람들이 단지 붉은 티셔츠를 입고 태극기를 들었다는 이유만으로 얼마나 친밀하게 느껴졌던가. 많은 사람들이 그 순간 대한민국 국민임이 자랑스럽다고 말했다. 그것은 특별한 이유가 있어서라기보다, 그저 그냥 그렇게 느끼고 생각하는 것이 너무도 당연했을 뿐이다.

이처럼 이제 한 개인은 자신이 속한 국가를 떠나서는 살 수가 없는 시대가 되었다. 그렇다면 조선시대를 살았던 사람들에게 '국가'란 어떤 의미였을까? 조선시대에도 역시 중국, 일본 등의 나라와 국제적 교류가 지속되었고, 당시의 사람들은 이들 나라에 대해 자신이 조선이라는 국가의 백성임을 인식하고 있었다. 그러나 그 국가의 정점에는 언제나 임금이 존재했고, 절대적 권위를 지닌 임금은 백성들에게 국가를 대신하는 존재였다. 즉 국가는 임금과 동일한 의미로 받아들여졌고, 그에게 충성을 다하는 것이 바로 백성들이 해야 하는 마땅한 도리라고 생각했다. 따라서 조선시대의 모든 백성들은 임금의 신하이고, 그 신하들은 임금에게 절대적인 충성으로 복종해야 했다.

흔히 사대부들이 가지고 있던 이념의 하나로 '수기치인'을 드는데, 이때 '치인(治人)'이란 신하로서 임금을 섬기고 아래로는 백성을 잘 다스린다는 의미가 내포되어 있다. 그렇기 때문에 치열한 정쟁(政爭)의 틈바구니에서 간신(奸臣)들의 흉계에 맞서다 벼슬을 그만두고 귀양을 가는 순간에도 임금에 대한 충성의 마음을 잊지 않았다. 즉 자신을 수렁에 몰아넣은 것은 임금의 뜻을 가리는 간신들의 농간(弄奸)에 의한 것일 뿐, 임금이 자신의 진실을 알게 되면 언젠가 다시 조정(朝廷)으로 불러 등용할 것이라는 믿음을 지니고 있었다. 비록 임금의 그릇된 결정이라고 하더라도, 신하로서 임금의 행위를 비난하는 것 자체가 용납되지 않았다.

이러한 심정이 작품 속에 반영된 사례를 들어보자. 하늘에 떠 있는 달은 누구나 다 그 모습을 온전히 볼 수 있는 존재이다. 다음 작품을 지은 정철은 그 달처럼 자신의 마음을 그대로 내보일 수 있으면 좋겠다고 항변한다. 비록 몸은 만날 수 없더라도, 그 빛으로나마 임금께 자신의 진정한 마음을 전달할 수 있기 때문이다.

> 내 마음 베어 내어 저 달을 만들고자
> 구만리 장천長天에 반듯이 걸려 있어
> 고운 님 계신 곳에 가 비추어나 보리라. — 정철

하늘의 달을 보고 '고운 님'을 생각하는 마음이 잘 나타나 있다. 작품의 내용으로 보아, 그가 관직에서 물러나 있을 당시에 지은 것임을 알 수 있다. 무슨 이유에선지 불가피하게 자신이 모시던 '님' 즉 임금의 곁을 떠날 수밖에 없는 처지로, '자신의 심장을 베어 달로 만들어 님에게 비추고 싶다'는 절실한 감정이 잘 드러난다. 초장의 내용은 자신의 마음을 베어내어 달을 만들고 싶다고 하여, 자신의 마음에 한 점 부끄러움이 없다는 것을 강조했다. "구만리 장천에 반듯이 걸려 있"는 달을 언제든지 볼 수 있듯이, 세상 사람들에게 자신의 속마음조차 보여줄 수 있다는 자신감의 표현이라고 하겠다.

우리는 자신의 생각이 다른 사람들에게 정확하게 전달되지 않을 때, '내 속을 뒤집어 보이고 싶다'는 말을 한다. 이 작품도 세상의 모든 사람들이 밤하늘의 달을 보듯, 그가 모셨던 '임금'도 그것을 보고 자신이 결백하다는 사실을 알아주었으면 좋겠다는 의미를 담고 있다. 시적 대상인 님이 자신을 내친 것에 대해서는 어떤 원망도 담고 있지 않으며, 단지 임금이 그의 결백을 알아준다면 만족할 수 있다는 의미로 해석할 수 있다. 다시 말하자면 님에 대한 일방적인 감정 토로를 담고 있고, 그 이유는 상대가 절대적인 권위를 지닌 '임금'이기에 그러한 것이다.

이처럼 사대부들의 시조에서는 늘 임금을 상징하는 '님'의 권위가 절대화되어 불변하는 가치를 지닌 것으로 표현된다. 그리하여 어떤 경우라도 임금의 권위는 절대 부정될 수 없으며, 신하는 시적 대상인 '님'에게 철저히 종속적인 위치에 서게 된다. 임금을 정점으로 하는 신분제 사회이기에, 이처럼 군신(君臣) 간의 차이는 너무도 분명했다. 아무리 억울한 경우를 당했다 하더라도 임금이 결정한 것에 대해서는 원망조차 할 수 없으며, 오히려 이 작품에서처럼 불가능한 상황을 상정하여 자신의 감정과 의지를 역설적으로 표현했을 뿐이었다. 이러한 인식에서 임금이 '모든 백성들의 어버이'라는 표현이 등장하게 된다.

다음 작품은 임금이 조정에서 숙직을 서는 송순에게 꽃을 보내자, 그에 대한 감격을 읊은 것이다. 임금의 마음이 담긴 선물을 받고 감격하는 신하의 심정이 잘 드러나 있다.

> 풍상風霜이 섞어 친 날에 갓 피온 황국화黃菊花를
> 금분金盆에 가득 담아 옥당玉堂에 보내오니
> 도리桃李야 꽃인 체 마라 님의 뜻을 알괘라. — 송순

조선 전기의 문인인 송순(宋純, 1493~1583)이 지은 작품으로, 그의 문집인 『면앙집(俛仰集)』에는 한문(漢文)으로 번역되어 「자상특사황국옥당가(自上特賜黃菊玉堂歌)」라는 제목으로 수록되어 있다. 한역된 작품의 제목은 '임금(上)께서 홍문관(玉堂)에 특별히 하사하신(特賜) 노란 국화(黃菊)에 대한 노래'

라는 뜻이다. 옥당은 홍문관(弘文館)의 다른 명칭이다. 홍문관은 조선시대 궁중의 여러 서적들을 관리하고 각종 문서를 처리하는 등 임금의 자문에 응하는 일을 담당하던 관청이다. 임금에게 조정의 옳고 그름을 논하거나 간언(諫言)하는 것이 주된 역할이었기 때문에 사헌부(司憲府)·사간원(司諫院)과 더불어 삼사(三司)라 했다.

이 작품에는 다음과 같은 창작 배경이 전한다. 당시의 임금인 명종(明宗)이 궁궐의 뜰에 핀 국화꽃을 홍문관에 보내어 노래를 짓도록 하자, 마침 숙직을 하고 있던 송순이 이 작품을 지어 임금에게 바쳤다. 이 작품을 본 임금이 크게 만족하여 송순에게 상을 내렸음은 물론이다. 그런 의미에서 이 작품은 임금 한 사람만을 위한 '맞춤시'인 셈이다. 초장에서의 "풍상이 섞어 친 날"이란 그날의 실제 분위기일 수도 있지만, 온갖 나랏일에 대한 생각으로 늦도록 잠을 이루지 못하고 있었던 임금의 상황을 비유적으로 표현한 것이라 해석할 수 있다. 뜰에 갓 피어난 노란 국화를 금빛 화분에 담아 옥당에 보낸 임금의 뜻을 확인한 순간, 그것을 받아든 신하의 마음은 절로 감격했을 법하다.

흔히 옛 선인들은 국화를 군자(君子)에 비유했는데, 늦가을 서리에도 굴하지 않고 꽃을 피우는 것을 군자의 기상으로 생각했기 때문이다. 그렇게 본다면 종장의 '도리(桃李, 복숭아꽃과 오얏꽃)'는 군자에 비교되는 소인배(小人輩)들을 지칭한 것으로 해석된다. 봄에 일찍 피어 그 모습이 화려하지만 금세 시들어 떨어지고 마는 '도리'와는 비교할 수 없는 것이 바로 국화이다. 그리하여 작품은 늦가을까지 피어 있는 노란 국화꽃을 '임금께서 신하들에게 보내주신 뜻을 알겠노라'고 끝맺고 있다. 아주 완곡하게 표현했지만, 임금에 대한 절대적인 충성의 태도가 담겨 있으며, 임금의 뜻을 거스르지 않겠다는 의지가 작품 속에 내포되어 있다.

사대부들의 작품이 늘 임금에 대한 맹목적인 충성을 노래한 것만은 아니다. 김상헌(金尙憲, 1570~1652)의 다음 작품처럼 타의에 의해 고국을 떠나면서, 다시는 보지 못할지도 모르는 고국산천에 대한 애절한 감정을 드러낸 것도 찾아볼 수 있다.

가노라 삼각산三角山아 다시 보자 한강수漢江水야
고국산천故國山川을 떠나고자 하랴마는

정조(正祖, 1752~1800)**의 〈국화도**(菊花圖)**〉**(동국대박물관 소장)

선인들은 국화를 군자에 비유했다. 늦가을 서리에도 굴하지 않고 꽃을 피우는 것을 군자의 기상으로 생각했기 때문이다.

시절時節이 하 수상殊常하니 올동말동 하여라. — 김상헌

이 작품을 지은 김상헌은 청나라의 침략으로 병자호란이 일어나자, 끝까지 청나라와의 화의(和議)를 거부하면서 '척화(斥和)'를 주장했던 인물이다. 화의론은 청나라의 막강한 힘에 맞서서 이길 수 없으니 화친을 맺어야 한다는 것이며, 척화론은 오랑캐인 청나라에 굴복할 수 없으니 맞서 싸워야 한다는 주장이다. 남한산성으로 피신한 조정 대신들의 중론이 청나라에 굴복하고 항복하자는 쪽으로 기울자, 그는 항복 문서를 찢고 통곡을 했다. 그의 이런 행동은 화의론을 주장했던 사람들조차 의미가 있는 것으로 인정을 했다. 이후 그는 식음을 전폐하고, 자결을 기도했으나 실패했다. 마침내는 청나라에 당한 치욕을 씻어야 한다는 내용의 상소(上疏)를 올리고, 벼슬을 그만두면서 두문불출했다. 그러나 이 일로 인해 청나라로부터 위험인물로 지목되어, 1641년 청으로 끌려가 소현세자(昭顯世子)와 함께 귀국할 때(1645)까지 4년여를 인질로 잡혀 있었다.

이 작품은 그가 청나라의 강요로 고국을 떠나면서 지은 것이다. 다시 돌아온다는 기약도 없이 머나먼 타국으로 끌려가야만 했던 김상헌의 비감(悲感)한 심정이 작품 속에 그대

로 드러나 있다. 초장의 '삼각산'과 '한강수'는 중장에서 말하는 '고국산천'의 구체적인 지명이다. 고국산천을 바라보며 머나먼 타국으로 인질이 되어 끌려가던 그의 심정은 너무나 착잡했을 터이다. 더욱이 청나라에 위험인물로 지목된 그로서는, 정든 고국산천에 다시 돌아올 수 있을지도 장담하기 어려운 상황이었다. 종장의 "하 수상"한 시절이란 이처럼 한치 앞을 내다보기 힘든 시대적 상황을 의미한다. 그렇기 때문에 초장에서 "다시 보자"고 했으나, 실제로는 자신이 "올동말동" 하다는 것을 너무도 잘 알고 있었다.

이 작품의 겉으로 드러난 분위기는 어찌 보면 너무도 태연자약하다고 볼 수 있으나, 이 노래를 읊는 지은이의 심정은 그야말로 비분강개한 것이었으리라. 어느 누구도 자신을 구해줄 수 없는 절박한 처지에서 고국산천의 풍광을 돌아보며, 다시 돌아올 기약조차 없이 떠나지만 그래도 '다시 보자'는 다짐만큼은 잊지 않았다.

이런 마음은 귀양을 떠나는 신하에게서도 유사하게 나타났을 법하다. 또한 자신이 섬기던 임금이 불의한 권력에 의해 물러나는 상황을 접했을 때, 신하 된 자로서 새로운 권력자를 추종할 수는 없는 노릇이다. 다음 작품들에서 자신이 섬기던 임금에 대한 절대적 충성을 다짐하는 사대부들의 인식을 확인해보기로 하자.

철령鐵嶺 높은 봉에 쉬어 넘는 저 구름아
고신孤臣 원루寃淚를 비 삼아 띄워다가
님 계신 구중심처九重深處에 뿌려볼까 하노라. — 이항복

이 몸이 죽어 가서 무엇이 될꼬 하니
봉래산蓬萊山 제일봉第一峰에 낙락장송落落長松 되어 있어
백설白雪이 만건곤滿乾坤할 제 독야청청獨也青青 하리라. — 성삼문

앞의 작품은 이항복(李恒福, 1556~1618)이 지은 것으로, 그는 광해군(光海君)이 즉위한 뒤 반대파에 맞서다가 벼슬에서 쫓겨나 유배를 떠나야만 했다. 광해군이 임금이 되자 인목대비(仁穆大妃)의 소생인 영창대군(永昌大君)을 추대하려는 역모 사건이 발생하게 되고, 그 책임을 물어야 한다는 조정의 공론을 따라 결국 인목대비가 덕수궁에 유폐(幽閉)되는 사건이 발생한다. 이른바 '폐모론(廢母論)'에 반대 입장을 취했던 이

항복은 관작(官爵)이 삭탈(削奪)되고, 이듬해에는 결국 함경도 북청으로 귀양길에 올라야 했다. 그는 끝내 다시 돌아오지 못하고 유배지에서 일생을 마쳐야만 했다. 하지만 사후에 명예가 회복되어 청백리(淸白吏)로 뽑히기도 했으니, 어느 한 쪽에 치우치지 않았던 그의 강직함을 역사가 정당하게 평가했다고 할 수 있다.

이 작품은 귀양을 가는 길에 강원도와 함경도의 경계에 있는 철령(鐵嶺)을 지나면서 지은 것이다. 그가 넘어가고 있었던 철령은 구름마저 쉬어 넘어야 하는 험한 고갯길이다. 자신이 주장했던 정치적 입장 때문에 반대파의 모함을 받고 귀양길에 나서야 했던 처지가 작품에 그대로 반영되어 있다. 차마 발이 떨어지지 않는 길을 나서야 했던 심정은 참으로 참담하고 원통했을 것이다. 그는 자신의 발밑에 자욱하게 깔려 있던 구름을 보고, 문득 그 구름들이 모여 비가 내릴 것이라는 생각을 했을 법하다. 그리하여 임금에게마저 내쳐진 자신의 처지가 '외로운 신하(孤臣)'이지만, 나라와 임금을 생각하는 심정이 '원통한 눈물(寃淚)'이 되어 발밑의 구름과 함께 비가 되었으면 하고 바랐다.

비록 이항복이 반대파에 의해 귀양을 떠나는 처지가 되었지만, 그가 임금을 생각하는 마음만은 변함이 없다. '구중심처(九重深處)'는 겹겹이 담장으로 둘러싸인 깊은 곳에 자리 잡은 궁궐을 지칭하는 것으로, 임금이 거처하던 '구중궁궐(九重宮闕)'과 같은 의미이다. 겹겹이 둘러쳐진 담장은 또한 임금에게 자신의 말이 제대로 전달되지 못하도록 하는 반대파의 인위적인 장막을 비유적으로 표현한 것이다. 만약 자신의 마음이 어떻게든 전달된다 하더라도, 과연 님이 그 마음을 제대로 알아줄지는 모를 일이다. 그래서 그는 작품의 종장 끝부분에서 자신의 마음을 구름과 함께 비로 만들어 님이 계신 곳에 "뿌려볼까 하노라"라는 다소 자신 없는 듯한 표현을 사용했다. 어쨌든 우리는 이 작품을 통해 귀양을 가면서도 자신의 변치 않는 충성을 임금에게 전하고자 한 이항복의 충성스러운 마음을 읽을 수 있다.

뒤의 작품은 사육신의 한 사람인 성삼문의 것으로, 그의 강직한 성품이 작품 속에 잘 드러나 있다. 사육신은 당시 임금이자 자신의 조카인 단종을 폐위시키고 스스로 임금이 된 세조에 반대해 죽음으로 맞섰던 여섯 명의 인물들을 가리킨다. 이들은 뒤에 세조가 된 수양대군(首陽大君)이 신하로서 임금인 단종을 폐위시킨 것은 의롭지 못한 것이라고 여겼고, 성삼문은 잔혹한 고문에도 굴하지 않고 자신의 뜻을 굽히지 않았다. 이 작품은 세조의 회유에도 굴하지 않고 처형을 당하면서 지은 것이라고 전하는데, 이런 사실과 견주어 본다면 그 의미가 보다 잘 이해될 수 있다.

성삼문의 이 작품은 일명 「봉래산가(蓬萊山歌)」라고도 하는데, 자신의 죽음을 전제로 작품을 시작하고 있다. 중장에서 자신이 평생 지켜왔던 삶의 태도가 그랬듯이, 죽어서도 "봉래산 제일봉에 낙락장송"이 되겠노라고 단언한다. 봉래산은 신선이 산다는 전설 속의 산으로, 여름철의 금강산을 봉래산이라 부르기도 한다. '낙락장송(落落長松)'은 가지가 휘휘 늘어진 큰 소나무를 가리키는데, 절개가 굳고 훌륭한 사람을 가리키는 비유적 표현이기도 하다. 그리하여 백설(白雪)이 온 세상에 가득 내려 다른 나무들의 잎은 다 떨어지더라도, 자신만은 낙락장송처럼 홀로 푸름을 간직하고 '독야청청(獨也青青)'하겠다는 의지를 보여준다. 시류(時流)에 휩쓸리며 자신이 지켜온 뜻마저 팽개치는 어지러운 세태에 대한 비판적 인식을 엿볼 수 있다. 그는 이 작품을 통해 죽음마저도 자신의 마음을 바꿀 수 없을 것이라고 주장한다.

세조가 왕위를 빼앗아 임금이 될 수는 있었지만, 성삼문은 의롭지 못한 사람을 결단코 임금으로 인정하지 않겠다는 의지를 드러내고 있다. 이런 관점에서 본다면, 그에게는 폐위된 단종만이 섬겨야 할 진정한 임금이었다. 죽어서라도

'독야청청(獨也青青)'하기를 바랐던 그는 오늘날까지 충신의 대표적인 인물로 추앙받고 있다. 불의에 굴복하지 않고 죽음으로 맞섰던 성삼문의 일화를 통해서, 우리는 온갖 편법을 쓰더라도 자신에게 유리한 결과가 만들어지면 된다고 생각하는 요즘의 세태에 대한 비판적 인식에 도달할 수 있지 않을까.

6

한 몸 둘로 나눠 부부를 삼기실사

사람들에게 가족은 어떤 의미를 지니고 있을까? 이러한 질문에 대한 답변은 각자 조금씩 다를 것이다. 하지만 살아가면서 누구보다 가장 큰 힘이 되는 존재가 가족이라는 것에는 별다른 이의가 없다고 생각한다. 대체로 사람들은 살아가면서 무언가 어려운 지경에 처하게 되면 누구보다 먼저 자신의 가족을 찾고 또 생각한다. 비록 말 못 할 사연으로 오랫동안 헤어지게 되었더라도, 자신의 '뿌리'인 가족을 찾고 싶은 것은 아마도 인간이 지니고 있는 본능이 아닐까.

남과 북으로 갈린 이산가족들이 상봉을 위해 애쓰는 모습은 이제 우리에게 더 이상 낯선 풍경이 아니다. 또한 어린 시절 불가피한 상황 때문에 해외로 입양되어야 했던 이들이 가족을 찾는 방송 프로그램을 보면서 가슴이 뭉클해지는 것도 이런 이유 때문이다. 여행이나 다른 일로 단 며칠이라도 집을 떠나 있게 되면, 오래지 않아 집으로 돌아가고 싶은 생각이 든다. 이렇듯 진정 우리가 안식처로 생각하는 집은 단지 물리적인 공간만은 아니다. 그곳에는 내가 사랑하는 이들이 있기에, 집이라는 단어를 떠올리기만 해도 편안함을 느끼게 된다.

가족은 사회의 기본적인 단위가 되며, 성장 과정에서 가족 구성원들과의 상호 관계는 개인의 정체성을 확립하는 데 큰 역할을 한다. 현대 사회에서 1인 가구의 비율이 점점 늘어가고 있지만, 한 개인의 삶에 있어 가족의 의미와 역할을 무시할 수는 없을 것이다.

일반적으로 가족을 이루는 가장 중심적인 위치에는 부부가 존재한다. 가족들은 대개 혈연으로 묶여 있지만, 가족의 중심을 이루는 부부는 혈연이 아니다. 부부는 결혼이라는 제도를 통해 비로소 하나의 가족으로 재탄생한다. 서로 다른 가족에 속했던 두 사람이 결혼이라는 제도를 통해 새로운 한 가족을 만들게 된다. 시대에 따라 그 의미가 조금씩 달라지기는 하지만, 결혼은 남녀간의 사랑에 기반을 둔 결합이라고 여겨진다. 즉 서로 다른 가족의 성원으로 살아왔던 남녀가 하나의 새로운 가족을 만들 수 있는 가장 중요한 요인을 두 사람 사이의 애정이라고 보는 것이다. 따라서 부부가 서로를 이해하며 조화로운 삶을 사는 것은 가족 화합의 전제가 된다.

그렇다면 전통 시대에는 부부를 어떻게 인식하고 있었을까? 여기에서 우리는 가장 먼저 '부부유별(夫婦有別)'이라는 단어를 떠올린다. '부부유별'이란 전통 시대의 윤리를 대표하는 오륜(五倫)의 한 덕목으로, 남편과 아내는 부부로서 살아가는 데 서로 분별함이 있어야 한다는 뜻이다. 남편은 남편으로서의 본분이 있고 아내는 아내로서의 본분이 따로 있기 때문에, 각자 이를 잘 헤아려서 서로의 역할을 친범하지 않고 잘 지켜야 한다는 말이다.

여성들의 사회 활동이 엄격하게 제약을 받던 시기에 이러한 윤리는 결국 남녀 차별적인 의미로 해석될 수밖에 없었다. 그 표현의 이면에는 남성들이 사회 활동을 잘할 수 있도록 여성들은 내조(內助)를 잘해야 한다는 남성중심적인 사고가 강하게 반영되어 있다. 일부이겠지만 아직도 기성세대 중에는 여성의 역할에 대해 남성이 사회에서 성공할 수 있도록 가정을 잘 지키는 것이 최선이라는 생각을 지니고 있는 사람들이 있다. 이러한 생각 역시 여성은 어떤 경우라도 가정의 울타리를 벗어나서는 안 된다는 인식에 기초하고 있다. 하지만 요즘처럼 남녀평등을 지향하는 시대에는, 표현 그대로 남편과 아내 모두 가족의 성원으로서 각자의 역할을 다해야 한다는 의미로 이해되어야 한다. 엄연히 시대가 변했으니, 그에 걸맞은 새로운 의미로의 해석이 요구된다.

이제 시조 작품들에서는 부부의 모습이 어떻게 그려지고 있는지를 살펴보기로 하자.

한 몸 둘로 나눠 부부夫婦를 삼기실사
있을 제 함께 늙고 죽으면 한데 간다
어디서 망녕엣 것이 눈 흘기려 하는고.

— 정철의 「훈민가」 중에서

이 작품은 정철이 강원도 관찰사로 부임하였을 때, 백성들을 교화하기 위해 지은 「훈민가(訓民歌)」 가운데 한 수이다. 전체 16수로 이루어진 정철의 「훈민가」에는 각 작품마다 주제를 나타내는 별도의 소제목이 붙어 있는데, 앞의 작품은 '부부유은(夫婦有恩)'이다. '부부유은'은 부부 사이에도 서로의 은혜를 잘 알아야 한다는 뜻으로, '부부유별(夫婦有別)'의 다른 표현이다. 이처럼 사대부들이 유교적인 이념을 주된 내용으로 하여, 백성들을 교화할 목적으로 지은 시조를 '훈민시조(訓民時調)'라 부른다. 훈민시조는 일반 백성들을 대상으로 하기 때문에 설득력을 높이기 위해서 청자(聽者)를 염두에 두고 말을 건네는 어법을 주로 구사한다.

부부를 가리켜 '하늘에서 정해준 짝'이라는 의미로 '천정배필(天定配匹)'이라는 표현을 쓴다. 이 작품의 초장은 이를 풀어 서술한 것으로, 원래 한 몸이었던 존재가 둘로 나뉘어 부부가 된 것이라는 인식에 바탕을 두고 있다. 초장의 '삼기다'는 '생기게 하다' 또는 '만들다'는 의미로, 그 주체는 '하늘의 뜻'이라고 할 수 있다. 따라서 부부란 생사고락(生死苦樂)을 같이하기 때문에, 중장의 내용처럼 함께 늙어가고 죽으면 함께 묻히게 되는 존재이다. 비록 부부가 서로 죽은 시점을 달리 하더라도 합장(合葬)하는 것이 우리의 관습이다. 부부 가운데 한 사람이 먼저 죽으면 무덤을 만들어 장례를 치르고, 뒤에 남은 배우자마저 세상을 뜨면 함께 묻는 것이 바로 합장이다. 그 앞에는 비석을 세우고 부부의 비문을 나란히 새긴다.

이 작품의 중장까지는 부부가 죽은 이후에 합장하는 일반적인 관념에 대해 그대로 서술했다. 그런데 이 작품의 묘미는 바로 종장에 있다. 초·중장의 내용으로만 본다면 '부부란 천생배필이니 일평생을 함께 살다가 죽으면 한 무덤에 묻히는 사이'라는 통념을 반복하는 것에 그치고 만다. 하지만 종장에서 "망녕엣 것"이란 제3자를 등장시켜, 사이좋은 부부 사이에 '눈 흘기지 마라'고 언급하면서 작품을 종결짓는다. 이는 부부의 화합이 깨지는 원인이 바로 부부 사이를 훼방 놓는 "망녕엣 것"과 같은 존재들에 있다는 인식이다. 또한 부부가 서로 존중하고 가정을 지키기 위하여 서로 노력해야 한다는 의미를 담고 있다고 이해할 수 있다. 이처럼 특정 윤리의 문제를 독자들에게 일방적으로 강요하기보다는, 구체적인 목소리를 지닌 화자를 등장시켜 표현하는 것이 정철의 작품이 지닌 특징이다.

김홍도의 〈신행(新行)〉(국립중앙박물관 소장)

결혼을 하기 위해 신부 집으로 향하는 신랑 행렬을 그렸다. '부부유별'이란 전통 시대의 윤리를 대표하는 오륜(五倫)의 한 덕목으로, 남편과 아내는 부부로서 살아가는 데 서로 분별함이 있어야 한다는 뜻이다.

다음 작품은 동일한 주제를 다루면서도 그 형상화의 방식이 다른 양상을 보여주고 있다. 특히 여자인 아내의 역할만을 강조해 서술한 것이 특징이다.

> 지아비 밭 갈러 간 데 밥고리 이고 가
> 반상을 들오대 눈썹에 맞초이다
> 친코도 고마우시니 손이시나 다르실까.
>
> — 주세붕의 「오륜가」 중에서

조선 전기에 활동했던 작가인 주세붕(周世鵬, 1495~1554)이 지은 것으로, 전체 여섯 수로 된 「오륜가(五倫歌)」 가운데 한 작품이다. 제목에서 보듯, 이 작품 역시 백성들을 교화할 목적으로 지은 훈민시조에 속한다. 주세붕은 당시 양반 자제들의 교육기관이었던 서원(書院)을 우리나라에서 처음으로 만들었는데, 1543년 경상도 풍기 지역에 백운동서원(白雲洞書院)을 세웠다. 그는 고려시대 유학의 중흥자인 안향(安珦)이 그 지역에 거처했다는 사실을 알고 사우(祠宇)를 세워 제사를 지내는 한편, 유학의 경전 등 각종 책을 구비해 유생(儒生)

들을 모아 인재를 교육시켰다. 1550년에는 당시의 임금이었던 명종이 친필로 '소수서원(紹修書院)'이라고 쓴 편액과 책들을 내려주고, 서원의 운영에 필요한 논밭과 노비를 하사하면서 사액서원(賜額書院)의 시초가 되었다. 이후에 전국의 곳곳에 많은 서원이 설립되기 시작했으며, 그리하여 서원은 인재를 양성하고 향촌(鄕村)에서의 유교적 질서를 유지하는 기능을 담당했다. 하지만 조선 후기로 갈수록 서원이 지방 양반층의 이익을 대변하는 역할을 수행하는 등의 부작용을 낳기도 해, 19세기 후반 고종(高宗) 대에는 서원 철폐가 대표적인 개혁 정치의 하나가 되기도 했다.

주세붕은 서원을 통해 향촌의 풍속을 교화하려고 노력했는데, 「오륜가」 역시 그러한 그의 의도가 엿보이는 작품이다. 그러나 정철의 작품과는 달리 내용의 전달에 치우쳐 지나치게 교훈적인 주제를 강요하는 경향이 있다. 이 작품은 부부 사이의 윤리를 강조한 '거안제미(擧案齊眉)'의 고사(故事)에 바탕을 두고 있다. '거안제미'란 중국 한나라의 학자인 양홍(梁鴻)과 그의 부인인 맹광(孟光)의 고사에서 유래된 말로, 부인이 밥을 차려 그 밥상을 자신의 눈높이까지 들어올려 남편에게 공손히 바친다는 뜻이다. 그만큼 남편을 존중하는 아내의 자세를 높이 평가하는 이야기라고 할 수 있겠는데, 정작 이 고사는 남성을 위한 여성들의 일방적인 희생이 당연하다는 내용으로 오랫동안 이해되어 왔다.

주세붕의 이 작품 역시 남편과 아내의 상호 존중이라는 본질보다는, 아내는 남편을 하늘처럼 떠받들어야 한다는 내용만이 두드러지게 나타난다. 초장의 내용은 남편은 밭에서 일을 하고 아내는 남편을 위해 '밥고리'를 이고 가는 것으로 설정되어 있다. 중장은 '거안제미'의 내용을 풀어서 서술한 것으로, 아내가 '반상(飯床, 밥상)'을 차려 남편에게 드릴 때 그것을 자신의 눈높이에 맞추어야 한다고 주장한다. 결국 그러한 이유가 남편이 아내나 다른 가족들에게 "친코도 고마우"신 존재이기 때문이며, 따라서 그런 남편을 마치 손님처럼 예의를 갖추어 대해야 한다는 것이 종장의 결론이다. 물론 아내의 이런 자세 이면에는, 남편 역시 아내를 위해서 존중하고 헌신해야 한다는 것을 전제하고 있다고 이해할 수 있겠다. 하지만 이 작품이 향유되면서, 여성인 아내는 가장인 남편을 헌신적으로 '모셔야' 한다는 당위만이 강요되어 왔다. 남성중심적인 사고가 지배하고 있던 당시의 인식으로서는 어쩔 수 없는 한계이다.

다음 작품은 부부 관계 그 자체에 초점을 두고 있으며, 서로 화합하는 모습이 그 본질임을 형상화하고 있다. 남편과 아내의 구체적인 역할을 말하지 않고, 부부는 하늘로부터 정해진 배필이라는 당위적 윤리만을 제시하고 있다. 아마도 이런 형태의 작품이 훈민시조의 전형일 것이다.

사람 내실 적의 부부夫婦 같게 삼겨시니
천정배필天定配匹이라 부부같이 중重할소냐
백년百年을 아적 삼아 여고금슬如鼓琴瑟 하렷노라.

— 박인로의 「오륜가」 중에서

부부의 화목을 뜻하는 '금슬(琴瑟)'을 주제로 하고 있는 이 작품은 박인로(朴仁老, 1561~1642)가 지은 「오륜가」 가운데 한 수이다. 모두 25수로 구성된 박인로의 「오륜가」 역시 당시 지배층의 자제들이나 일반 백성들을 교화할 목적으로 지은 작품이다. 대체로 작품 속에 그려진 형상은 당대 사대부들이 이상적으로 생각했던 부부의 모습이기에, 둘 사이의 갈등보다는 화합을 추구하는 내용이 주종을 이루는 것은 지극히 당연하다. 이 작품 역시 부부가 서로 화합해야 한다는 내용을 당위적인 차원에서 진술하는 것에 그치고 있다.

'부부유별'이라는 작품의 주제는 앞서 언급한 정철 작품의 그것과 크게 다르지 않다. 먼저 초장에서 부부의 인연은 하늘에 의해 맺어진다는 것을 전제로 하고 있다. 태어날 때부터 그렇게 되기로 예정되어 있었기 때문에, 결국 혼인하여 부부가 되는 것은 당연하다는 인식이다. 중장의 '천정배필'이라는 표현은 초장의 내용을 구체화한 것이며, 그렇기 때문에 인간관계에서 부부의 인연보다 소중한 것이 있을 수 없다는 의미이다.

종장의 '여고금슬(如鼓琴瑟)'은 『시경(詩經)』의 "처자가 마음에 맞는 것이 금슬을 켜는 것과 같다(妻子好合, 如鼓琴瑟)"는 구절에서 끌어왔다. 금(琴)과 슬(瑟)은 모두 현악기이며, 이 말은 남편과 아내가 각각 금과 슬을 켜는데 그 음악이 서로 잘 어울린다는 의미이다. 여기에서 유래하여, 부부 사이의 정이 두터운 것을 '금슬이 좋다'고 말한다. 또한 사람의 한평생을 흔히 '백년'으로 표현한다. 종장은 부부가 살아가면서 일평생을 마치 하루의 아침을 사는 것처럼 변함없이 사이좋게 지내는 것이 가장 이상적이라는 내용이다. 이렇듯 이 작품은 소중한 부부의 인연을 평생 유지하기 위해서 서로 화합해야 한다는 것을 말하고 있다.

지금까지 살핀 작품들은 조선 전기 사대부들이 백성들을 교화할 목적으로 지은 훈민시조이다. 비록 그 표현 수법에서는 작품마다 조금씩 다른 점이 엿보이지만, 결국 부부 사이의 윤리를 강조해 그것을 따르게 하고자 하는 목적에서 창작된 것이다. 그러나 조선 후기에 지어진 사설시조들에 그려진 부부의 모습은 훈민시조의 그것과 매우 다르다. 먼저 지은이가 말하고자 하는 당위적 이념을 일방적으로 제시하기보다는 작품 속에 상황을 구체적으로 형상화했다. 때문에 동일하게 부부의 문제를 다루고 있지만, 우리는 전혀 다른 느낌을 받게 된다.

> 곳구룡 우는 소리에 낫잠 깨어 일어나 보니
> 작은아들 글 읽고 며늘아기 베 짜는데 어린 손자는 꽃놀이 한다
> 마초아 지어미 술 거르며 맛보라고 하더라. ㅡ 오경화

> 서방書房님 병病들여 두고 쓸 것 없어 저자에 다래 팔아

김홍도의 〈자리짜기〉(국립중앙박물관 소장)

돗자리를 짜고 있는 남편과 물레를 돌려 실을 잣는 아내, 그 뒤편에서 책을 펴 놓고 글자를 막대로 짚어 가며 읽고 있는 아들 등 한 가족의 모습을 그렸다.

배 사고 감 사고 유자榴子 사고 석류石榴 샀다 아차아차 잊었구나 오화당五花糖을 잊어버렸구나

수박水朴에 술 꽂아 놓고 한숨 겨워 하노라. ― 김수장

두 작품 모두 평시조에 비해 중장이 다소 확장된 형태로 된 사설시조이다. 앞의 작품은 조선 후기 가창자로 활동했던 오경화(吳擎華, 생몰년 미상)가 지은 것으로, 어느 한 가족의 평범한 일상을 포착해 묘사하고 있다. 작품의 내용은 가을걷이를 끝낸 농촌의 한 가정을 배경으로 하고 있다. 한 해 동안의 바쁜 농사일을 마치고 비로소 가족들은 다소 한가한 시간을 즐길 수 있게 되었을 터이다. 초장의 '곳구롱'은 꾀꼬리의 울음소리를 의성어로 표현한 것인데, 화자인 시아버지는 그 소리에 낮잠을 자다가 깨어난다. 주변을 돌아보니 작은아들은 책을 읽고, 그 옆에서 며느리는 베를 짜고 있다. 또한 어린 손자는 마당 한쪽에서 꽃놀이를 하고 있다. 그때 마침 아내는 담가 놓은 술을 걸러 그에게 맛보라고 내어놓는다. 종장의 '마초아'는 '때마침'이란 뜻의 옛말인데, 이 작품에서는 종장 첫 구에 흔히 등장하는 감탄사의 역할을 하고 있다. 이렇듯 한 가족의 평화로운 일상의 단면을 포착해 그린 작품이다.

시아버지의 시선에서 가족의 모습이 매우 평화롭게 그려

지고 있는데, 작품을 천천히 음미하며 읽다 보면 절로 머릿속에 그려질 듯하다. 어찌 보면 다른 가족들은 시아버지의 시선 속에 배치된 하나의 정물처럼 여겨진다. 즉 자신을 위해 술을 거르는 아내, 글 읽는 작은아들과 그 옆에서 길쌈하는 며느리, 그리고 꽃놀이하는 어린 손자 등 작품 속의 인물들은 낮잠을 자다 깨어난 그에 의해 조망된 대상이다. 때문에 이 작품을 읽는 우리들 역시 그러한 시선을 따라 작품 속의 상황을 매우 평화롭게 느끼게 된다.

뒤의 작품은 18세기에 주로 활동했던 가창자인 김수장(金壽長, 1690~?)이 지은 것으로, 어느 시정 아낙네의 남편에 대한 애틋한 사랑이 섬세하게 그려져 있다. 초장의 내용으로 미루어 남편은 지금 병이 든 상태이며, 그러한 서방님을 위해 아내는 '다래'를 팔아 돈을 마련한다. 다래는 여자의 머리숱이 많아 보이게 하기 위해 원래의 머리카락에 덧넣어 땋는 머리를 가리킨다. 아마도 집안 형편은 넉넉하지 않은 듯하며, 그런 속에서도 다래를 팔아 남편을 위해 여러 과일을 마련한다. 그런데 오색으로 물들여 만든 동글납작한 사탕인 오화당(五花糖)이 빠졌음을 뒤늦게 알고 안타까워한다. 종장에서 끝내는 사지 못한 물건에 대한 미련을 버리지 못하고 수박에 숟가락을 꽂아 두고 그저 한숨만 내쉬는 모습이 무척이나 인상적이다.

한편, 병든 남편을 위해 약과 끼닛거리가 아닌, 온갖 과일을 사들이는 아내의 모습이 얼마나 현실적으로 비춰질지는 자못 의문이다. 더욱이 작품 속의 아내는 장신구인 다래를 팔아야 할 정도로 생활이 절박한데도, 온갖 과일을 마련하고 미처 사지 못한 사탕에 대해 아쉬워하고 있다. 이런 모습이 희화적(戱畵的)인 상황으로 비춰질 수 있지만, 병든 남편을 위해 세심하게 마음을 쓰는 아내의 모습에서 부부간의 조화로운 애정이 먼저 떠오른다. 부부 사이의 애정을 윤리적인 차원에서 강조하기보다, 이처럼 구체적인 형상을 통해 자세히 서술하는 것이 사설시조가 지닌 표현상의 특징이다. 그렇기에 우리는 사설시조 작품을 읽을 때 작품 속의 상황을 더 생생하게 떠올릴 수 있으며, 또한 더 큰 흥미를 느끼게 되는지도 모른다.

7
오백 년 도읍지를 필마로 돌아드니

새로운 왕조가 들어설 때면, 새 왕조의 주체 세력들은 언제나 건국의 명분과 정당성을 확보하려고 노력한다. 그것은 대개 자신들이 축출한 전 왕조를 부정하는 것에서 출발한다. 고려를 멸망시키고 새로운 왕조를 세웠던 조선의 건국 세력들도 자신들의 행위에 정당성을 부여하기 위해 노력했다. 그러나 조선의 태조(太祖) 이성계(李成桂)와 그의 추종 세력들은 새로운 왕조를 건국하는 과정에서 적지 않은 어려움에 맞닥뜨렸다. 무엇보다도 오백여 년이나 지속된 고려 왕조를 지지해 온 수많은 사람들을 설득하는 것이 쉽지 않았다. 비록 고려 말의 상황이 이른바 권문세족(權門勢族)이라는 소수 특권층의 전횡으로 매우 어지러운 지경에 처해 있었지만, 그것으로 한 왕조를 바꿀 수 있을 정도의 명분을 삼기는 어려웠다. 그들이 부패 세력을 척결한다는 명분을 내세웠지만, 그 행위의 본질은 왕위를 찬탈(簒奪)하는 것에 다름없었던 까닭이다.

사실 고려 말의 정치 상황은 매우 암담했다. 오랫동안 권문세족들이 고위 관직을 독점하고, 그들에게 권력과 경제력까지 집중되고 있었다. 권문세족들의 전횡은 갖가지 수단을 동원해 농민들의 토지를 빼앗는 데서 멈추지 않았고 양민들을 자신들의 노비로 만들기도 했다. 소수에 불과한 이들에게 온갖 정치적·경제적 특권이 집중되었다. 그 결과 고려 말의 국가 재정은 바닥날 지경이었고, 이와 함께 일반 민중들의 생활도 어렵기는 매한가지였다. 때문에 당시에 많은 사람들 사이에서 이들의 전횡을 막아야 한다는 공감대가 형성되었고, 자연스럽게 권문세족에 맞서는 새로운 정치 세력이 대두하게 되었다. 당시 새로운 학문이었던 성리학에 기반을 둔 세력인데, 이들을 일컬어 신흥사대부(新興士大夫)라고 불렀다.

이들이 분명한 개혁 노선을 주장하고 있었지만, 고려 말의 신흥사대부들은 크게 두 세력으로 구분되었다. 오랫동안 권문세족들이 저질러온 온갖 폐단을 개혁해야 한다는 의지는 함께 지니고 있었지만, 고려 왕조를 유지하느냐 아니면 아예 왕조를 교체하는 데까지 나아가느냐 하는 문제에 대해서는 의견을 달리했다. 결국 왕조의 교체를 내걸고 역성혁명(易姓革命)을 주장한 이성계를 중심으로 한 건국 세력이 권력 투쟁에서 승리하여, 고려를 멸망시키고 조선을 건국하는 데에 이르게 되었다. 그러나 이색이나 정몽주 등과 같은 당시의 지식인들은 이들의 행동에 단호하게 반대했고, 그에 따라 조선의 건국 세력들은 자신들의 앞길에 방해가 되는 인물들을 제거해 나갔다. 그들은 정몽주를 살해하고 이색을 비롯한 정치적 반대 세력들을 귀양 보내기도 했다. 이렇게 이성계 일파는 새로운 왕조인 조선을 건국(1392년)했고, 많은 지식인들은 세상을 등지고 은둔 생활을 택하게 된다.

당시 지식인들의 은둔은 새로운 왕조를 인정할 수 없다는 신념을 바탕에 둔 행동이었다. 이들은 비록 고려 말의 정치 상황이 매우 혼란스럽고 권문세족들이 부패했을망정, 개혁을 통해 왕조를 지켜나갈 수 있다는 믿음을 지니고 있었다. 하지만 조선의 건국 세력들은 기존의 왕조를 무너뜨리고 자신들이 스스로 새로운 왕조의 주체로 나섰다. 그들의 행동이

정당하지 못한 방법에 의한 권력의 찬탈(簒奪)이라고 생각했기 때문에 도덕적으로 용납할 수 없었다. 따라서 고려 왕조의 신하였던 자신들은 그들의 행동을 인정할 수 없으며 또한 두 왕조를 섬길 수 없다는 신념을 버릴 수 없기에 스스로 물러나 은둔을 택한 것이다.

하지만 역사는 언제나 승자의 것이고, 역사적 사건에 대한 평가 역시 조금씩 변하기 마련이다. 왕이 정치를 잘못하여 민심을 잃으면 하늘의 뜻(天命)이 다른 곳으로 옮겨간다고 하여, 유학에서는 왕조의 성(姓)을 바꾸는 '역성혁명'에 대해서도 나름의 정당성을 부여하고 있다. 이미 역사의 무대 뒤로 사라진 고려를 대신해, 역사의 전면에 등장한 조선의 건국 세력들은 다양한 방법으로 이를 합리화하고자 노력했다. 자신들의 행위를 합리화하기 위한 명분을 부여하고 흩어진 민심을 얻기 위한 수단으로, 민중들의 신망을 받던 유학자들에게 정치 일선에 나서줄 것을 지속적으로 요청했다. 은거를 택했던 이들은 건국 세력들의 거듭된 요청에도 응하지 않고, 초야에 묻혀 정치 현실과는 거리를 두고 지냈다. 하지만 흘러간 역사를 되돌릴 수는 없는 까닭에, 세월이 지나면서 점차로 조선 왕조는 그 기틀을 다져가게 된다.

이러한 격변기를 거치면서, 왕조의 흥망을 겪었던 당시 지식인들의 심정이 매우 복잡했을 것임은 짐작하기 어렵지 않다. 자신이 평생을 바쳤던 왕조의 몰락을 지켜보고, 더욱이 역사에서 서서히 잊혀지는 존재가 되었을 때의 비감함은 이루 다 형언할 수 없었을 터이다. 당시 옛 왕조와의 의리를 지키기 위해 은거를 택했던 이들의 작품들이 전해지고 있다.

오백 년五百年 도읍지都邑地를 필마匹馬로 돌아드니
산천山川은 의구依舊하되 인걸人傑은 간 데 없다
어즈버 태평연월太平烟月이 꿈이런가 하노라. — 길재

흥망興亡이 유수有數하니 만월대滿月臺도 추초秋草이로다
오백 년五百年 왕업王業이 목적牧笛에 부쳤으니
석양夕陽에 지나는 객客이 눈물겨워 하노라. — 원천석

앞의 작품은 야은(冶隱)이란 호로 알려진 길재(吉再, 1353~1419)가 지은 것이다. 그는 고려 왕조와의 의리를 내세워 조선 건국 이후에도 관직에 참여하지 않고 은거하며 지냈다.

특히 훗날 조선의 태종(太宗)이 되는 이방원(李芳遠)은 1400년(정종 2)에 그를 태상박사(太常博士)란 직위에 임명했으나, 두 왕조를 섬기지 않겠다는 뜻을 말하며 그 제안을 단호히 거부했다. 하지만 세종이 즉위한 뒤에 길재의 절의(節義)를 기리는 뜻에서 그의 자손을 등용하려 하자, 그는 자신이 고려에 충성한 것처럼 자손들은 조선에 충성해야 할 것이라며 자손들의 관직 진출을 인정해주었다. 이러한 일화에서 보듯이 그는 자신이 섬겼던 옛 왕조와의 의리를 지키면서도, 또한 다른 사람의 행위에 대해서도 그 나름의 명분이 있다면 기꺼이 인정하는 품성을 지니고 있었다. 그는 고려 왕조의 멸망 이후에 은거하면서 학문에 정진하여, 문하(門下)에서 김종직(金宗直)·김굉필(金宏弼)·조광조(趙光祖) 등의 유학자들을 길러내기도 했다.

이 작품은 「회고가(懷古歌)」로 잘 알려져 있다. 조선이 건국되고 한양으로 수도가 옮겨진 이후, 옛 왕조의 수도였던 개성(開城)을 둘러보고 느끼는 감회를 적은 것이다. 개성에는 황진이, 서경덕과 함께 '송도삼절(松都三絶)'로 꼽히는 박연폭포가 있으며, 고려의 충신인 정몽주가 반대 세력에 의해 죽임을 당했던 선죽교(善竹橋)를 비롯해 태조 왕건의 왕릉 등 다수의 유적이 여전히 자리하고 있었다. 개성은 건국 이래

34대 475년(918~1392) 동안 고려의 수도였다. 하지만 고려가 망하고 수도마저 한양으로 옮겨간 지금, 다만 한 필의 말을 타고서 옛 수도를 돌아보는 이의 심사가 매우 착잡했을 것임은 짐작하기 어렵지 않다. 둘러본 옛 수도의 자연 풍광은 예나 지금이나 다를 바 없는 한결같은 모습이지만, 대궐을 비롯한 저잣거리는 과거의 호화로움을 뒤로 한 채 쓸쓸함을 간직하고 있다.

그의 머릿속에는 문득 과거 수많은 인재들이 모여서 국가의 대사를 논하던 광경이 떠올랐다. 이쯤에서 자신을 비롯한 고려의 유신(遺臣)들은 새 왕조의 건국에 참여하지 않고 어디엔가 은거하며 살고 있다는 데 생각이 미쳤다. 하여 "산천은 의구하되 인걸은 간 데 없다"는 탄식을 토로했다. 태평을 누리던 옛 왕조의 치세(治世)를 떠올리며, 그 세월이 마치 한바탕의 꿈인 것처럼 느껴졌기 때문이다. 자신과 더불어 고려 왕조를 떠받들던 인재들은 자취를 감추었으나, 주변의 산천은 예전에 보던 그대로였다. 변함없는 자연과 어디론가 사라져버린 인걸들이 대조되면서, 인생의 무상함을 다시금 절감하게 되었다. 종장의 '어즈버'라는 감탄사는 그러한 감정을 억제할 수 없는 상태에서 저절로 나왔다. 망해버린 옛 왕조를 생각하며 쓸쓸하고 허전함을 깊이 느낀 상태에서 토해낸 탄식이었을 것이다.

두 번째는 원천석(元天錫, 1330~?)의 작품으로, 역시 멸망한 고려 왕조를 생각하며 읊은 「회고가」이다. 원천석은 고려 말의 혼란한 정치 상황을 개탄하여, 치악산에 들어가 은둔 생활을 했다. 예전에 조선 건국의 핵심 인물이었던 이방원을 가르친 바 있어, 뒷날 태종으로 즉위한 이방원이 여러 차례 벼슬을 내리고 정치에 참여할 것을 청했으나 끝내 응하지 않았다. 그가 조선 왕조에 출사(出仕)하지 않은 이유 역시 고려 왕조에 대한 의리를 저버릴 수 없었기 때문일 것이다. 그가 고려 왕조에 대해 어떠한 생각을 지니고 있었는지는 이 작품을 통해 다소나마 엿볼 수 있다.

"흥망이 유수(有數)하"다는 초장의 표현은 어느 나라든지 그 흥하고 망함은 하늘의 운수에 달려 있어 사람의 힘으로는 어쩔 수 없다는 의미이다. 여기에는 이미 고려의 멸망은 돌이킬 수 없는 것이라는 체념이 담겨 있다. '만월대(滿月臺)'는 개성의 송악산 기슭에 있던 고려의 궁궐터를 일컫는데, 한때는 수많은 인재들이 모여 국가의 대사를 의논하던 곳이었다. 하지만 왕조가 망한 지금 과거에 화려했던 그곳은 가을풀이 무성한 지경에 처했다. '추초(秋草)'는 이제 시들 일만 남았으니, 시들어 가는 가을풀이 무성한 만월대는 곧 고려 왕조의 쇠망을 표현한 것이다.

오백 년을 구가했던 고려 왕조의 왕업(王業)이 무너진 지금, 그리 멀지 않은 곳에서 목동의 피리 소리가 나지막하게 들려온다. '목적(牧笛)'은 다른 시조 작품들에서도 흔히 나타나는데, 대개 전원의 여유로움을 표현하는 수단으로 등장한다. 그러나 망해버린 옛 왕조의 대궐 터에서 듣는 피리 소리는 듣는 이로 하여금 허무감을 돋우게 될 것이다. 종장의 '석양' 역시 초장의 '초추'와 더불어 쇠망한 고려 왕조를 은유한 것이다. 한때는 옛 왕조의 주체 세력으로 활동했던 자신이 이제 한낱 '객(客)'의 처지임을 절감한다. 때문에 이곳을 지나면서 쓸쓸한 심정이 되어 흐르는 눈물을 주체할 수 없었을 것이다.

고려의 멸망과 조선의 건국을 지켜봐야 했던 고려 유신(遺臣)들의 작품들에서는 그리하여 슬픔의 정조가 두드러지게 나타난다.

백설白雪이 잦아진 골에 구름이 머흐레라

반가운 매화梅花는 어느 곳에 피었는고
석양夕陽에 홀로 서서 갈 곳 몰라 하노라. — 이색

이 작품은 목은(牧隱) 이색(李穡, 1328~1396)이 지은 것인데, 그는 포은(圃隱) 정몽주(鄭夢周), 야은 길재와 더불어 고려의 삼은(三隱)으로 일컬어진다. 이들은 비록 고려 왕조가 망한 뒤에도 끝까지 의리를 지켰으며, 협박과 회유를 일삼았던 새 왕조에 단호히 맞서 남다른 우국충정을 보여주었다. 이색은 이성계 일파의 권력 장악 음모에 맞서다가 몇 차례 유배를 당하기도 했으며, 그의 능력을 아낀 태조 이성계에 의해 한산백(韓山伯)에 봉해졌으나 끝내 벼슬을 사양하고 은거를 택했다. 이 작품에는 고려의 멸망과 조선의 건국을 지켜보던 이색의 처지가 반영되어 있다.

초장은 한동안 퍼붓던 눈이 서서히 잦아드는 골짜기에 있는 화자에게 어디에선가 험한 구름이 몰려오고 있는 상황이 그려져 있다. 한동안 쏟아지던 눈이 그치기 시작하자 구름이 다시금 몰려오는 암담한 지경을 묘사하고 있다. 중장에서 보듯이 그가 찾는 대상은 바로 봄소식을 전해주는 '매화'이다. 그러나 온갖 악조건이 겹친 여건에서 매화를 찾아가는 것은 결코 쉽지 않은 상황이다. 여기에 날까지 저물어가니 그야말로 '설상가상(雪上加霜)'이다. 때문에 "석양에 홀로 서서 갈 곳 몰라 하노라" 하고 체념 섞인 탄식을 하게 된 것이다. 이 작품은 망해 가는 고려 왕조의 운명을 내다보고 의리를 지키고자 했던 작자가, 말로 형언하기 어려운 고독 속에 처해 있었던 자신의 비통한 심정을 표출한 것으로 이해할 수 있다.

고려의 유신들이 이처럼 옛 왕조를 생각하며 비감함에 젖어 있을 때, 조선의 건국에 참여했던 이들은 어떤 생각을 지니고 있었을까? 그들 역시 한때는 고려 왕조의 신하들이었다. 비록 개혁을 부르짖으며 새 왕조의 건국에 참여했지만, 옛 왕조의 수도였던 개성에 대한 나름의 감회가 있었을 것이다. 다음 작품은 조선 건국에 적극적으로 참여했던 정도전(鄭道傳, 1342~1398)이 지은 것이다. 정치적 입장이 달랐던 앞의 작품들과 어떤 차이를 느낄 수 있는지 살펴보기로 하자.

> 선인교(仙人橋) 나린 물이 자하동(紫霞洞)에 흘러들어
> 반천년(半天年) 왕업(王業)이 물소리뿐이로다
> 아이야 고국(故國) 흥망(興亡)을 물어 무엇하리오. — 정도전

이 작품의 초장에 등장하는 '자하동'은 개성의 송악산 기슭에 있는 지명이며, '선인교'는 그곳에 흐르는 여울에 걸려 있는 다리이다. 자하동의 선인교에서 흐르는 강물을 바라보며, 이제는 과거가 되어버린 고려의 '반천년 왕업'을 떠올린다. 그 순간, 오랜 역사를 지녔던 고려 왕조는 사라지고 이제 남은 것은 자하동을 흐르는 '물소리뿐'임을 자각했다. 여기에서 '물소리'는 실체가 있지만 그 명확한 형체를 잡을 수 없는 존재이다. '물소리뿐'이라는 '반천년 왕업'은 이미 과거가 되었다는 것을 의미한다. 물은 흘러가면 다시 돌아오지 않는다. 따라서 고려가 멸망했다는 사실은 결코 되돌릴 수 없으며, 현재의 상황도 역사의 순리에 맡겨두는 것이 마땅하다는 주장을 은연중에 토로하고 있는 셈이다.

흥미로운 것은 고려의 유신들이 개성에서 찾은 곳이 '도읍지'나 '만월대'와 같은 궁궐터였다면, 새 왕조 주체 세력의 일원이었던 정도전은 '자하동의 흐르는 물'이었다는 점이다. 시간이 지나더라도 만월대와 같은 유적은 그 흔적이라도 남아 있는 반면에, 흘러간 물은 흔적조차 남지 않으며 되돌릴 수 없다. 하여 종장에서 "고국 흥망을 물어 무엇하"겠느냐고 반문했던 것이다. 작품의 중장까지만 본다면, 옛 왕조를 회상하고 아쉬워하는 태도는 고려 유신들과 유사하다. 그러나

朴淵瀑

종장의 표현은 과거의 역사에 집착하지 않겠다는 의지의 표출로 이해된다. 아마도 이러한 면모는 정도전이 처했던 정치적 입장과도 무관하지 않을 것이다.

정도전은 조준(趙浚)·남은(南誾)과 함께 이성계를 추대해 조선을 건국한 주체 세력의 하나였다. 조선 건국 이후에도 강력한 개혁 정책을 펼쳐 새 왕조의 기틀을 세우는 데 큰 힘을 보탰다. 따라서 고려는 자신이 부정했던 왕조인 셈이고, 고려의 옛 수도에서 느끼는 감회는 고려 유신들의 그것과는 다를 수밖에 없었다. 오히려 자신이 적극 참여했던 새 왕조의 기초를 다지는 일이 더 중요하다 생각했을 것이고, 옛 왕조의 흥망은 역사 속의 일로 여겼을 것이다. 같은 장소를 돌아보면서도, 작품의 배경과 소재가 다른 이유이다. 정도전은 결국 태조 이후의 왕위 계승권을 둘러싸고 벌어졌던 '제1차 왕자의 난'(1398년) 때, 반대의 입장에 서 있었던 이방원에 의

정선의 〈박연폭(朴淵瀑)〉(개인 소장)

황진이, 서경덕과 함께 '송도삼절' 가운데 하나로 유명한 박연폭포의 웅장한 모습을 그렸다. 고려 유신들이 찾는 곳이 도읍지나 만월대와 같은 궁궐터였다면, 새로운 조선 왕조의 건국 세력인 정도전이 찾은 곳은 '자하동의 흐르는 물'이었다. 유적은 흔적이라도 남겠지만 흐르는 물은 흔적조차 남지 않고 되돌릴 수도 없다.

해 죽임을 당했다.

조선의 건국 초기 두 차례나 발생했던 이른바 '왕자의 난'은 모두 왕위 계승권을 둘러싼 권력 투쟁의 과정을 일컫는데, 여기에는 모두 이방원이 연루되어 있다. 조선의 건국에 공이 컸던 정도전은 이방원의 이복동생인 이방석(李芳碩)을 세자로 삼는 데 큰 역할을 했다. 이에 불만을 품은 이방원은 사병(私兵)을 동원해 정도전 등을 습격하여 살해하고, 세자인 이방석까지 귀양 보내는 도중에 죽였다. 이것이 제1차 왕자의 난이다. 이 사건으로 이방원의 형인 이방과(李芳果)가 왕위에 오르니, 이 사람이 바로 조선의 2대 임금인 정종(定宗)이다. 정종이 즉위한 이후 아들이 없자 이방원은 자신의 형인 이방간(李芳幹)과의 무력 충돌을 일으키는데, 이것이 제2차 왕자의 난(1400)이다. 당시 수적으로 우세한 세력을 바탕으로 이방원은 승리하여 이방간을 귀양 보내고, 곧이어 세자로 책봉되어 왕위에 오르게 된다. 왕위를 둘러싼 치열한 권력 다툼의 와중에서 건국의 주체 세력이었던 정도전조차 허망하게 죽임을 당했던 것이다.

고려의 옛 수도였던 개성은 한때 남북 교류를 상징하는 관광지로, 남쪽 사람들도 자유롭게 돌아볼 수 있었던 곳이었다. 남쪽 기업이 진출하여 북쪽의 노동자들과 함께 물건을 생산해내던 '개성공단' 역시 그곳에 자리를 잡고 있다. 정치적 상황에 의해 남북 교류 사업들이 막힌 상태가 되었지만, 빠른 시일 안에 남과 북의 교류가 활발하게 진행되어 서로 자유롭게 오갈 수 있게 되기를 간절히 빌어본다. 한때 웅장한 궁궐이 자리하고 있던 만월대는 이제 터만 남아 있는데, 역사학자인 단재(丹齋) 신채호(申采浩, 1880~1936)는 그의 저서인 『조선상고사(朝鮮上古史)』에서 터만 남은 만월대의 모습을 다음과 같이 묘사했다.

> 송도를 지나다가 만월대滿月臺를 쳐다보아라. 반편半片의 와瓦가 끼쳤더냐. 일개 초礎가 남았더냐. 막막한 전토田土에 이름만 만월대라 할 뿐 아니더냐. 차부嗟夫라, 만월대는 이조의 부행父行되어 멀지 않은 고려조의 궁궐로 무슨 병화兵火에 탔다는 전설도 없는데, 어찌 이와 같이 무정한 유허遺墟만 남았느냐.

일제강점기 시절, 나라를 잃은 처지에서 터만 남은 만월대의 모습을 보면서 느끼는 신채호의 감회는 자못 비감했다.

반 조각의 기와나 주춧돌 하나도 제대로 남아 있지 않은 만월대의 모습은 황량하기 그지없었다. 전쟁으로 불탄 것도 아니면서 그 흔적만 덩그러니 남아 있는 옛 궁궐터를 상상해보면, 당시 신채호가 느꼈을 감정을 어느 정도 이해할 수 있을 것이다. 누구보다 식민지가 된 조국의 현실에 대해서 울분을 느꼈던 신채호의 탄식은, 어쩌면 멸망한 옛 왕조의 흔적을 더듬으면서 느꼈던 고려 유신들의 그것과 크게 다르지 않았을 것이다.

8
남으로 삼긴 중에 벗같이 유신하랴

"벗이 있어 멀리서 찾아오니 또한 즐겁지 아니한가."(有朋, 自遠方來, 不亦樂乎.)

『논어(論語)』의 「학이(學而)」편에 나오는 구절의 일부이다. 공자(孔子)는 먼저 '배우고 때때로 익히는(學而時習之)' 학문의 즐거움을 지적했고, 벗과의 만남을 기꺼이 여기는 것이 '군자(君子)'가 지녀야 할 중요한 덕목이라고 가르쳤다. 대체로 우리에게 벗이란 가족 다음으로 가까운 존재이다. 사람들은 가족을 벗어나 사회생활을 시작하게 되면서 자연스럽게 새로운 사람들을 만나게 된다. 그렇게 만난 사람들 가운데 자신과 뜻이 잘 맞는 사람을 벗이라 여기고, 그와 함께 평생 변치 않는 우정을 나누길 기대한다.

진정한 친구란 세상의 어떤 이익에도 물들지 않고 서로를 이해할 수 있는 사람이다. 우리는 살아가면서 많은 친구들을 사귀게 되지만, 아무런 이해관계에 얽매이지 않고 만날 수 있는 친구를 얻기란 쉽지 않다. 그래서 사람이 한평생을 살면서 진정한 친구 세 사람만 얻는다면 성공한 인생이라고 말하기도 한다.

시조에서도 친구를 주제로 하고 있는 작품들이 적지 않다. 그 중에는 '오륜(五倫)'의 하나인 '붕우유신(朋友有信)'의 관점에서 다룬 교훈적인 작품이 있는가 하면, 단지 벗과의 만남을 즐거워하는 것들도 있다. 이러한 작품들을 통해 우리는 옛사람들이 친구란 존재를 어떻게 인식하고 있었던가를 살펴볼 수 있다.

남으로 삼긴 중에 벗갈이 유신有信하랴
나의 왼 일을 다 이르려 하노매라

이 몸이 벗님 곧 아니면 사람됨이 쉬우랴.

— 정철의 「훈민가」 중에서

벗을 사귈진댄 유신有信케 사귀리라
신信 없이 사귀며 공경恭敬 없이 지낼쏘냐
일생一生에 구이경지久而敬之를 시종始終 없게 하오리라.

— 박인로의 「오륜가」 중에서

이 두 작품은 모두 '붕우유신'이라는 소제목을 달고 있는데, 훈민시조로 분류된다. 그래서 작품의 어조가 누군가를 설득하거나 그 주제를 일방적으로 강요하는 경향이 강하다. 앞의 작품은 전체 16수로 이루어진 정철의 「훈민가」 가운데 한 수이고, 뒤의 작품은 박인로의 「오륜가」 25수 가운데 하나이다. 두 작품은 모두 주제에 걸맞게 벗과의 '유신(有信)'을 강조하고 있으며, 신의를 지키는 것이 친구와의 관계에서 가장 중요한 덕목임을 역설하고 있다.

사람들이 친구를 대할 때, 상대에게 절대적인 신뢰를 가지는 것은 무엇보다도 중요하다. 앞의 작품의 초장에서, 가족 이외의 사람들 중에서 "벗같이 유신"한 존재는 흔치 않다고 말한다. 가족이 아닌 남으로 태어난 사람들 중에서 가장

신의가 있는 존재가 바로 벗이라는 것이다. 문장의 말미에서 "~하랴"라는 설의적 표현을 사용하고 있는데, 이는 벗이란 당연히 신의가 전제되어 있다는 것을 강조하고자 한 것이다. 훈민시조의 어조가 그렇듯이 이 작품에서도 표현하고자 하는 주제를 일방적으로 토로하고 있다. 그리하여 초장의 내용만으로도 작자가 이 작품을 지은 의도는 이미 확연하게 드러난다.

이어지는 부분에서 작품의 주제라 할 수 있는 '유신'의 실질과 그로 인해 얻어지는 결과가 제시된다. 정철이 생각하는 벗이란 자신의 잘못까지도 다 말할 수 있는 존재이다. 자신의 그릇된 행동을 고백한다면, 벗은 자신의 행동에서 무엇이 잘못되었는지를 충고해준다. 자신의 처지를 헤아려 충고해주는 친구 덕분에, 이미 저지른 허물을 자각하고 고칠 수 있다는 것이다. 그러한 친구가 있기에 사회에서 올바른 역할을 하며 살아갈 수 있다. 만약 그렇지 않다면 누구든지 제대로 된 사람 노릇을 하기가 쉽지 않다는 것이 종장의 결론이다. 따라서 사람들은 자신의 허물까지도 감싸고 옳은 길로 가도록 충고해주는 벗이야말로 진정한 친구라고 여기게 된다. 이 작품에서 말한 '붕우유신'의 실질인 셈이다.

박인로의 시조 역시 벗을 사귐에 있어 '유신'을 강조해, 주제는 앞의 작품과 큰 차이가 없다. 그러나 정철의 작품이 '벗은 신의가 있는 존재'라는 것을 당위적으로 전제하고 있다면, 여기에서는 '신의가 있는 벗을 사귀어야 한다'는 점을 강조하고 있다. 벗과의 '사귐'에 초점을 맞추고 있다는 점에서, 두 작품이 지향하는 바가 조금은 다르다. 그 사귐의 전제가 '유신'임은 물론이다. 믿음이란 비단 친구 관계에서만 필요한 것이 아니라, 세상을 살아가면서 만나는 사람들 누구에게라도 필요한 덕목이다. 흔히 사람들은 다른 사람과 사귈 때 그의 존재가 자신에게 좀더 이익이 되었으면 좋겠다고 생각하기 마련이다. 만약 친구를 사귈 때 그러한 이해관계에 얽매인다면, 상대방 역시 이러한 생각을 지닌 자신을 진정한 친구로 받아들여줄 것인가는 의문이다.

친구 사이에 믿는 마음이 전제되는 것은 너무도 당연하다. 이 작품에서는 초장과 중장에서 '사귀다'라는 표현이 세 번이나 거듭 반복된다. 이는 벗을 사귀는 자세가 어떠해야 하는가를 분명히 드러내고자 한 의도이다. 벗을 사귀는 방법으로서, 신의 즉 '유신'이 중요하다는 사실을 재차 강조하고 있다. 벗을 사귀는 태도가 지극히 신중해야 함을 말하고 있는 것이다. 박인로는 여기에 '공경(恭敬)'이라는 항목을 하나 더 추가했다. 아무리 친구 사이라 하더라도, 신의가 있는 가운데서도 또한 서로를 공경하는 예의를 지켜야 한다는 것이다. 종장의 '구이경지(久而敬之)'는 '오랫동안 그를 공경함'이라는 뜻으로, 벗을 사귀는 동안에는 서로 상대를 공경하는 마음을 품고 있어야 한다는 의미이다. 일생을 '시종 없게' 한결같이 서로에게 신의를 지키며 또한 공경하는 마음을 지니게 된다면 그야말로 진정한 친구라 할 만하다.

이 작품들이 훈민시조라는 것을 감안한다면, 그 속에 표현된 벗과의 관계는 당시 사람들이 지녔던 관념의 일단을 보여주는 것이라고 이해할 수 있다. 지금도 여전히 친구 사이의 신뢰란 다른 무엇보다도 중요한 덕목이다. 그러한 믿음이 전제되어 있기에, 사람들은 친구를 자신의 분신으로까지 인식하게 된다. 친구를 일컬어 '지기(知己)'라고 표현하는데, 이는 '자기를 알아준다'는 뜻에서 붙여진 표현이다. 그러한 친구를 한동안 만나지 못하다가, 갑작스레 찾아온 친구와 함께 술잔을 기울이면서 얘기를 나눈다면 얼마나 좋을까. 생각만 해도 절로 마음이 흐뭇해진다. 이러한 느낌은 옛사람들도 별로 다르지 않았던 듯하다.

꽃 피면 달 생각하고 달 밝으면 술 생각하고
꽃 피자 달 밝자 술 얻으면 벗 생각하네
언제면 꽃 아래 벗 데리고 완월장취玩月長醉 하려뇨. — 이정보

꽃 피자 술이 익고 달이 밝자 벗이 왔네
이같이 좋은 때를 어이 그저 보낼쏘냐
하물며 사미구四美具하니 장야취長夜醉를 하리라. — 작자 미상

앞의 작품은 조선 후기의 문인인 이정보가 지은 것이다. 꽃이 피면 달이 떠오르기를 생각하고, 그 달이 밝으면 술이 생각난다는 초장의 내용은 풍류를 즐기는 그의 취향이 잘 드러난다. 꽃이 핀 것만도 좋은데, 여기에 밝은 달이 있으면 얼마나 더 좋을까 하는 생각을 한다. 밤이 되어 때마침 달이 떠오르면, 또 그 분위기에 맞는 술로 흥을 돋울 수 있으면 더할 나위 없을 것이다. 꽃과 달은 자연물로서 선택한 대상이며, 그 분위기를 맞춰 술을 청하는 것은 사람의 의지일 터이다. 이 작품의 초장에 등장하는 꽃·달·술은 모두 옛 문인들이 즐기는 풍류에서 빠져서는 안 될 대상이었다. 여기에 그 분위기에 적합한 음악이 더해진다면, 그야말로 금상첨화(錦上添花)인 것이다.

그러나 꽃과 달 그리고 술이 있다고 하더라도, 마음 한편에는 무언가 부족한 듯이 느껴진다. 그것은 이처럼 멋들어진 분위기를 함께할 수 있는 벗이 빠졌기 때문이다. 비록 앞의 세 가지가 겸비되어 있더라도 함께 즐길 수 있는 친구가 없다면, 그 즐거움은 크게 줄어들 수밖에 없다. 그저 세상사를 훌훌 털어버리고, 마음에 맞는 벗이 있어 함께 즐길 수 있다면 얼마나 좋겠는가. 하지만 자신의 옆에는 흥취를 함께 나눌 수 있는 벗이 없는 것이 안타까울 따름이다. 그래서 꽃 아래서 벗과 함께 달을 완상하며 함께 술잔을 기울일 날을 기약하는 것으로 종결된다. 종장의 '완월장취(玩月長醉)'라는 표현은 '달을 완상하며 오랫동안 술에 취한다'는 의미이다.

꽃이 핀 환한 달밤에 벗과 같이 마음껏 술을 마시고 취하며 회포를 풀어보고자 했으니, 이는 세상의 번잡한 일을 잠시나마 물리치고 싶다는 희망인 것이다. 지기지우(知己之友)와 더불어 마음을 터놓고 시간 가는 줄 모르고 함께 즐기기

이인문(李寅文, 1745~1821)의 〈지두산수화(指頭山水畵)〉(국립중앙박물관 소장)

꽃과 달과 술이 있다고 하더라도 벗이 없다면 마음 한편이 허전하다. 이 그림은 이인문이 일흔두 살 때 그린 작품이다. 정자에서 한가롭게 담소를 나누는 두 노인과, 동자를 앞세워 정자로 찾아드는 노인의 모습이 정겹다.

古松流水觀
道人七十二歲
写

를 간절하게 바라고 있다. 어쩌면 그러한 시간은 그저 희망으로만 남겨질지도 모를 일이다. 초장과 중장에 세 번이나 거듭되는 '생각한다'는 표현은, 작품 속의 상황이 현실이 아니라 희망 사항임을 잘 드러낸다. 따라서 이 작품은 자연 속에서의 취흥을 노래한 것이 아니라, 벗과 함께하지 못하는 아쉬움을 표출하고 있다.

뒤의 작품은 지은이가 알려지지 않은 것으로, 언뜻 보면 그 내용이 앞의 작품과 유사하다고 생각하기 쉽다. 작품 속에 등장하는 소재도 동일하며, 벗과 함께 자연을 즐기며 술을 마신다는 내용 등이 그러하다. 그러나 이정보의 작품은 모든 상황이 단지 '생각'으로 표현되고 있다면, 이 작품은 생생한 현실 속에서 전개되고 있다는 점이 분명히 구별된다. 초장에서 보듯 지은이는 벗을 생각하는 것이 아니라, "꽃 피자 술이 익고 달이 밝자 벗이 왔네"라고 했다. 이러한 조건이 다 충족된 작품 속의 상황은 "이같이 좋은 때"라는 표현으로 집약된다. 때문에 지금 자신의 옆에 있는 벗과 함께 흥겹게 즐길 수 있는 시간을 그저 흘려보낼 수 없다고 생각하는 것이 너무도 당연하다. 작품 속에 등장하는 '꽃·술·달·벗'은 종장에서 '사미구(四美具)'로 표현되는데, 그것은 네 가지의 아름다움이 갖춰졌다는 뜻이다. 여기에서 '벗'이란 존재는 작품 속에서 열거한 '네 가지의 아름다움'을 완성해주는 가장 중요한 조건임은 물론이다. 그렇기에 벗과 함께 밤새도록 술을 마시며 '장야취(長夜醉)'를 하겠다고 공언한다.

이처럼 벗과의 만남은 사람들에게 늘 즐겁고 행복한 마음을 선사한다. 혼자 하기가 아까운 상황이 되면 옛사람들은 즐겨 친구를 생각했다. 좋은 경치를 만나도, 좋은 음식을 앞에 두고도 그것을 친구와 함께했으면 하고 바랐다. 이런 정도가 되면 친구가 나에게 어떤 존재인가를 따지는 것은 무의미하다. 친구는 그저 바라보기만 해도 좋으며, 또 그 얼굴을 떠올리기만 해도 편안하고 마음 든든한 존재이기 때문이다. 다음의 작품은 그러한 친구의 존재를 잘 보여준다.

자네 집에 술 익거든 부디 날 부르시소
내 집에 꽃 피거든 나도 자네 청請하옵세
백년百年 덧 시름없을 일을 의논議論코저 하노라. — 김성최

이 작품은 조선 후기의 문인인 김성최(金盛最, 1645~1713)

가 지은 것으로, 그는 주변의 인물들과 어울려 풍류를 즐기길 좋아했던 인물이었다. 초장과 중장의 내용을 통해서, 벗과의 교유를 즐기는 그의 낭만적 성향이 잘 드러난다. 비록 술과 꽃을 이유로 들고 있지만, 그 밑바탕에는 벗과의 만남을 자주 갖고 싶다는 의지가 깔려 있다. 초장에서 자네 집에 술이 익거든 나를 꼭 불러 함께 마시자고 했으니, 두 사람이 허물없는 친구 사이라는 것을 알 수 있다. 내 집에 꽃이 피거든 자네를 청하겠다는 중장의 내용 역시 막역한 두 사람의 관계를 잘 보여준다. 꽃과 술은 두 사람의 만남을 매개해주는 것이며, 이 두 가지 소재가 서로 어울려 그 자리의 흥취를 고취시켜주고 있다.

이들이 서로 만나 의논하는 일은 바로 "백년 덧 시름없을 일"이다. 흔히 사람의 한평생을 백년으로 표현하는데, 종장은 친구와 함께 한평생 시름없이 사는 길을 찾고자 한다는 의미이다. 김성최에게는 작품 속의 상황처럼 친구와 더불어 술을 마시고, 꽃을 즐기는 것도 "시름없을 일"의 하나일 것이다. 그에게 시름을 안겨주는 일이란, 아마도 세상의 이해에 얽매어 원치 않는 행동을 하는 것을 가리키는 듯하다. 사대부인 그로서는 관직에 나아가, 정치적 이해관계에 따라 의견을 달리하며 다른 사람들과 맞서는 일도 그에 해당한다.

하지만 친구는 세속의 그런 이해관계로부터 벗어나 좀더 편안하게 만날 수 있는 존재이다. 때문에 이 작품에서처럼 가까운 벗을 만나 술도 마시고 꽃도 구경하면서, 길지 않은 인생을 시름없이 살 수 있는 방도가 무엇인지를 의논하고 싶었던 것이다.

그만큼 친구란 존재가 자신의 삶에서 차지하는 비중이 적지 않기 때문이다. 서로 왕래가 빈번하고, 마음을 터놓고 이야기할 수 있는 벗이란 누구에게나 소중한 존재이다. 어떤 목적 때문이 아니더라도, 절친한 친구와의 만남 자체만으로 가슴속에 맺혔던 시름이 풀릴 수 있다. 종장에서 서로 만나 시름없을 일을 의논하고자 한다고 했으나, 친구와의 만남 그 자체가 중심에 놓여 있다. 즉 자신을 알아주는 친구와 만나 즐겁게 지내는 그 자체가 바로 시름없이 살아가는 것임을 말해주고 있다.

자신을 알아주는 친구를 '지음(知音)'이라고 한다. '소리만 듣고도 알 수 있다'는 의미로, 자신을 알아주는 절친한 친구를 일컫는 말이다. 이 말은 중국 춘추시대의 거문고 악사인 백아(伯牙)와 그의 친구 종자기(鍾子期)의 고사에서 유래했다. 종자기는 언제나 백아가 연주하는 음악을 잘 이해해주었고, 그래서 둘은 절친한 친구로 지냈다. 상대방의 음악을 잘 알아준다는 것은 곧 그의 마음을 잘 헤아리고 읽어낸다는 의미이다. 하지만 절친했던 친구인 종자기가 먼저 세상을 떠나자, 백아는 거문고의 줄을 끊고 이후로 거문고를 다시는 연주하지 않았다. 이제 이 세상에 자신의 거문고 소리를 제대로 이해해줄 사람이 없다고 생각했기 때문이다.

'지음'이라는 고사에 얽힌 사연은, 자신을 알아주는 벗이 세상에서 가장 귀하다는 것을 말해준다. 악사인 백아에게는 거문고, 즉 음악이 자신의 삶에서 가장 소중한 의미였을 것이다. 하지만 자신의 음악을 듣고 제대로 이해할 수 있는 사람이 없다면 그것은 단지 자족적 수단에 불과할 뿐이다. 때문에 늘 자신의 음악을 듣고 이해해주었던 친구의 존재는 그만큼 더 귀중했던 것이다. 그러한 친구가 죽었기에, 백아는 더 이상 음악을 연주할 의미를 찾지 못했다. 친구가 자신을 이해하고 믿어준 만큼, 종자기의 죽음 앞에서 자신의 가장 소중한 음악을 과감히 포기할 수 있었다. 벗이란 이처럼 한결같은 마음으로 나를 믿어주는 존재이다. 각박한 세상을 살고 있는 요즘, 우리에게도 백아와 종자기와 같은 진실한 우정을 나눌 수 있는 친구가 있는지 돌아볼 필요가 있다. 어떤 친구를 사귀는가 하는 점도 중요하겠지만, 자기 스스로 친구를 얼마나 신뢰하고 따르는가를 생각해보자. 친구 사이에 어떤 조건이 따른다면, 그것을 결코 진실한 우정이라 할 수 없기 때문이다.

9

술이 몇 가지요 청주와 탁주이로다

사회생활에서 술이 때로는 매우 요긴한 역할을 한다. 평소에는 좀처럼 꺼내기 힘든 말도 술의 힘을 빌려서 털어놓기도 하고, 낯선 사람들과도 술자리를 하고 나면 금세 친해지기도 한다. 하지만 술버릇이 지나쳐 다른 사람들에게 피해를 주는 경우 그 사람을 멀리하게 된다. 적당하면 생활에 활력을 주지만, 지나치면 만병의 근원이 되기도 하는 것이 바로 술이다. 힘든 상황에 처했을 때 사람들은 술을 마시면서 그 순간에는 근심을 잊어버릴 수 있다고 생각한다. 하지만 술이 깨었을 때의 참담함이란 겪어본 사람은 잘 이해할 수 있을 것이다. 당장 겪고 있는 어려움에서 벗어나기 위해 마시는 술은 현실도피의 수단이 되기도 하지만, 술을 마시는 것으로는 근본적인 해결이 될 수 없다는 것은 분명하다.

중국의 옛 역사서에도 우리 민족이 술을 즐겼다는 기록이 보이는 것으로 보아, 술을 좋아하고 정열적으로 생활하던 모습은 당시 중국 사람들에게도 매우 인상적으로 비춰졌던 것 같다. 사실 잠시 세상일을 다 잊고 자연을 벗 삼아 술과 음악을 즐기는 모습은 누구나 한번쯤 꿈꾸는 그런 생활이다. 나 역시 가끔은 누구의 간섭도 받지 않고 어디론가 훌쩍 떠나 한가롭게 쉬면서, 그동안 읽고 싶었던 책을 쌓아 놓고 읽으며 그저 좋아하는 술을 마실 수 있었으면 하는 생각을 한다. 하지만 꽉 짜인 생활 속에서 살아가야 하는 현대인들이 여유를 만끽하며 술을 마실 수 있는 기회란 그리 흔치 않다. 차라리 사회생활을 하면서 일과 사람들에게 시달리며 쌓인 스트레스를 풀기 위해 술을 마시는 경우가 훨씬 더 많다.

옛 지식인들은 풍류를 즐기는 데 술이 있어야 한다고 생각했다. 조선 전기의 사대부 문인들에게서 술을 노래한 시조 작품을 발견하기란 그리 어렵지 않다. 그들의 작품에서는 술을 마시는 것 자체를 즐기기도 하고, 친한 벗과 함께 정을 나누는 수단으로 술이 등장하기도 한다. 때로는 고민이나 번민을 해소하기 위해 술을 마시기도 한다. 이처럼 술은 풍류를 즐기는 수단이 되기도 하고, 가슴속에 맺힌 시름을 풀어내는 도구가 되기도 했다. 술에 대한 이러한 인식은 요즘 사람들에게도 크게 다르지 않은 듯하다. 그만큼 술은 우리의 생활과 밀접한 관계가 있다. 그래서인지 문학 작품들에서도 술은 매우 중요한 소재로 등장하곤 한다. 그럼 시조에서 다루어지고 있는 양상에 대해서 살펴보자.

> 술이 몇 가지요 청주淸酒와 탁주濁酒이로다
> 먹고 취醉할선정 청탁淸濁이 관계하랴
> 달 밝고 풍청風淸한 밤이거니 아니 깬들 어떠리. — 신흠

이 작품은 조선 전기의 문인인 신흠이 지은 것으로, 바쁘게 살아가는 일상에서 잠시 벗어나 한가롭게 술을 즐기는 모습을 그리고 있다. 마치 세상을 달관한 사람처럼 느껴지는 태도를 통해, 신흠이 느끼는 생활의 멋을 느낄 수 있을 듯하다. 그저 술을 즐길 뿐이며, 일단 마신 술이 깨지 않았으면

좋겠다는 작품의 내용을 통해 그의 호방한 자세를 읽어낼 수 있다. 초장과 중장에서는 술의 종류를 가리지 않고 즐기는 태도가 드러나 있다. 종장에서는 그와 함께 적절한 분위기까지 뒷받침되어주니 술을 마시기에는 그야말로 더할 나위가 없다. 시간에 쫓겨 가며 마시는 것이 아니라, 여유롭고 한가한 조건 속에서 술을 마시는 것이야말로 그것을 즐기는 가장 중요한 자세일 터이다.

세상에 많고 많은 종류의 술이 존재하고 있지만, 이 작품에서 그것들은 단지 '청주'와 '탁주'로 구분될 뿐이다. 그러나 청주든 탁주든 먹고 취하기는 마찬가지이니, 그마저도 구분할 필요가 없다고 말한다. 중장에서 보듯 술의 효용이란 단지 취하는 것일 뿐이니, 사실상 지금 마시는 술의 종류가 무엇인가는 별로 큰 의미를 지니지 못한다. 바로 앞에 술이 놓여 있는데, 때마침 달이 떠오르고 바람 또한 시원하게 분다. 그야말로 술을 마시기엔 최적의 조건이라 하겠는데, 그러한 분위기에서 술을 마시고 "아니 깬" 상태를 유지하고자 한다. 이것은 술을 마실 당시의 좋은 분위기를 끝까지 마음속에 품고 싶어 하는 심정을 대변한 표현이라 할 수 있다. 만일 여기에 뜻이 맞는 벗이 자리를 함께하고, 적절한 분위기를 돋울 수 있는 음악이 있다면 그야말로 금상첨화이다.

초장에서 말하는 '청주(淸酒)'는 술을 빚어 거를 때, 술독의 위쪽에 고인 맑은 술을 일컫는다. 이것을 다시 소줏고리를 이용해 증류하면 바로 전통식 '소주(燒酒)'가 되는데, 공장에서 대량 생산되는 지금의 소주와는 전혀 다른 종류의 술이다. '탁주(濁酒)'는 빛깔이 맑지 않고 탁한 술로 막걸리를 달리 지칭하는 말이며, 청주를 거르고 남은 술을 '마구 걸렀다' 혹은 '함부로 아무렇게나 걸렀다'는 의미에서 그렇게 부른다. 최근에는 현대식 소주의 위세에 밀려 찾는 사람들이 줄어들고 있는 추세이지만, 막걸리는 예로부터 서민들이 즐겨 마시던 그야말로 서민들의 술이었다. 결국 '청주'와 '탁주'는 같은 술독에서 나온 술을 그 거른 방법과 색깔로 구분해 표현한 것이다.

뒷집의 술쌀을 꾸니 거친 보리 말 못 차다
즈는 것 마구 찧어 쉬 빚어 괴어내니
여러 날 주렸던 입이니 다나 쓰나 어이리.

— 김광욱의 「율리유곡」 중에서

다나 쓰나 이탁주濁酒 좋고 대테 메온 질병들이 더욱 좋아
어른자 박구기를 둥지둥둥 띄워 두고
아이야 절이김칠망정 없다 말고 내어라. — 채유후

두 작품 모두 빈한한 가운데서도 술을 마시고자 하는 여유로움을 그리고 있다. 앞의 작품은 조선시대의 문인인 김광욱(金光煜, 1580~1656)의 것으로, 전원에서 생활하며 느낀 감회를 옮긴 연시조 「율리유곡(栗里遺曲)」 가운데 한 수이다. 가난한 생활 속에서도 도(道)를 즐긴다는 의미의 '안빈낙도'는 조선시대 사대부들에게 하나의 이념적 의미를 지녔다. '안빈낙도'는 공자가 제자인 안회(顔回)의 삶을 평가하여 이른 말이다. 안회는 덕행이 뛰어나 스승인 공자조차도 배울 점이 많았지만, 평생 가난해 끼니도 제대로 잇지 못할 지경이었다고 한다. 하지만 자신의 처지를 비관하지 않고, 가난한 생활 속에서도 힘써 학문을 닦았다. 후대의 유학자들은 안회의 이런 삶의 태도를 본받고자 했고, 조선의 사대부들 역시 관직에서 물러나 향리(鄕里)에 머물 때에는 검소한 생활을 하며 학문에 힘쓰는 것을 당연시했다.

비록 작품 속에서는 그 처지가 매우 곤궁한 것으로 표현되고 있지만, 그들의 실제 생활이 빈한했다기보다는 검소한

생활 속에서 여유를 잃지 않고 그것을 즐기는 정신을 표현하고자 한 것이다. 이 작품 역시 그러한 각도에서 살펴볼 필요가 있다. 초장에서 술을 빚기 위해 쌀을 꾸지만, 그 집의 사정도 여의치 않았는지 빌린 것은 채 한 말(斗)이 되지 않는 '거친 보리'였다. 뒷집에서 빌려온 거친 보리를 마구 찧어 급하게 술을 담아 채 익기 전에 빚어낸다는 중장의 표현에서 얼마나 술이 마시고 싶었는지를 알 수 있다. 종장의 "여러 날 주렸던 입"은 밥을 먹지 못해 굶주렸다는 것이 아니라, 오랫동안 술을 마시지 못했다는 것을 말한다. 오랜만에 마시는 술이기에 미처 익지 못해 아직 단맛이 충분하지 않더라도 괘념치 않겠다고 한다. 그렇게 빚어 얻은 술은 '다나 쓰나' 상관이 없으며, 단지 술을 마신다는 것에서 의미를 찾는다. 술을 좋아하는 지은이의 심성이 그대로 느껴지는 작품이다.

뒤의 작품은 비슷한 시기에 활동했던 문인인 채유후(蔡裕後, 1599~1660)가 지은 것인데, 그는 이조판서와 대제학을 지냈던 인물이다. 작품 속의 상황은 서민들의 술자리에 우연히 함께하게 된 사대부의 소탈한 면모를 드러낸 것으로 보인다. 작품은 "다나 쓰나" 쌀로 빚은 '이탁주'가 좋다는 말로 시작한다. 주위에는 대나무로 테를 두른 질그릇으로 된 술병들이 놓여 있었나 보다. 더욱이 술이 가득 담긴 술항아리에는

김홍도의 〈주막〉(국립중앙박물관 소장)

막걸리는 '술 빛깔이 흐리고 탁하다'는 의미에서 탁배기, '술 빛깔이 우유처럼 희다'는 뜻에서 백주(白酒), 그리고 '농사일에 널리 쓰이는 술'이라고 하여 농주(農酒)라고 하는 등 다양한 이름으로 불렸다.

박으로 만든 술구기가 "둥지둥둥 띄워"져 있으니, 그것을 보는 마음은 얼마나 흐뭇하겠는가. 그리하여 심부름하는 아이에게 막 절여서 담근 '절이김치'라도 안줏감으로 가져오라고 말했다. 술이 있으니 아무 안주라도 곁들여 한잔하고 싶다는 소탈한 면모가 잘 나타나 있다.

초장의 '이탁주'는 입쌀로 빚어낸 탁주로, 곧 쌀막걸리를 가리킨다. 막걸리는 '술 빛깔이 흐리고 탁하다'는 의미에서 탁배기, '술 빛깔이 우유처럼 희다'는 뜻에서 백주(白酒), 그리고 '농사일에 널리 쓰이는 술'이라고 하여 농주(農酒)라고 하는 등 다양한 이름으로 불렸다. 그리고 "대테 메온 질병"이란 표현은 질그릇에 금이 가서 대나무로 테를 둘러서 깨지지 않도록 한 것을 일컫는 것이다. '구기'는 독이나 항아리 따위에서 술을 퍼낼 때에 쓰는 도구로, 바닥이 오목하고 자루가 달렸으며 국자보다 작다. '박구기'는 박으로 만든 술구기를 가리킨다. 중장의 '어른자'는 감탄사로, 눈앞에 놓여 있는 술을 보고서 느낀 흥겨운 감정을 적절히 표현하고 있다.

그러나 술을 마시는 것이 늘 흥겨운 것만은 아니다. 때로는 현실의 괴로움을 잊기 위해 사람들은 술을 찾기도 한다. 술을 마시고 다시 깨지 말았으면 하는 바람은 아마도 그만큼 현실에서의 고통이 심하기 때문이다.

한 달 서른 날의 잔盞을 아니 놓았노라
팔병病도 아니 들고 입덧도 아니 난다
매일每日에 병病 없는 덧으란 깨지 맒이 어떠리. — 송인

일정一定 백년百年 산들 그 아니 초초草草한가
초초草草한 부생浮生이 무슨 일 하랴 하여
내 잡아 권勸하는 잔盞을 덜 먹으려 하는가. — 정철

앞의 작품은 중종의 딸과 결혼해 부마(駙馬)가 된 송인(宋寅, 1517~1584)이 지은 것으로, 그가 남긴 작품 세 수는 모두 술을 주제로 하고 있다. 부마는 '부마도위(駙馬都尉)'의 준말인데, 곧 임금의 사위를 가리킨다. 동인(東人)과 서인(西人)으로 나뉘어 치열한 당쟁이 벌어지던 시기, 부마의 직책으로 정치적 논란에 휩싸이지 않고 살아가기란 쉽지 않았을 것이다. 옛 기록에 보면, 송인은 부마의 신분임에도 왕실의 외척들이 세도 부리는 것을 매우 못마땅해했다고 한다. 왕실의

인척으로서 법을 지키며 공정한 자세를 취하는 것이 사람들로부터 원망을 사지 않는 길이라고 생각했던 그로서는, 시조를 지을 때도 정치적으로 해석되는 내용이 포함되는 것을 꺼렸을 수도 있겠다. 표면적인 주제는 '술 노래'로 해석되는 이 작품을 단지 취락적이고 현실도피적인 것으로만 해석할 수 없게 만드는 요인이다.

초장에서 화자는 한 달 내내 잔을 놓지 않고 술을 마셨노라고 했다. 하지만 아무리 술을 마셔도 팔이나 입에 병이 생기지 않는다고 했다. 그만큼 술을 좋아하기 때문이기도 하지만, 자신의 타고난 체질 덕도 있을 터이다. 종장에서는 아무리 술을 마셔도 병이 들지 않기에 깨지 않았으면 좋겠다고 하면서 작품을 종결짓는다. 그러나 달리 생각하면 술에서 깨지 않기를 바라는 심정은, 어쩌면 그에게 현실이 그만큼 힘겹고 고통스럽기 때문은 아닐까? 무슨 까닭인지는 몰라도 한 달 내내 술을 마셔야만 하는 상황에 처해 있었고, 그렇게 취한 상태에서는 현실 세계의 온갖 논란거리에서 비껴 살 수 있을 것이라 생각했을 법하다. 그가 남긴 작품들이 모두 '술 노래'라는 사실은, 부마의 직위로서 당대의 현실 정치와 일정하게 거리를 두려는 그의 의지에서 비롯된 것이라고 해석된다.

두 번째는 정철이 지은 것으로, 역시 삶 자체를 만족스럽게 여기지 못하는 그의 인식을 읽어낼 수 있다. 초장의 '일정백년'이란 사람의 한평생 삶을 가리킨다. '초초(草草)하다'는 삶이 수고롭고 고되다는 의미로 사용되었는데, 이 작품에서는 백 년 동안의 삶조차도 '초초한' 것으로 여겨진다. 더욱이 중장에서 그러한 삶을 "초초한 부생'이라고 표현했는데, 이는 곧 인생을 뜬구름이나 부평초(浮萍草)와 같이 떠도는 삶으로 여기고 있음을 알 수 있다. 이리저리 떠도는 삶 속에서는 자신이 마땅히 해야 할 일이 없다고 생각하는 것도 무리가 아닐 것이다. 그리하여 종장에서 다른 사람들에게조차 자신이 권하는 술잔을 덜 먹으려고 물리치지 말라고 했다.

이러한 시조들은 현실에 대한 지은이의 비판적 인식이 저변에 자리 잡고 있다. 술이 깨지 않았으면 하는 바람이나, 술로써 현실 속의 잡다한 문제를 잊고자 하는 작품 속의 상황을 통해 그렇게 해석할 수 있다. 어쩌면 현실 속의 고민은 쉽게 해결될 수 있는 문제는 아닐 것이다. 그렇기에 술을 찾고, 그 힘을 빌려서 현실의 고민에서 벗어나고자 하는 것이다.

사람이 나이를 먹고 늙어간다는 것 또한 엄연히 존재하는 고민의 한 부분이다. 더욱이 그것은 되돌릴 수 없다는 점에서 인간의 힘으로는 어찌할 수 없는 문제이기도 하다. 그래서 간혹 사람들은 술의 힘을 빌려 잠시나마 늙었다는 사실을 잊고 싶어하기도 한다.

뉘라서 날 늙다 하는고 늙은이도 이러한가
꽃 보면 반갑고 잔 잡으면 웃음 난다.
춘풍春風에 흩날리는 백발白髮이야 낸들 어이 하리오. — 이중집

아흔아홉곱 먹은 노장老丈이 탁주濁酒를 걸러 가득 담뿍 취醉케 먹고
납족 조로한 길로 이리로 비틀 저리로 비틀 뷔걸을 적에 웃지 마라 저 청춘青春 소년少年 아이놈들아
우리도 소년少年적 마음이 어제런 듯 하여라. — 작자 미상

두 작품은 각각 평시조와 사설시조 형식으로 되어 있다. 공통의 주제는 늙음을 탄식하는 내용이고, 술이라는 소재와

결합되어 형상화되어 있다. 늙음은 누구에게나 현실적인 고민이다. 단 한순간만이라도 자신이 늙어간다는 것을 잊고 싶을 터인데, 흔히 그 수단으로 술을 마시며 잠시나마 잊고자 한다. 사람들에게 가장 중요한 고민 중의 하나인 탄로(歎老)의 문제가 술과 결합될 수 있는 요인이다.

첫 번째 작품은 이중집(李仲集, 생몰년 미상)이 지은 것으로, 다른 이들이 늙었다고 하지만 자신은 늙지 않았다고 강변한다. 중장에서 그 이유를 "꽃 보면 반갑고 잔 잡으면 웃음"이 나기 때문이라고 설명한다. 그러나 그것은 자신만의 생각일 뿐이다. 젊고자 하는 마음은 얼마든지 표현할 수 있는 일이겠지만, 봄바람에 흩날리는 백발(白髮)은 결코 감출 수 없다. 그리하여 종장에서 결국 백발이 흩날리는 자신의 모습에서, 스스로 늙었다는 사실 자체에 대해 어찌할 수 없다고 토로한다. 흔히 꽃은 청춘을 상징하고, 술은 현실의 고민을 잊게 해주는 매개이다. 꽃을 보고 술을 마시며 자신이 늙지 않았음을 다른 이들에게 보여주고자 하지만, 늙어간다는 현실을 되돌릴 수는 없기에 현실을 인정하고 체념할 수밖에 없다.

두 번째 작품은 사설시조 형식이며, 이 작품의 화자는 술을 마시고 비틀거리며 가는 '노장(老丈)'을 바라보는 제3자이다. 작품의 내용으로 보아, 그의 나이 역시 그런 노장과 비슷

김후신(金厚臣, 생몰년 미상)**의 〈대쾌도**(大快圖)**〉** (간송미술관 소장)

18세기의 작품으로, 만취한 인물을 세 사람이 부축하며 달려가는 모습을 그렸다. 사대부에게 술은 풍류의 수단이 되기도 하고, 시름을 푸는 도구가 되기도 했다.

한 연령의 노인이리라 짐작된다. 다소 과장이 있겠지만, 초장에 나오는 노장은 아흔아홉 살이나 먹은 노인이다. 그러한 노인이 "탁주를 걸러 가득 담빽 취케 먹고" 비틀거리며 길을 걷는다. "납족 조로한 길"이란 아주 '넓고 좋은 길'이란 뜻인데, 그러한 대로에서 이리저리 비틀거리면서 걷고 있는 모습을 보고 사람들은 아마도 눈살을 찌푸렸을 듯도 하다. 청춘 소년들에게 그러한 노장의 모습을 보고서 "웃지 마라"라고 정색을 하며 말한다. 그것은 종장의 '우리'라는 표현에서 보듯이, 화자 역시 노장과 비슷한 처지의 노인이기 때문일 터이다.

종장의 "소년적 마음이 어제런 듯"하다는 표현은, 술을 즐기며 호기롭던 자신의 옛날 모습을 떠올리는 것으로 보인다. 자신들도 젊을 때가 있었고, 지금은 청춘인 소년들도 또한 언젠가는 나이를 먹어 늙을 것이다. 비록 몸은 늙었지만 자신들도 젊었을 때가 어제인 것처럼 느껴진다고 말하고 있다. 이 작품에서는 늙고 추한 것조차도 용인하고자 하는 태도를 엿볼 수 있는데, 그것은 자신 역시 노장과 같이 늙었기 때문이다. 술을 마시고 비틀거리는 노장이 늙어간다는 현실이 서러워 술로 달래고자 했다고 생각했을 법하다. 늙음이란 인간의 힘으로는 어찌 할 수 없는 문제이며 누구에게나 닥치는 근본적인 고민이기에, 그것을 술로 달래는 것은 자연스럽게 여겨질 수 있다.

사람들에게 술은 때로는 긍정적인 역할을 하기도 하지만, 그 반대로 심성을 황폐하게 만들기도 한다. '과유불급(過猶不及)'이라는 말이 있듯이, 술을 마시는 것도 적당한 선을 지킨다면 삶의 활력이 될 수 있다. 물론 우리 사회에서 술 자체를 부정적으로 보는 시선도 없지 않지만, 문제는 술이 아니라 그것을 마시는 사람의 행동에 따라 그 평가가 달라진다는 점이다. 자신의 몸을 상하게 하고 세상을 탓하기 위해 마시는 것이 아닌, 세상 사람들과 더불어 살기 위해 즐기는 술이 될 수 있으면 좋겠다. 이러한 태도가 진정한 애주가(愛酒家)의 그것이라 할 수 있지 않을까.

10
사랑이 어떻더냐 둥글더냐 모지더냐

사랑이 없는 삶이란 얼마나 삭막할 것인가. 우리는 살아가면서 끊임없이 누군가를 사랑하고, 그 사랑의 힘을 통해 생활의 활력을 얻는다. 사랑하는 사람과 함께 있을 때는 시간 가는 줄 모르다가도, 헤어지고 나면 보고 싶은 마음에 가슴이 끊어질 듯한 아픔을 느끼는 것이 사랑이다. 그래서 사랑이 항상 아름답기만 한 것은 아니다. 사랑하는 사람을 보고 싶어하는 마음은 때로는 상사병이 되어 자신을 괴롭히기도 한다. 그것을 겪어본 사람이라면, 사랑하는 사람을 만날 수 없는 현실이 얼마나 고통스러운지를 충분히 이해할 수 있다. 하여 사람들은 누구나 사랑하는 사람과의 이별 없는 삶을 꿈꾼다.

사랑에는 여러 가지가 있다. 부모 형제 간의 사랑, 부부 간의 사랑, 사제 간의 사랑, 그리고 연인과의 사랑 등. 누군가를 짝사랑하는 사람들의 심정은 또 어떤가. 서로 어긋난 감정은 고통이 될 수밖에 없다. 사람들은 모두 사랑하는 이와의 영원한 사랑을 꿈꾸지만 한번 멀어진 마음을 되돌리기란 결코 쉽지 않다. 열정적인 사랑을 했던 사람들이 헤어지고 나면 누구보다도 더 멀어지기도 한다. 애정을 주제로 하고 있는 수많은 예술 작품들도 사랑과 이별을 함께 다루고 있는 경우가 많다. 그래서 영원한 사랑도 없으며, 영원한 이별도 없다는 말이 생겼을 것이다.

'한눈에 반한다'는 말이 있다. 짝사랑으로 끝나는 경우가 많지만, 그 상대가 자신에게도 똑같은 감정을 느꼈다면 얼마나 좋을 것인가는 새삼 말할 필요가 없다. 생각만 해도 가슴이 벅찬 그런 상대가 있다면, 우리는 그것을 사랑이라 부를 수 있다. 물론 상대를 보고 한순간에 달아오르는 사랑이 있는가 하면, 오랫동안 함께 지내면서 서서히 그 깊이를 더해가는 그런 사랑도 있다. 살아가면서 새록새록 사랑을 키워간다면 이 역시 남부럽지 않은 삶이 될 수 있다.

사람들의 생활이 모두 애정으로 재단될 수 있는 것은 아니지만, 사랑이 바탕에 깔려 있어야만 행복한 삶을 누릴 수 있다. 어쩌면 사랑이란 우리의 삶 속에서 다른 가치들보다 중요한 감정일 터이다. 그렇기에 사랑은 우리들의 영원한 주제이고, 때문에 수많은 예술 작품들에서 중요한 비중으로 다루어져 왔다.

시조 작품들에서도 사랑을 다룬 것이 적지 않다. 물론 그 대부분은 조선 후기에 창작된 것들이다. 조선 전기의 사대부들에게 있어서 애정이라는 주제는 쉽게 작품화할 수 있는 것이 아니었다. 사대부란 말에서 우리는 근엄한 도학자의 이미지를 먼저 떠올린다. 그들도 사람이기에 사랑의 감정을 느꼈을 터이지만, 겉으로 드러나는 면모는 일단 모든 감정을 억제하는 문화에 익숙해 있었다. 따라서 사대부와 기녀와의 사랑 이야기를 제외하면, 조선 전기 사대부 문화에서 애정에 관한 문화는 좀처럼 찾아볼 수 없다. 하지만 조선 후기로 갈수록 시조 작품들에서 애정이라는 주제가 큰 비중을 차지하게 된다. 인간의 자유로운 감정을 토로하는 것에 이전보다

신윤복(申潤福, 1758~?)**의 〈춘색만원**(春色滿園)**〉**(간송미술관 소장)

조선 전기의 사대부들에게 있어 애정이라는 주제는 쉽게 작품화할 수 있는 것이 아니었다. 하지만 조선 후기로 갈수록 예술 작품에서 애정이란 주제가 큰 비중을 차지하게 된다. 인간의 자유로운 감정을 토로하는 것에 이전보다 더 관대해졌기 때문이다.

더 관대해졌기 때문이다. 여기에서는 '사랑' 그 자체를 다루고 있는 작품들을 중심으로 살펴보자.

사랑思郞이 어떻더냐 둥글더냐 모지더냐
길더냐 짜르더냐 발일러냐 자일러냐
각별各別이 긴 줄은 모르되 끝 간 데를 몰라라. — 작자 미상

삼나무에 그네 매어 님과 둘이 어울 뛰니
사랑이 줄로 올라 가지마다 맺혔어라
저 님아 구르지 말라 떨어질까 하노라. — 작자 미상

지은이를 알 수 없는 앞의 작품은 사랑이 무엇인가를 구체적으로 표현하고자 했다. 사랑에 대해 운율을 살려 진솔한 감정을 토로함으로써 읽는 이에게 공감을 불러일으키고 있다. 사랑은 눈에 보이지도 않고 손으로 만져서 확인할 수도 없는 추상적인 감정일 따름이다. 지은이는 사랑을 보다 구체적으로 형상화하고자 하는데, 그것은 눈에 보이지 않는 것까지도 표현하고자 하는 욕구에서 비롯된 것이다. 물론 사랑을 이런 식으로 재단하는 것이 불가능하다는 사실은 자신도 잘 알고 있지만, 이렇게 해서라도 사랑의 실체를 그려보고 싶었

던 것이다. 보이지 않는 감정은 확인하기가 쉽지 않다. 사랑은 혼자서 하는 것이 아니라 상대가 있어야만 하는 감정이다. 그래서 자신이 사랑하는 상대도 나를 사랑하고 있는지 확인하고 싶은 마음은 누구나 가지고 있다. 이것은 어쩌면 사랑은 영원히 지속될 수 없다는 것을 전제하고 있기 때문이라고 할 수도 있겠다.

초장에서 사랑의 모양이 어떤 것인가 하는 질문을 던지며 작품을 이끌고 있다. 사랑이란 도대체 어떻게 생겼기에, 사람의 마음을 움직이기도 하고 또 끊임없이 찾아드는 존재인가. 먼저 그 형상이 "둥글더냐 모지더냐"고 묻는다. 중장에서는 질문의 내용을 더 구체화해, 그것이 길거나 혹은 짧아서 길이를 잴 수 있는 것인가를 확인하고자 한다. 여기에서 '발'은 사람이 두 팔을 벌린 정도의 길이를 말하며, '자(尺)'는 길이를 재는 도구로 한 자가 대략 30센티미터 정도이다. "발일러냐 자일러냐"는 '발로 잴 수 있겠는가, 아니면 자로 잴 수 있겠는가' 하는 물음이다. 종장에서는 사랑을 눈으로 볼 수는 없지만, "각별이 긴 줄은 모르되 끝 간 데를" 모르겠다고 대답했다.

이처럼 작품에서 묻고자 한 둥글고 모(角)지고, 길고 짧은 것은 모두 눈으로 확인할 수 있는 형상이다. 하지만 사랑이란 실체는 구체적으로 확인할 수 없는 것이기에, 그저 그 끝이 어디인지를 모르겠다고 스스로 대답하고 있다. 이것은 또한 사랑이 끝나지 않고 영원히 지속되기를 바라는 심정이기도 하다. 다시 말하면, 사랑이란 눈으로 볼 수 있는 대상은 아니지만 적어도 자신에게는 그 사랑이 영원히 지속되기를 바란다는 의미이다. 사랑이 "각별이 긴 줄은 모"른다는 종장의 구절은, 사랑이 영원한 것만은 아니라는 것을 알고 있기에 이렇게 표현한 것이다. 하지만 그 끝을 경험하기 싫기에, 적어도 자신에게는 사랑이 영원히 지속되었으면 하는 심정이었을 것이다. 어차피 눈으로 볼 수 없는 감정이니, 차라리 그 끝이 어디인지를 모르면 그것을 알기 전에는 멈추지 않을 것이라는 기대가 내포되어 있다.

뒤의 작품도 역시 작자 미상으로, 님과의 사랑을 그네 타는 모습으로 형상화했다. 삼나무는 일본이 원산지인데, 주로 일제강점기부터 우리나라에 심겼다고 한다. 그래서 옛 문헌에 나오는 삼(杉)은 글자 그대로 삼나무가 아니라 전나무를 가리키는 경우가 많다. 이 작품의 삼나무도 전나무로 보는 것이 옳을 듯하다. 물론 작품을 해석하는 데 있어, 그네가 매어져 있는 나무가 어떤 종류인가는 크게 중요하지 않다. 그저 높이 솟은 나무에 매어져 있는 그네를 상상하면 될 터이다. 작품 속의 상황처럼 사랑하는 사람과 함께 그네를 뛰는 모습은 그것을 지켜보는 다른 사람들에게 부러움을 느끼게 할 만하다. 초장의 '어울 뛰다'는 '어울려 뛰다'는 의미이니, 님과 함께 어울려 그네를 타는 모습이 자연스레 머릿속에 그려진다. 이 작품에서는 님과 함께 그네를 타는 동안은 애정이 지속된다는 것을 알 수 있다.

중장에서는 그네를 타는 동안 두 사람에게서 피어난 사랑이 그네 줄을 따라 삼나무에 올라 가지마다 맺혔다고 표현하고 있다. 나뭇가지마다 매달린 열매가 곧 님과의 사랑을 실증하고 있는 셈이다. 이 역시 님과의 사랑을 눈에 보이는 것으로 형상화하고자 한 지은이의 의도에서 비롯된 표현이다. 종장에서는 그네에서 떨어질지 모르니 님에게 구르지 말라고 요구하고 있다. 그네를 타기 위해서는 계속 굴러주어야 하지만, 이 작품에서 그네가 두 사람의 애정을 엮어주는 역할을 한다면 그것에서 떨어지는 순간 그들의 애정은 깨어지는 것을 의미하기 때문일 것이다. 이것도 역시 사랑이란 언젠가는 깨어질 수 있다는 것을 전제로 한 표현이다. 님과의 사랑이 깨질까 두렵고, 그 때문에 님에게 그네에서 구르지 말라고 말하고 있다.

사랑은 이처럼 지속되는 순간에도 끊임없이 그 결말을 두려워해야 하는 것인지도 모른다. 그것의 존재를 명확히 할 수 없는 추상적인 대상이면서도 사람의 마음을 한없이 아프게 할 수 있는 것이 바로 사랑이다. 사랑하는 이와 헤어져 있는 순간에도, 그 님과 만날 수 있기를 고대하는 것이 어찌할 수 없는 인간의 마음이다. 그래서 헤어져 있는 동안에도, 사랑하는 이를 만나면 무엇을 할 것인지를 생각한다.

동지冬至ㅅ달 기나긴 밤을 한허리를 베어 내어
춘풍春風 이불 아래 서리서리 넣었다가
어론님 오신 날 밤이어든 구비구비 펴리라. — 황진이

동짓달 밤 길단 말이 나는 이른 거짓말이
님 오신 날이면 하늘조차 무이 여겨
자는 닭 일깨워 울려 님 가시게 하는고. — 작자 미상

앞의 시조는 기녀(妓女) 황진이(黃眞伊, 생몰년 미상)의 작품이다. 시와 노래 등에 뛰어난 재능이 있었던 그는 중종 때 개

성에 살던 황진사의 서녀(庶女)로 태어나 기생이 되었다는 이야기가 전하기도 한다. 기녀가 되기 전, 동네 총각이 황진이를 사모하다가 죽었는데 그의 집 앞에서 상여가 움직이지 않아 황진이가 속옷을 벗어 주니 비로소 움직였다는 일화도 전해진다. 기녀가 된 뒤로는 당시 '살아 있는 부처(生佛)'이라 불리던 지족선사(知足禪師)를 파계(破戒)시켰으며, 대학자인 서경덕(徐敬德, 1489~1546)을 유혹하려다가 실패하고 그의 제자가 되었다는 일화 등이 전하고 있다. 당시의 문인들과 폭넓은 교유를 했으며, 그들과 주고받은 한시와 시조들이 상당수 남아 있다.

당시 개성에서 은거하며 지내던 서경덕과 뛰어난 경치를 자랑하던 박연폭포, 그리고 황진이를 일컬어 '송도삼절'이라 한다. 개성을 대표하는 존재로서, 지금까지 전하는 그와 관련된 수많은 일화들은 그만큼 황진이가 매력적인 인물이었다는 것을 반증하고 있다. 비록 기녀의 신분이었지만 그의 자유로운 정신과 열정적인 삶은 지금도 매우 흥미롭게 다가온다. 때문에 황진이를 소재로 한 소설과 영화, 뮤지컬, 드라마 등이 지속적으로 만들어지는지도 모른다. 황진이의 면모는 그가 남긴 작품들과 일화들을 어떻게 바라보느냐에 따라 조금씩 달리 해석될 수 있을 것이지만, 중세의 틀에 얽매이기를 거부했던 자유로운 정신세계만큼은 누구나 인정할 수 있을 것이다.

국문학자인 이병기 선생은 이 시조를 일컬어 "우리의 시조시사에서 최고 걸작이요, 최고의 절창(絶唱)"이라고 평가했다. 내용을 가만히 음미해보면, 먼저 시어의 참신함과 주제를 이끌어가는 감각적 표현 등에서 매우 뛰어난 작품임을 느낄 수 있다. 동짓달은 음력 11월을 가리키는데, 일 년 중 밤이 가장 긴 시기이다. 그 기나긴 동짓달의 밤을 한 토막 베어 내겠다는 표현에서, 시간을 감각적으로 재단해 내는 황진이의 탁월한 언어 감각을 엿볼 수 있다. 더욱이 그렇게 잘라낸 시간을 넣어 두겠다는 '춘풍 이불'이란 표현도 아주 독특하다. '봄바람 부는 이불' 곧 '따뜻한 이불'이라는 의미로 해석할 수 있는데, 추운 동짓달의 기나긴 밤과 대비되는 기발한 표현이다. 종장의 '어론님'이란 '사랑하는 님'이란 뜻의 옛 표현이다. 이 작품은 전체적으로 시어와 주제를 드러내는 절묘한 표현에서 읽는 이로 하여금 시적 상상의 여운을 즐길 수 있도록 하는 힘을 지니고 있다.

베어 낸 밤을 이불 속에 '서리서리' 넣어 둔다는 표현 또한 아주 절묘하다. '서리다'는 실 따위를 헝클어지지 않게 빙빙 둘러서 포개어 감는다는 의미인데, 그것을 중복해서 표현함으로써 실제로 기나긴 밤이 마치 그렇게 서리어질 수 있는 듯이 여겨진다. 그렇게 모은 시간을 사랑하는 님이 오시면 '구비구비' 펴겠다는 것 역시 현실에서는 불가능할지라도 시적인 표현으로서는 절묘한 맛을 느끼게 한다.

특히 '서리서리'나 '구비구비'와 같은 단어의 사용은 그 어감에서 주는 맛도 함께 음미해볼 만하다. '서리서리'라는 표현에서 그리움에 대한 한 여인의 안으로 접는 가녀린 가슴을 느낄 수 있다면, '구비구비'에서는 밖으로 열어 꿈틀거리는 굵은 가슴을 느낄 수 있다고 설명하기도 한다. 잘라낸 밤의 길이를 비단처럼 이불 아래에 '서리서리' 서려 넣어 두었다가, 님이 오신 날 밤 그것을 꺼내어 '구비구비' 펼쳐 다시 원상태로 만들겠다는 의미이다. 그렇게 펼쳐진 밤을 님이 오신 날 밤에 연결해, 사랑하는 님과 함께하는 시간을 길게 누리고 싶다는 것이 바로 황진이의 마음인 것이다.

지은이를 알 수 없는 뒤의 작품은 황진이 시조에 대한 일종의 패러디라 할 수 있겠다. 똑같이 애정을 주제로 하고 있지만, 그 지향은 정반대로 나타난다. 초장에서 동짓달 밤이 길다는 말은 거짓말이라고 단언한다. 아마도 이 작품의 지은이는 황진이의 시조를 잘 알고 있는 사람일 것이다. 동짓달의 밤이 길다는 것은 객관적인 사실이지만, 또한 시간을 느끼는 것은 지극히 주관적이기도 하다. 좋아하는 사람과 함께 있다면 아무리 긴 시간이라도 짧게 느껴질 수 있으며, 누군가를 기다리는 사람은 아무리 짧은 시간도 더디 가는 것처럼 여겨질 수 있다. 따라서 동짓달 밤이 실제로 길지 않다는 것이 아니라, 단지 자신이 그렇지 않다고 느끼기에 거짓말이라고 표현한 것이다.

이 작품에서 지은이는 "동짓달 기나긴 밤"이라는 황진이의 표현에 동의할 수가 없다고 말한다. 사랑하는 님을 기다리는 황진이 작품의 상황과는 달리, 이미 그 밤을 님과 함께 지내고 있기 때문이다. 중장의 "님 오신 날"이란 표현에서 그것을 알 수 있으며, 기나긴 밤이 빨리 새는 것을 안타까이 여기는 자신을 하늘조차 밉게 여긴다고 억지를 쓰고 있는 셈이다. 사랑하는 사람과 함께 있으면 아무리 긴 밤도 짧게 느껴지는 것이 너무도 당연하다. 이 작품에서의 님은 날이 밝아 새벽이 되면 가야만 하는 존재이다. 때문에 밤을 길게 늘여 님과 함께 오랫동안 지내고 싶지만, 현실은 그렇지 못하다. 그리하여 떠나야 하는 님을 원망하는 것이 아니라 엉뚱하게도 "동짓달 밤 길단 말"이 거짓말이라고 화풀이를 하고 있다.

만약 님이 새벽에 나갔다가 저녁에 다시 돌아온다면 원망이 이렇게도 심하지 않았을지 모르겠다. 작품 속의 상황으로 보아, 아마도 님은 새벽에 떠나면 쉽게 다시 돌아올 수 있는 존재가 아니다. 사랑하는 사이인 두 사람은 어렵게 만났기에 일 년 가운데 가장 길다는 동짓달 밤조차도 짧게만 느껴진다. 한번 헤어지면 언제 다시 만날 것인지 기약도 쉽게 할 수 없기에, 그러한 자신의 처지를 하늘이 밉게 여긴다고 둘러대는 것이다.

대체로 조선 후기에 창작된 작품들에서는 사랑을 눈에 보이는 것으로 형상화하고자 하는 면모가 두드러지게 나타난다. 이러한 면모를 가리켜 '추상에서 구체로의 하강'이라고 말하기도 한다. 사랑이라는 인간의 감정조차 관념이 아닌 구체적인 형상으로 만들어내는 것이 다음 작품들이 지닌 가장 주요한 특징이다.

> 연蓮 심어 실을 뽑아 긴 노 비벼 걸었다가
> 사랑思郞이 그쳐 갈 제 찬찬 감아 매오리라
> 우리는 마음으로 맺었으니 그칠 줄이 있으랴. ― 김영

사랑을 찬찬 얽동여 뒤설머지고

태산준령을 허위허위 넘어가니 모르는 벗님네는 그만 하여 버리고 가라 하건마는

가다가 자즐려 죽을망정 아니 버리고 갈까 하노라. — 작자 미상

앞의 작품은 조선 후기에 활동했던 무인으로 정조(正祖) 때 형조판서를 지냈던 김영(金鍈, 생몰년 미상)이 지은 것이다. 이 작품에서도 사랑이 그쳐진다면 그것을 물리적으로라도 연결해 이어가겠다는 의지를 드러낸다. 그 수단은 연을 심어 그것에서 뽑은 실들을 서로 비벼 만든 노끈이다. 연꽃은 흙탕물에서 피면서도 그 깨끗함을 잃지 않는다고 하여 일반적으로 순수함을 의미한다. 진흙 속에서 피어나기 때문에 질긴 생명력을 상징하기도 하고, 꽃밥이 풍성하고 많이 열려 자손의 번성을 뜻하기도 한다. 지은이가 실을 삼는 대상을 연꽃으로 상정한 것은, 사랑의 순수함을 강조하기 위한 것이다. 더욱이 그렇게 해서 만든 노끈은 언젠가 끊어질지도 모르는 사랑을 잇기 위한 것이다.

'노'는 실 따위를 가늘게 비비거나 꼰 줄을 말하는데, 그렇게 만든 것을 '노끈'이라고도 한다. 사랑이 언제 그칠지 모르겠다며, 평상시에 연에서 뽑은 실로 노끈을 만들어 가까이

걸어 두겠다고 말하고 있다. 이는 사랑이란 언젠가는 끊어질 수도 있다는 것을 전제한 것이며, 사랑이 영원한 것이 아니라는 것을 충분히 알고 있다는 의미이기도 하다. 종장에서 마음으로 맺은 자신의 사랑은 그치지 않을 것이라고 강조한다. 그러나 이 역시 자신이 바라는 일방적인 희망 사항일 뿐이다. 진정 마음으로 맺은 님과의 사랑이 영원할 것이라고 믿었다면, 초장과 중장에서 사랑이 그쳐 갈 것에 대한 언급을 하지는 않았을 것이다.

뒤의 작품은 사설시조로, 지은이는 알 수 없다. 이 작품은 '애정 지상주의'라는 이름을 붙일 수 있을 정도로 사랑에 대한 태도가 매우 적극적이다. 이 작품에서 사랑은 빈틈없이 얽어서 동여매고 등에 짊어지고 다닐 정도로 절대적인 대상이다. 초장의 '찬찬 얽동이다'는 '끈 따위로 단단하게 여러 번 얽어서 빈틈없이 동여매다'라는 뜻이며, '뒤설머지다'는 '짐 따위를 등에 짊어지다'라는 의미이다. 이 작품 역시 사랑을 마치 지니고 다닐 수 있는 물건처럼 표현하고 있다는 점에서 앞의 작품들과 유사하다.

흔히 사설시조에서는 극단적 상황을 제시해 주제를 드러내고자 하는 경향이 있는데, 이 작품 중장의 내용이 바로 그렇다. 사랑을 짊어지고 태산준령을 넘어가는 것으로 묘사하

신윤복의 〈월하정인(月下情人)〉(간송미술관 소장)

조선 후기에 창작된 고전시가에서는 사랑을 눈에 보이는 것으로 형상화하는 면모가 두드러지게 나타난다. 〈월하정인〉과 같은 그림이 그려질 수 있었던 데에는 조선 후기의 변화한 사회 분위기도 한몫했다.

고 있다. '허위허위'는 손과 발을 내두르는 모양으로 힘에 겨워 하는 모습을 표현한다. 무언가를 잔뜩 짊어진 그에게 '벗님네'들은 그의 사랑을 절대시하는 마음은 충분히 알 수 있으니 "그만 하여 버리고 가라"고 한다. 그러나 그는 남들의 말에 전혀 신경을 쓰지 않고, 비록 사랑을 짊어지고 가다가 "자즐려 죽을망정 아니 버리고" 가겠다고 단언한다. '자즐리다'는 '다른 물건 따위에 눌리다'라는 의미이다. 이는 사랑에 대한 맹목적이고 헌신적인 태도에 다름이 아니다. 그만큼 사랑에 대한 간절한 심정이 그대로 작품 속에 반영되어 있다. 적어도 이 작품에서는 이별이란 전혀 고려의 대상이 되지 않으며, 사랑만을 위해서 살겠다는 자세를 엿볼 수 있다.

11
어져 내 일이야
그릴 줄을 몰랐던가

이별이란 우리의 삶에서 어쩌면 가장 빈번히 겪게 되는 상황의 하나이다. 만나면 헤어지는 것이 우리의 삶에서 하나의 순리이다. 사랑하는 가족의 죽음이 바로 이별의 한 의식이며, 학교를 졸업하면서 친한 친구들과도 헤어져야만 한다. 또한 서로를 사랑했던 연인이 헤어지기도 한다. 사람들은 자신이 소중하게 여기는 것일수록 잃을까 두려워하기 마련이다. 특히 사랑하는 사람과의 이별은 참을 수 없는 고통을 안겨주기도 한다. 이별을 담담하게 받아들일 수 있는 사람은 그리 많지 않을 것이다. 하지만 죽음이 아니라면, 헤어진 사람들과는 언젠가 다시 만날 수 있다. 또 그런 기대를 안고 살아간다.

만나면 헤어지고, 헤어지면 또 누군가를 새로 만나게 되는 것이 인간 생활의 자연스러운 한 면모이다. 사람이 만나면 언젠가는 헤어진다는 뜻의 '회자정리(會者定離)'란 말이 그래서 생겨났을 것이다. 이에 반해 떠난 사람은 언젠가 반드시 돌아온다는 '거자필반(去者必反)'이란 말도 있다. 이 둘은 모두 불교 용어이지만, 우리의 삶에서 일반적으로 통용될 수 있는 표현이기도 하다. 사람들은 누구나 만나면 헤어지고, 헤어지면 또 만난다는 사실을 잘 알고 있다. 다만 자신이 겪은 사랑하는 사람과의 이별이라는 끔찍한 현실만큼은 쉽게 인정하고 싶지 않은 심리가 가슴 한편에 깔려 있을 뿐이다. 그러나 머지않아 현실을 인정하고 체념하기도 하는데, 이 역시 세월이 인간에게 주는 유용한 작용의 하나이다.

사람들은 이별한 님과 언젠가 다시 만날 수 있을 것이라는 희망을 갖게 되는데, 그 때문에 이별의 아픔을 꿋꿋하게 버티어 나갈 수 있게 된다. 하지만 사랑하는 사람과의 이별은 언제나 가슴이 아프다. 비록 잠시 동안의 이별일지라도 그 헤어짐은 가슴이 끊어질 듯한 고통을 수반한다. 죽음을 영원한 이별이라고 하지만, 죽어서 먼저 떠난 사람을 자신의 사후에 다시 만날 수 있을 것이라는 생각을 품기도 한다. 그러한 희망마저 없다면 남은 사람들은 얼마나 힘든 삶을 살아갈 것인가.

흔히 이별의 의미를 잘 보여주고 있는 작품으로 「님의 침묵」을 거론하곤 한다.

님은 갔습니다 아아 사랑하는 나의 님은 갔습니다

(중략)

사랑도 사람의 일이라, 만날 때에 미리 떠날 것을 염려하고 경계하지 아니한 것은 아니지만 이별은 뜻밖의 일이 되고 놀란 가슴은 새로운 슬픔에 터집니다

그러나 이별을 쓸데없는 눈물의 원천을 만들고 마는 것은 스스로 사랑을 깨치는 것인 줄 아는 까닭에 걷잡을 수 없는 슬픔의 힘을 옮겨서 새 희망의 정수박이에 들어부었습니다

우리는 만날 때에 떠날 것을 염려하는 것과 같이 떠날 때에 다시 만날 것을 믿습니다

아아 님은 갔지마는 나는 님을 보내지 아니하였습니다

제 곡조를 못 이기는 사랑의 노래는 님의 침묵을 휩싸고 돕니다

— 한용운의 「님의 침묵」 중에서

이 시를 해석하는 데 있어, 한용운(韓龍雲, 1879~1944)의 생애와 그가 말하고자 하는 '님'의 성격을 제대로 이해하는 것은 매우 중요하다. 승려이자 독립운동가이기도 했던 한용운의 이력을 고려할 때, '님'의 존재는 논자에 따라 다양하게 해석된다. 그러나 여기에서는 문학사적 맥락을 따지지 않고, 단지 작품에 나타난 의미를 따지는 데 주력하기로 하겠다. 작품 속의 상황은 사랑하는 님이 떠난 것으로부터 시작된다. 시의 첫 행에서 "님은 갔습니다"라는 말을 반복함으로써 '님'이 없는 현실을 탄식한다. 처음부터 님을 잃은 슬픔으로 시작되고, 이어지는 부분에서 사랑을 잃은 때의 삭막함을 거듭 토로한다.

화자는 님과의 이별이 언젠가 올 것을 이미 예견하고 있었다고 고백하고 있다. 그에게 '님'은 절대적인 의미를 지닌 존재였다. 때문에 "이별은 뜻밖의 일이 되고", 그리하여 "새로운 슬픔"에 빠지게 되었다. 그러나 이별의 상황에서 단지 슬픔에 매몰되지 않고, "슬픔의 힘을 옮겨서 새 희망"을 지니겠노라고 다짐한다. 그 희망은 바로 작품 속에 명시한 대

로 "만날 때에 떠날 것을 염려하는 것과 같이 떠날 때에 다시 만날 것을 믿"기 때문이다. 처절한 절망 속에서도 언제나 새로운 희망은 떠오르기 마련이다. 하여 "님은 갔지마는 나는 님을 보내지 아니하였"다고 말한다. 사랑하는 사람과 이별하는 순간 이미 "사랑의 노래"는 "제 곡조를 못 이기는" 것이 되며, 그리하여 '침묵의 노래'일 수밖에 없게 된다.

작품 속에 나타난 '님'을 한용운의 생애와 관련시켜, '조국'이나 '부처' 혹은 '연인' 등과 같은 존재로 파악해 논하기도 한다. 그러나 '님'의 성격이 어찌되었든, 이 작품에서는 사랑하는 님과의 이별 상태에서 그것을 극복하고자 하는 의지가 잘 드러나 있다. 어쩌면 님이 지금 곁에 존재하지 않기에 더 큰 의미로 다가온다고 할 수 있겠다. '님의 부재(不在)'는 역설적으로 소중한 존재인 님의 의미를 더해 주고 있다. 님과의 이별은 그만큼 사랑의 소중함을 일깨워주는 역할을 한다.

이제 이별을 노래한 시조 작품들을 만나보자. 이별이라는 감정이 그렇듯이, 그것을 노래하고 있는 심정은 아주 절절하다. 이러한 작품들에서는 떠나간 님에 대한 애절한 심정이 그대로 묻어난다.

어져 내 일이야 그릴 줄을 몰랐던가
있으라 하더면 가랴마는 제 구태여
보내고 그리는 정情은 나도 몰라 하노라. — 황진이

묏버들 가려 꺾어 보내노라 님의손대
자시는 창窓 밖에 심어 두고 보소서
밤비에 새잎 곧 나거든 날인가도 여기소서. — 홍랑

앞의 시조는 황진이가 지은 것으로, 님을 보내고 난 뒤 떠나지 않도록 말리지 못한 자신에 대해 회한의 심정을 읊고 있는 작품이다. 지은이는 떠나려는 님을 만류했더라면 가지 않았을 것이라고 믿고 있다. 하지만 애써 님을 말리지 않았고, 님이 떠난 뒤에야 후회하고 한탄하고 있다. 황진이가 기녀의 신분이었다는 점을 고려한다면, 아마도 그렇게 떠난 님과는 언제 다시 만날지 기약조차 할 수 없었을 것이다. 기녀들은 술자리에서 수많은 남성들을 만났을 것이다. 자연히 정이 든 사람도 있을 터이고, 시간이 지나면 헤어져야 하는 것은 너무도 당연했을 것이다. 마음에 두었던 사람과 헤어지고 난 뒤에는 그 사람이 더욱 간절히 생각날 것이다.

전통적으로 기녀는 춤과 노래 등 고급의 연예 기능과 한시를 짓는 등의 교양을 갖춘 존재였으며, 몸을 팔던 하급의 유녀(遊女)들과는 구별되었다. 조선시대에는 이들을 일컬어 일패(一牌)라 했고, 매음(賣淫)을 하거나 잡가와 같은 하급의 예능을 담당하던 이패(二牌, '은근짜'라고도 함)나 삼패(三牌)로 불리던 유녀들과는 그 사회적 처지가 전혀 달랐다. 조선 말엽과 일제강점기를 거치면서 기녀 혹은 기생이란 용어가 더 확장된 의미로 사용되면서 오늘날처럼 사회적으로 천시받는 존재로 굳어진 것으로 보인다. 조선시대 이들이 활동하던 공간은 주로 남성들을 상대하며 노래와 춤을 제공하고 때로는 한시도 주고받는 등의 문화적 활동이 이루어지던 장이었다. 당시 일반 부녀자들은 자신의 감정을 드러내지 않는 것을 미덕으로 삼았기에, 술자리에서 만난 남성들은 이들을 향해 연애 감정을 드러내기도 했다. 이들 역시 비록 기녀의 신분이지만 자신이 마음에 둔 사람과의 만남을 소중하게 여기고, 이별한 뒤에도 애틋한 감정을 토로하기도 했다. 이 작품은 이러한 심정을 잘 나타내고 있다.

이 작품은 우리말을 주로 사용하여 내용이 간결하면서도

깊은 뜻을 음미할 수 있도록 했다. 초장의 '어져'는 감탄사이며, '그릴 줄을'은 '그리워할 줄을'을 운율에 맞게 줄여 쓴 것이다. 초장에서 자신이 한 일을 한탄하는 것으로 시작하고 있는데, '내 일'이란 사랑하는 사람을 떠나보낸 일일 것이다. 헤어진 후에 분명히 그리워할 줄을 알면서도 그 사람과 이별한 것을 한탄하고 있다. 중장에서 보듯 그 사람은 머물라고 했다면 떠나지 않았을 것이다. 그러나 '제 구태여' 그 사람을 보내고 떠난 사람을 그리워한다. 중장의 마지막 구절인 "가랴마는 제 구태여"는 의미상으로는 '제 구태여 가랴마는'이 되어야 한다. 하지만 그것을 뒤바꾸어 놓음으로써 절실한 감정을 더욱 효과적으로 드러내고 있다. 이러한 점이 바로 황진이가 뛰어난 언어 감각을 지닌 시인이라는 것을 잘 보여준다.

아마도 황진이는 떠난 님에 대한 절절한 그리움을 가슴으로 짜내어 작품화했을 것이다. 님을 보낸 것도 자신이며, 또한 떠난 님을 그리워하는 것도 자신이기에 남의 탓을 할 수조차 없다. 보내고 나서 그리워하는 정이 더욱 가슴속에 사무치지만, 이는 어찌할 수 없는 일이다. 돌이킬 수 없는 처지에서 느끼는 후회막급의 절절한 심정이 시어(詩語) 속에 잘 드러나 있다. 이 작품의 구체적인 배경이 전해지지는 않지만, 그녀의 열정적인 사랑의 일화 속에 포함시켜 작품의 내용을 음미하는 것도 의미가 있다. 특히 이 작품은 순수한 우리말을 주로 사용했고, 구사된 표현이나 운율 등에서 탁월한 작품으로 평가할 수 있다.

뒤의 작품은 함경도 홍원 출신의 기녀인 홍랑(洪娘, 생몰년 미상)이 지은 것인데, 당시의 문인인 최경창(崔慶昌, 1539~1583)과의 연정을 배경으로 하고 있다. 최경창은 1573년(선조 6년) 가을 북평사(北評事)란 직위로 함경도 경성에 머물고 있을 때 홍랑을 가까이 두고 함께 지냈다. 당시 지방으로 발령을 받으면 가족과 함께 갈 수가 없었기에, 지방에 소속된 관기(官妓)가 부임한 관리들의 생활을 보살펴주는 경우가 많았다. 최경창과 홍랑 역시 이렇게 만나 서로 사랑하는 사이로 발전하게 된 것이다. 최경창이 임기를 마치고 돌아간 뒤에도, 홍랑은 그가 병에 걸렸다는 소식을 듣고 7일 동안을 걸어 서울에 가서 극진히 간호했다. 이 일로 홍랑은 최경창의 첩이 되지만, 당시 왕비인 인순왕후(仁順王后)의 국상(國喪) 중에 이런 일을 했다는 조정 대신들의 공론으로 인해 최경창은 파직이 된다. 그는 끝내 머나먼 변방으로 유배를 가게 되었고, 유배지에서 돌아오던 중에 객사하면서 이 둘은 다시는 만날 수 없게 된다. 홍랑은 3년 동안 최경창의 무덤 옆에서 시묘살이를 했고, 몇 년 뒤 홍랑 역시 세상을 떠났다.

이 작품은 두 사람이 이별하던 시절의 사연을 담고 있다. 최경창이 함경도에 부임한 이듬해 봄에 임기를 마치고 서울로 돌아가게 되자, 홍랑이 도중에 시조 한 수와 버들가지 하나를 편지에 넣어 그에게 부쳤다. 기녀의 신분이기에 사랑하는 사람과 함께 갈 수 없는 자신의 처지를 생각하며, 아마도 홍랑은 근처에 있는 버드나무 가지를 꺾어 주면서 그것을 자신의 분신으로 생각했을지도 모를 일이다.

이별한 님에게 급하게 전한 것은 단지 산에서 흔하게 자라는 '묏버들'뿐이었다. 하지만 그것을 '가려 꺾어' 보내는 세심함을 잃지 않는다. 초장의 '님의손대'는 '님에게'라는 의미이다. 그렇게 보낸 버드나무 가지를 님이 자는 방의 창밖에 심어 두고 보라고 했다. 버드나무는 번식이 까다롭지 않아, 가지를 땅에 꽂아만 두어도 잘 자란다. 그래서 밤비가 내린 다음날이면 그렇게 심어 둔 가지에 새잎이 날 것이며, 그렇게 피어난 새잎을 보면서 님은 자신의 존재를 기억할 것이라는 기대를 품고 있다. 신분을 초월한 연인 사이의 안타까운 이별이 버들가지에 절절히 배어 있으며, 님을 향한 애틋한 심정을 잘 표현했다. 최경창은 이 작품을 「번방곡(翻方曲)」이라고 하여, 한역(漢譯)해서 남겼다.

소설가 이태준은 이 작품을 "뜻의 그윽함과 소리의 매끄럽고도 사각거림이 묘미"라고 평했다. 사랑하는 사람과 이별하는 순간에 버들가지를 꺾어 노래와 함께 전하는 홍랑의 운치도 음미해볼 만하다. 단지 작품으로만 보더라도, 이별한 님에게 전하는 절절한 심정을 느낄 수 있다. 사랑하는 사람과의 이별의 순간에 단지 눈물만 흘리는 소극적인 모습이 아니다. 버들가지와 시를 함께 보내는 행위는 상대에게 자신의 존재를 뚜렷이 각인시킨다. 중국의 한나라 때부터 버들은 헤어지는 친구에게 꺾어 주며 이별의 아쉬움을 전하는 수단으로 이용되었다. 버들은 봄을 상징하고 봄빛은 덧없는 것이기에 그것을 꺾어 주며 '빨리 돌아오라'는 뜻을 담았던 것이다. 이러한 고사를 아는 사람에게 버들가지를 꺾어 줌으로써 헤어짐의 애틋함과 재회를 기다린다는 뜻을 전할 수 있었다.

이별은 눈물이 뒤따르게 마련이다. 님을 떠나보내는 아쉬움의 감정이 눈물로 표현되는가 하면, 오랫동안의 기다림 끝에 눈물을 흘리는 경우도 있다. 비록 말로는 절제된 감정을 표현할 수 있으나, 어느 누구라도 흐르는 눈물만큼은 감출 수가 없다. 어쩌면 수많은 말보다도 한 줄기 흐르는 눈물이 상대방의 마음을 더 크게 움직일 수 있다.

뉘라서 이르기를 눈물이 간사타노
하고 한 이별離別에 이별마다 눈물이랴
두어라 이별하는 날은 다 각각 정이니라. — 신헌조

두 눈에 고인 눈물 진주나 될 양이면
청실 홍실 길게 꿰어 님께 한끝 보내련만
거두지 미처 못하여 사라짐을 어이리. — 작자 미상

앞의 시조는 조선 후기에 활동했던 신헌조(申獻朝, 1752~1807)의 작품이다. 그는 조선 전기의 문인인 신흠의 8대 손으로, 강원 감사와 대사헌 등을 지낸 인물이다. 이 작품은 다른 문헌에는 찾아볼 수 없고, 그의 개인 가집인 『봉래악부(蓬萊樂府)』에만 수록되어 있다. 『봉래악부』에는 25수의 작품이 수록되어 있는데, 일부 작품은 다른 가집들에서 지은이가 신헌조가 아닌 다른 사람으로 표기되어 나타나기도 한다. 내용으로 보아 이 작품은 '눈물의 노래'라 할 수 있는데, 당시에는 눈물은 간사한 것이라는 인식이 일반적이었던 것으로 보인다. 중장에서는 이 세상에는 많고 많은 이별이 생겨나는데, 그러한 이별마다 다 눈물을 흘리겠느냐는 반문이 이어진다. 즉 세상에는 많고 많은 이별이 있지만, 이별하는 사람들 모두 다 눈물을 흘리지는 않는다는 의미이다. 따라서 이별하는 날은 사람들이 다 각각 나름대로의 정을 표현하는데, 그 중에서 눈물을 흘리는 사람도 있을 것이다.

초장과 중장에서 이별과 눈물의 상관관계를 애써 부정하는 듯이 보이지만, 결국 종장에서는 이별을 하는 순간에 눈물을 짓는 것은 사람의 정(情)에서 우러나온다고 말하고 있다. 따라서 초장의 "눈물이 간사"하다는 누군가의 말은 잘못되었다는 것이다. 항간에 '남자는 세상에 태어나서 세 번 운다'는 말이 있을 정도로, 남자에게 눈물은 자제해야 하는 것이라는 인식이 강하게 남아 있다. 또한 '눈물은 여자의 무기'라고 치부되기도 한다. 하지만 남자든 여자든 눈물을 흘린다는 것은 그만큼 다감한 정서를 지니고 있다는 것이다. 세상에는 여러 가지 이별의 모습이 있겠지만, 그 순간에 눈물을 흘리는 것은 마음속에서 우러나는 진정에서 비롯된 것이라는 의미이다. 이 작품을 통해 우리는 옛사람들이 생각했던 눈물에 대한 새로운 인식을 엿볼 수 있다.

뒤의 시조는 조선 후기에 지어진 작품이다. 사람들은 슬

프거나 기쁘거나 간에 감정이 격해지면 눈물을 흘리곤 한다. 하지만 사랑하는 사람과 이별한 상태에서 흘리는 눈물은 주체할 수 없는 경우가 많다. 기쁨의 눈물은 금세 그칠 수가 있지만, 슬플 때 흘리는 눈물은 오랫동안 멈추지 못하는 경우가 많다. 더욱이 사랑하는 사람과 이별하였다면, 그 사람을 보고 싶어하는 만큼 눈물을 자주 흘리게 될 것이다. 지은이는 그렇게 흘린 눈물이 진주였으면 하고 생각한다. 아마도 그동안 흘린 눈물이 모두 진주이고, 또 그것을 실에 꿴다면 님이 있는 곳까지 닿았을 것이다. 그만큼 님을 생각하며 흘린 눈물의 양이 많았다는 것이니, 이별한 뒤에 눈물을 달고 살 정도로 자주 울었다는 것을 알 수 있다.

그러나 눈물은 거두어 모을 수도 없으며, 흘린 눈물은 곧 사라지게 마련이다. 화자가 한탄하는 것은 바로 이것인데, 이미 자신이 흘린 눈물을 님과 다시 만나면 보여주고 싶어하는 마음이 전제되어 있다. 그렇게 흘린 눈물의 양이 바로 님과의 애정을 가늠하는 척도가 될 수 있으며, 그만큼 님을 보고 싶은 마음이 절실함을 표현하고 싶은 것이다. 종장에서는 어찌할 수 없는 체념의 감정을 "거두지 미처 못하여"라고 도치법을 사용해 강조하고 있다. 눈물은 곧 님에 대한 사랑의 깊이를 표현한 것이다.

다음의 작품들에서는 이별 뒤에 떠난 님을 그리는 마음이 보다 구체적으로 형상화되고 있다. 이별의 상황에 직면해서 때로는 체념으로 토로하는가 하면, 때로는 막막한 심정을 구체적인 비유를 들어 설명하기도 한다.

두고 가는 이별 보내는 내 안도 있네
알뜰히 그리울 제 구곡간장 썩을로다
저 님아 헤아려보소라 아니 가든 못할쏘냐. ─ 신희문

나무도 돌도 바히 없는 뫼에 매게 쫓긴 까투리 안과
대천大川 바다 한 가운데 일천석一千石 실은 대중강大中舡이 노도 잃고 닻도 잃고 돛대도 꺾고 용총도 끊고 키도 빠지고 바람 불어 물결 치고 안개 뒤섞여 잦아진 날에 갈 길은 천리만리千里萬里 남고 사면四面이 검어 어둑 천지적막天地寂寞 까치노을 떴는데 수적水賊 만난 도사공都沙工의 안과
엇그제 님 여읜 안이야 엇다가 가을하리오. ─ 작자 미상

앞의 작품은 조선 후기에 여항(閭巷)의 가창자로 활동했던

신희문이 지은 것이다. 이 작품에서는 이별하는 순간의 떠나는 사람과 남는 사람의 마음을 비교하여 노래하고 있다. 두고 가는 이별도 안타깝겠지만, 보내는 심정은 그만큼 더 애달플 것이다. 그리하여 떠난 님을 알뜰히 그리워할 것이고, 그때마다 자신의 가슴속은 썩어갈 것이라고 말한다. '구곡간장(九曲肝腸)'이란 인간의 내장이 구불구불한 것을 일컫는 말로 그만큼 애가 타는 심정을 표현한 것이다. 그러한 자신의 심정을 헤아려본다면 가지 않을 수는 없겠는가 하고서, 떠나는 님에게 말을 건넨다. 사랑하는 님이 떠나지 않기를 바라는 마음을 절절히 표현함으로써 그의 마음을 움직여볼 심산이다. 그러나 과연 님이 떠나지 않을 것인가는 의문이다. 이러한 마음은 단지 자신의 심정일 따름이고, 님은 아마도 떠나야 할 이유가 분명히 있을 것이기 때문이다. 여하튼 사랑하는 사람과 이별을 원치 않는 심정만큼은 잘 전달되고 있다.

뒤의 작품은 사설시조인데, 님을 잃은 심정을 극단적인 상황 속에 놓여 있는 까투리와 도사공의 처지에 비교해 형상화하고 있다. 초장에서는 숨을 곳이 아무것도 없는 산에서 사나운 매에게 쫓기는 까투리의 마음을 제시하고 있다. '바히'는 '전혀'라는 뜻이며, 까투리는 꿩의 암컷을 지칭한다. '안'은 '속(內)'을 일컫는데, '마음'을 달리 표현한 말이다. 초장의 표현에서 절박한 처지에 놓인 까투리의 심정을 상상할 수 있다. 중장에서는 배에 식량을 가득 싣고 '대천(大川) 바다'를 항해하는 중에 풍랑을 만난 도사공의 처지를 형상화하고 있다. '도사공(都沙工)'은 곧 사공의 우두머리인데, 풍랑을 만나 배를 움직일 수 있는 모든 수단이 다 사라져 버렸다. 노도 잃고 닻도 잃고 돛대도 꺾어지고 용총도 끊어지고 키도 빠진 상황에서, 바람 불고 물결 치며 안개마저 자욱하다. 용총은 돛을 올리고 내리기 위해 돛대에 매어 놓은 줄을 일컫는다. 더욱이 앞으로 "갈 길은 천리만리 남고", 날은 저물어 "사면이 검어 어둑"하여 주변에는 아무것도 없이 "천지적막"할 따름이다. '까치놀'은 석양 무렵에 바다의 수평선에서 번득거리는 노을을 이르는데, 설상가상으로 때마침 어디선가 수적(水賊)들이 나타나 화물을 약탈당하기 직전이다.

물론 초장과 중장의 상황은 가상의 상황이다. 이는 "엊그제 님 여읜 안"이 얼마나 절박하고 힘든 상황인지를 우리들에게 알리기 위해서 꾸며낸 것이다. '가을하다'는 '비교하다'라는 뜻으로, 궁극적으로는 님을 여읜 심정이 초장과 중장의 까투리와 도사공의 마음에 전혀 뒤지지 않는다는 것을 말하고 있다. 사설시조에서는 상황을 설명하기 위하여 다소 과장된 표현을 사용하는 경우가 흔히 있다. 고정옥(高晶玉,

1911~1968) 선생은 사설시조 작품을 주해(註解)한 저서 『고장시조선주』에서 이 작품이 주제를 표출함에 있어 "말의 뉘앙스에까지 세심한 주의를 게을리하지 않았다"고 하면서 "소위 사설시조 가운데서 드물게 보는 역작"이라고 평가했다. 이 작품에서 초장과 중장의 내용은 비록 가상의 상황일지라도 사랑하는 사람을 잃은 절박한 심경을 꽤나 절실하게 드러내는 역할을 하고 있다.

12

꿈으로 차사를 삼아 먼 데 님 오게 하면

살다 보면 가까이 지내던 사람과 헤어져야 할 사정이 생기기 마련이다. 떠나는 사람은 자주 소식을 전하겠다고 말하지만 새로운 곳에 적응하다 보면 떠나온 사람들에게 연락하는 것이 쉽지 않다. 소식을 기다리는 사람은 '무소식이 희소식'이란 말로 서운한 마음을 달래지만, 시간이 지나면서 차츰 그도 잊어간다. 그러다 문득 전해지는 소식에 함께 지내던 옛날의 추억을 떠올리며 반가워하기도 한다. 누구나 한 번쯤은 겪어 보았을 법한 상황이다.

사랑하는 이와 영원히 함께 지내고 싶은 것이 사람의 마음이지만, 세상살이가 늘 생각대로만 되지는 않는다. 자신의 바람과는 달리 사랑하는 사람과 불가피한 이별을 맞기도 한다. 그런 경우 남은 사람은 자주 소식을 전하기를 바라고, 떠나는 사람 역시 그러겠노라고 다짐할 것이다. 하지만 마음과 달리 자주 연락할 수 없게 되기도 하며, 그 기간이 차츰 길어질 수도 있다. 여기서 생각해보자. 떠난 이에게는 다시 돌아오거나, 떠나간 곳에 더 오래 머무르거나, 아니면 다시는 돌아오지 않거나 하는 여러 가지의 선택이 놓여 있다. 하지만 남아 있는 사람에게는 떠난 이가 돌아오기를 바라는 일방적인 기다림만이 있을 뿐이다.

'기다림'이란 이렇듯 남은 이와 떠난 이의 감정적 불균형을 전제로 한다. 서로의 입장이 불균형을 이룰 때 두 사람이 온전하게 감정적 교감을 이룬다는 것은 결코 쉽지 않다. 기다림을 노래한 작품들에서 이러한 감정적 불균형은 이미 전제로 주어져 있다. 기다림을 주제로 하고 있는 작품들이 일방적 감정만을 토로하는 경우가 많은 것은 이 때문이다. 대체로 작품 속에서 남아 있는 사람은 떠난 이가 다시 돌아오거나, 아니면 잘 지낸다는 소식만이라도 들려주기를 간절히 기다린다. 소식을 전하지 않는 '님'을 때로는 원망도 하지만, 남아 있는 입장에서는 소식만이라도 오기를 하염없이 기다릴 수밖에 없다.

오랫동안 누군가의 소식을 기다리며 지내야만 하는 사람의 심정을 상상해보라. 기다림은 상대를 다시 만날 수 있다는 희망이 있을 때 얼마간의 설렘을 품을 수 있다. 그러나 재회의 희망이 없다면 그 삶은 얼마나 힘겨울 것인가. 재회의 기약마저 사라진 상태에서의 기다림이란 어쩌면 절망 그 자체일 것이다. 때문에 그러한 현실을 원망하기도 하고, 때로는 떠난 이에 대한 배신감에 치를 떨지도 모를 일이다. 현실에 대한 원망이 깊다면, 그것은 재회에 대한 강한 욕구를 반영하고 있는 것이다. 사랑의 감정은 상대가 자신의 옆에 없을 때 더 절실하게 느껴지는 경우가 많다. 그래서 그리움의 감정은 사랑을 전제로 하고 있는 경우가 대부분이다.

서로 교감하는 상태에서의 그리움은 언젠가 다시 만날 수 있을 것이라는 희망이 전제되어 있다. 그러나 일방의 감정만이 있을 때 그리움은 때로는 절망적인 체념의 노래가 된다. 더욱이 이미 마음이 떠난 사람을 그리워하는 심정은, 그래서 더 절박하게 다가온다.

내 언제 무신無信하여 님을 언제 속였관대
월침삼경月沈三更에 온 뜻이 전혀 없네
추풍秋風에 지는 잎 소리야 낸들 어이 하리오. ― 황진이

님 그린 상사몽相思夢이 실솔蟋蟀의 넋이 되어
추야장秋夜長 깊은 밤에 님의 방房에 들었다가
날 잊고 깊이 든 잠을 깨워볼까 하노라. ― 박효관

앞의 작품은 황진이가 지은 것으로, 떠난 뒤 소식도 전해 주지 않는 무심한 님을 사무치게 그리워하는 심정을 읊었다. 그녀는 떠난 님이 돌아오기를 기다리고 있다. 그가 돌아오지 않는 이유를 님이 아니라 자신에게서 찾는다. 초장에서 자신이 "무신(無信)하여 님을 언제 속였관대" 오지 않는 것인가 하는 자책으로 시작하고 있다. 여기에는 자신이 님을 속이지 않았다는 자기 진단이 전제되어 있다. 하지만 님은 자신 때문에 돌아오지 않는 것일지도 모른다고 우려하고 있다. 이러한 상황에서도 화자는 떠난 님을 원망하지 않고 있으며, 단지 님이 돌아오기만 한다면 고민이 일시에 해결될 것이라고 생각한다.

그녀는 님을 기다리느라 '월침삼경(月沈三更)'까지 잠을 이

루지 못하고 있다. '월침삼경'이란 달이 기울어 가는 삼경의 시각, 곧 달마저 기운 한밤중을 가리킨다. 그리움 때문에 밤을 꼬박 지새우고 있건만, 님은 언제 돌아올지 모르고 기약조차 없다. 누군가를 기다리는 마음에 잠을 이루지 못하고, 바깥의 조그만 움직임에도 온 신경이 곤두선다. 문득 밖에서 "추풍(秋風)에 지는 잎 소리"가 들리는데, 고요한 한밤중에는 아주 작은 소리도 크게 느껴진다. 한밤중에 님이 오는 것은 소리로 먼저 전달된다. 여기에서 "지는 잎 소리"야말로 잠 못 드는 이에게 기대와 함께 실망을 동시에 안겨주는 요인이다. 그것이 단지 가을바람에 나뭇잎이 떨어지는 소리라는 것을 알고는 "낸들 어이 하리오"라고 체념을 토로한다.

이 작품에서는 특히 종장의 내용을 통해 사무치는 그리움이 잘 드러나고 있다. 어디선가 나뭇잎 소리가 들리자 문득 창문을 열어본다. 혹시 님이 오지 않았는가 하는 마음에서이다. 하지만 언제나 그랬듯이, 그저 가을바람에 지는 나뭇잎이 내는 소리일 뿐이다. 그 순간 느꼈을 상실감은 충분히 상상할 수 있다. 작품 속에서 '님'은 어떤 존재인지 확연하게 드러나지 않는다. 그저 '님'이라고 표현될 뿐, 떠난 이유도, 왜 돌아오지 않는지도 알 수 없다. 단지 그런 님을 그리워하는 일방적인 감정만이 작품의 분위기를 지배하고 있을 뿐이

신윤복의 〈기다림〉(소장처 미상)

기다림이나 그리움을 주제로 하고 있는 고전시가 작품들은 대개 사랑을 전제로 한 일방적인 감정 토로만 나타나는 경우가 많다. 얼마나 자신의 기다림과 그리움이 절실한가를 표현하는 데 머물러 있다는 점이 특징이다.

다. 작품의 내용으로만 본다면, 떠난 님이 자신에게 돌아올 수 있을지도 기약할 수 없다. 수동적인 존재의 일방적인 감정 토로는 남은 사람과 떠난 님 사이의 감정적 불균형이 초래한 불가피한 결과이다.

뒤의 작품은 안민영(安玟英, 1816~1885?)과 함께 『가곡원류(歌曲源流)』라는 가집(歌集)을 편찬했던 박효관(朴孝寬, 1800~1880?)의 작품이다. 박효관은 안민영과 함께 19세기의 시조사에서 가장 중요한 비중을 차지하는 작가이자 가창자이며, 당대의 권력자였던 흥선대원군 이하응(李昰應)과도 밀접하게 교유했던 인물이다. 흥선대원군의 후원 아래 여항의 가창자로 활발하게 활동했으며, '승평계(昇平契)'란 모임을 만드는 등 당시의 문화계를 주도했다고 평가되고 있다. 흥미롭게도 이 작품의 지은이인 박효관은 남성이지만, 화자는 여성적으로 그려져 있다. 물론 남성인 작가도 얼마든지 여성의 목소리를 지닌 작품을 창작할 수 있을 터인데, 그 형상은 현실에 존재하는 여성의 모습이 아니라 남성의 무의식 속에서 '만들어진' 것이기 쉽다.

이 작품 역시 그리움을 노래하고 있는데, 화자는 지금 누군가를 기다리는 마음에 상사병이 들 지경이다. 님은 지금 옆에 없으며, 님을 그리워하는 마음은 '상사몽(相思夢)'을 꿀 정도이다. 사랑하는 사람을 그리워하고 못 잊어서 생기는 병이 상사병인데, 상사몽은 그 정도가 깊어 꿈까지 꿀 정도라는 의미이다. 상사몽을 꾸었는데도 보고 싶은 마음은 진정이 되지 않기에, "실솔의 넋"을 빌어 님에게 자신의 마음을 전하고자 한다. '실솔(蟋蟀)'은 귀뚜라미를 말하는데, 흔히 가을에 밤새 울면서 잠을 이루지 못하는 이의 외로운 마음을 달래는 존재로 그려진다. 잠을 못 이루고 깨어 있는 사람에게는 아마도 그 소리가 예사롭게 들리지 않을 것이다. 하여 시조에서는 홀로 밤을 지새워야 하는 독수공방(獨守空房)의 처지를 귀뚜라미에 빗댄 경우가 적지 않다.

님이 있는 곳에는 갈 수가 없기 때문에 '추야장(秋夜長) 깊은 밤에 실솔의 넋으로 변하여 님의 방에 들고 싶다'고 말하고 있다. 만일 님이 귀뚜라미의 울음소리를 듣게 된다면, 그것에 자신의 넋이 실렸음을 알게 하고픈 것이다. 그 소리가 바로 자신의 애절한 심정을 대변하고 있기 때문이다. 그러나 이 역시 일방적인 심정의 토로에 지나지 않는다. 종장에서 확인할 수 있듯 님은 이미 "날 잊고 깊이 든 잠"에 빠져 있다. "실솔의 넋"에 자신의 마음을 실어 울음을 들려준다 한들 날 잊고 잠이 든 님이 깨어날 가능성은 거의 없을 것이다. 애초부터 님과의 교감이 불가능한 상태를 전제로 하고 있는 이 작품에서 그리움이란 자기 만족의 의미를 지닐 수밖에 없다. 자신의 존재를 잊고 지내는 님에게 어떠한 원망도 없이 일방적인 그리움을 표출하는 작품의 내용은 희화적으로 느껴지기도 한다. 이는 지은이가 남성이라는 사실과 무관하지 않을 것이다. 즉 지은이의 의식 속에서 만들어진 형상이기에, 화자의 감정 토로가 우리들에게 진지하게 받아들여지지 못하는 것이다.

때로는 님을 만나고자 하는 마음이 실현되지 않을 것을 알기에, 그저 체념 섞인 말투를 내뱉기도 한다. 그만큼 이별의 상황이라는 현실의 벽이 견고하기 때문이다.

꿈으로 차사差使를 삼아 먼 데 님 오게 하면
비록 천리千里라도 순식瞬息에 오련마는
그 님도 님 둔 님이니 올동말동 하여라. — 작자 미상

부채 보낸 뜻을 나도 잠깐 생각하니
가슴에 붙는 불을 끄라고 보냈도다

눈물도 못 끄는 불을 부채라고 어이 끄리. — 작자 미상

이 두 작품은 모두 조선 후기에 지어졌으며, 지은이를 확인할 수 없다. 첫 번째 작품은 그리움을 꿈이라는 소재를 통해 표현하고 있는데, 현실에서 만날 수 없는 님을 꿈속에서라도 만나기를 기원하고 있다. 무언가를 절실히 생각하면 그것이 꿈으로 나타난다고 하기에, 사람들은 현실에서 불가능한 일을 꿈에서나마 이루고자 한다. 이 작품도 꿈을 매개로 님과의 만남을 이루고자 하는 욕구를 반영하고 있다. 초장에서 '먼 데 님'을 오게 하는 방편으로 "꿈으로 차사(差使)를 삼"겠다고 말한다. '차사'란 예전에 왕이 중요한 임무를 맡겨 파견하던 임시 벼슬로, 심부름을 가서 좀처럼 돌아오지 않을 때 쓰는 '함흥차사(咸興差使)'라는 표현에서 볼 수 있다. 그렇게 초장은 꿈속에서라도 님을 만나고 싶다는 의지를 드러낸다.

만약 꿈으로 차사를 삼는다면, 비록 천리의 거리에 있는 님일지라도 순식간에 오게 할 것이라고 믿고 있다. 하지만 그것은 단지 희망일 뿐이다. 님이 오지 않는 이유는 종장에서 볼 수 있듯이, "그 님도 님 둔 님"이기 때문이다. 이미 다른 사람을 사랑하고 있는 님이, 누군가가 부른다고 해서 쉽

게 오지는 않을 것이다. 상대가 비록 '님 둔 님'일지라도, 꿈속에서는 얼마든지 현실에서 불가능한 사랑을 체험할 수 있다. 그러나 꿈속에서조차 그 님이 "올동말동 하"다고 생각하는 것을 그저 단순히 체념이라고 이해하는 것이 옳을까. 이미 상대가 '님 둔 님'이라는 사실을 알고 있으나, 그 님을 사랑하는 마음이 너무도 깊어서 꿈에서라도 만나고 싶어한다. 하지만 꿈속에서 만나는 것조차 '님 둔 님'의 처지를 생각해서 단념하고 만다. 물론 이러한 과정은 님과는 전혀 무관한, 자신의 주관 속에서만 펼쳐지는 생각일 뿐이다. 이는 '그리움'이라는 주제를 표현하는 다양한 방법 중의 하나로, 단지 독자들에게 흥미를 주기 위해 창작한 작품이라고 볼 수 있다.

두 번째 작품은 부채를 소재로 하고 있다. 작품 속에는 부채와 심적 상태를 가리키는 표현만이 등장하지만, 그것이 누군가를 그리워하는 마음에서 비롯되었다는 것을 짐작할 수 있다. 이 작품은 누군가 부채를 보낸 것으로부터 시작하고 있다. 부채는 바람을 일으키는 도구이다. 부채를 부쳐서 땀을 식히기도 하며, 그 바람으로 불을 더 크게 일으키거나 혹은 끌 수도 있다. 화자에게 부채를 보낸 이유를 "가슴에 붙는 불을 끄라고 보냈"다고 생각한다. "가슴에 붙는 불"은 누군가를 그리워하는 마음이 그만큼 강렬하다는 의미일 것이다. 부채를 보낸 사람은 바로 화자의 마음에 불을 일으키도록 한 존재일 것이고, 자신을 향한 열정을 식히라는 의미로 보냈을 터이다. 사랑을 받아들일 수 없는 입장이기에 그만 단념하라는 의미로 부채를 보냈으리라 이해할 수 있다.

화자는 이제껏 "가슴에 붙는 불"로 인해 적지 않은 눈물을 흘렸으며, 그렇게 상대를 그리워하는 마음은 "눈물도 못 끄는" 것임을 안다. 하여 지금껏 흘린 많은 양의 눈물로도 끄지 못한 불을 부채가 결코 끌 수 없으리라는 것은 화자의 입장에서는 너무도 당연하다. 부채를 보낸 사람의 마음은 이미 그에게서 떠났다. 하지만 종장의 표현으로 보아, 화자는 상대를 그리워하는 마음을 결코 포기하지 않을 것이다. 이 작품 역시 서로의 어긋난 사랑을 전제로 하고 있는데, 여기에서는 상대가 간접적이나마 자신의 뜻을 전하고 있다는 점이 여타의 작품들과 차이가 나는 부분이다.

이렇듯 그리움을 주제로 하고 있는 작품들은 대개 일방적인 감정 토로만 나타나는 경우가 많으며, 얼마나 자신의 그리움이 절실한가를 표현하는 데에 머물러 있다는 점이 특징이기도 하다.

> 한 자 쓰고 눈물 지고 두 자 쓰고 눈물 지니
> 자자字字 행행行行이 수묵산수水墨山水 되겠구나
> 저 님아 울며 쓴 편지片紙이니 휴지 삼아 보소서. — 작자 미상

> 창窓 내고저 창을 내고저 이내 가슴에 창 내고저
> 고모장지 세細살장지 가로닫이 여닫이에 암돌쩌귀 숫돌쩌귀 크나큰 장도리로 뚝딱 박아 이내 가슴에 창 내고저
> 이따금 하 답답할 제 여닫어나 볼까 하노라. — 작자 미상

앞의 작품은 님에게 편지를 쓰는 모습이 형상화되어 있다. 편지를 쓰고 있는 화자는 감정이 북받치는 듯 눈물이 흘러 제대로 쓸 수 없을 지경이다. 한 글자 쓸 때마다 눈물이 진다는 표현에서, 편지를 쓰는 심정이 매우 비감함을 미루어 짐작할 수 있다. 편지는 붓으로 먹물을 묻혀 썼을 것이다. 눈물이 떨어진 자리는 금세 얼룩이 번졌을 것이고, 그렇게 쓰인 편지가 마치 수묵으로 그린 산수화처럼 될 것이라고 표현하고 있다. '수묵산수'라는 시어는 매우 절묘한 표현이라 여

겨지는데, 그렇게 쓴 편지는 내용조차 알아보지 못할 것임이 자명하다.

눈물이 번져 엉망이 된 편지가 전해진다고 하더라도, 받아든 사람은 그 내용을 제대로 이해할 수 없을 것이다. 어쩌면 자신이 전하고 싶은 것은 몇 마디의 말이 아니라, 편지를 쓰면서 눈물을 흘려야만 했던 그 마음이었을 것이다. 님이 편지에서 그의 의도를 읽어낼 수 있을지는 알 수 없다. 그렇기에 님이 편지에 담긴 자신의 마음을 읽어내지 못한다면 차라리 "휴지 삼아 보"라고 체념한다. 편지 곳곳에 마치 '수묵산수'처럼 번진 먹이 자신의 심정이 담긴 눈물 자국이라는 것을 알아주리라는 일말의 희망을 품고 있다. 그렇게 해서라도 자신의 마음을 전하고자 하는 절실함이 안타깝게 느껴진다.

뒤의 작품은 조선 후기에 지어진 사설시조로, 「창노래」라고 불리기도 한다. 초장과 중장에서 "창 내고저"라는 표현이 네 번에 걸쳐 반복되고 있는데, 이를 통해 창이라는 것이 그만큼 절실함을 알 수 있다. 화자는 다른 곳이 아니라 자신의 가슴에 창을 만들고 싶다고 한다. 창은 안에서 밖을 내다보는 역할을 하며, 내부와 외부를 잇는 통로의 구실도 하게 된다. 중장에서는 그렇게 뚫은 자리에 온갖 장치를 달아 창을

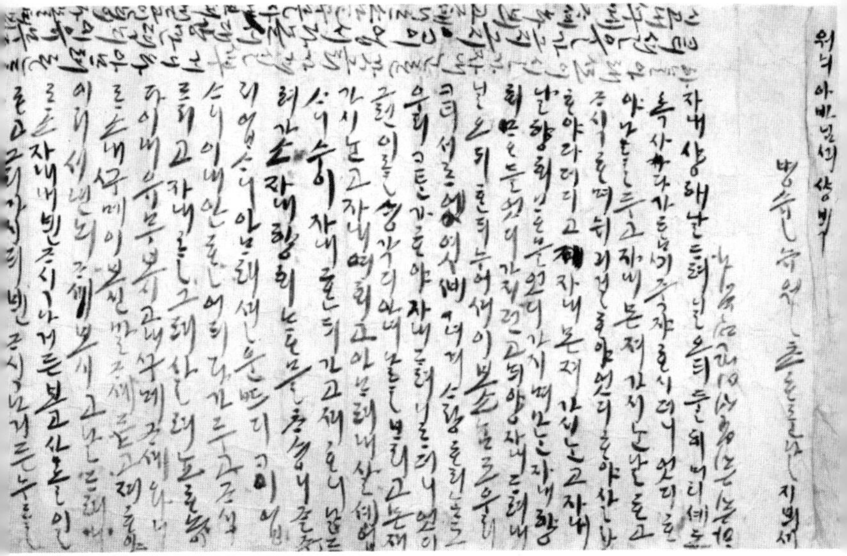

이응태(李應台, 1556~1586) **아내의 편지**(안동대박물관 소장)

"다른 사람들도 우리처럼 서로 어여삐 여기고 사랑할까요." 이응태가 서른한 살의 나이로 숨지자 그의 아내가 관에 함께 넣은 편지이다. "당신 언제나 나에게 둘이 머리 희어지도록 살다가 함께 죽자고 하셨지요. 그런데 어찌 나를 두고 당신 먼저 가십니까. (…) 당신을 여의고 아무리 해도 살 수 없어요"라며 먼저 간 남편에 대한 원망과 애타는 그리움을 담았다.

내고 싶다고 말한다. '장지'는 방과 방 사이에 끼운 미닫이를 가리키는데, 여기서는 창문 종류의 하나로 볼 수 있다. '고모장지, 세살장지, 가로닫이, 여닫이'는 서로 다른 창문의 형식을 가리키며, 그렇게 자신의 가슴에 온갖 모양의 창을 만들고 싶다는 것이다. '돌쩌귀'는 문짝을 문설주에 달고 여닫게 하려고 만든 쇠붙이를 말한다. 암돌쩌귀는 문설주에 달고 숫돌쩌귀는 문짝에 달아 그것을 서로 맞추어 꽂으면 비로소 열고 닫는 문의 구실을 하게 된다. 그렇게 준비된 창문을 "크나큰 장도리로 뚝딱 박아" 가슴에 창을 내겠다고 한다.

가슴에 창을 만드는 것이 불가능하지만 그것을 작품에서처럼 구체적으로 표현한 것이 대단히 흥미롭다. 가슴에 창을 뚫는다는 표현은 답답한 심정을 좀더 구체적으로 느낄 수 있도록 한다. 작품의 내용으로 보아 자신의 심정을 남에게 보이기 위해 창을 내고 싶어하는 것이 아님을 짐작할 수 있다. 종장에서는 그렇게 만들어진 '마음의 창문'을 답답할 때면 수시로 열고 닫겠다고 했다. 답답함을 풀고 싶어하는 마음이 비유적인 표현에 잘 드러나 있다. 답답함의 원인은 세상살이 속에서 다양하게 발생할 수 있지만, 화자의 답답함은 누군가를 그리워하는 마음에서 비롯된 것으로 추측할 수 있겠다. 대체로 조선 후기에 창작된 사설시조 작품들에서는 곧잘 눈에 보이지 않는 감정을 눈에 보이는 구체적 사물로 비유하여 설명하곤 했다. 이 작품 역시 그러한 면모를 잘 보여주고 있다.

13
반나마 늙었으니 다시 젊든 못 하여도

나이가 들어가면서 몸도 마음도 다 약해지기 마련이다. 젊은 시절 왕성하게 활동하던 사람도 은퇴하면 마땅히 할 일을 찾기 어려운 것이 지금의 상황이다. 다른 이들과 더불어 살면서 무언가 할 일을 찾아 제 역할을 하고 싶은 것이 사람들의 바람이다. 단지 나이가 들었다는 이유만으로 사회에서 밀려나고, 더욱이 할 일조차 없어진다는 것은 더욱 서글픈 노릇이다. 사회적으로 소외되고 가정에서도 그 영향력이 날로 줄어드는 상황에서 노인들이 삶의 활력을 찾기란 쉽지 않다. 하지만 그들이 다양한 경험을 통해 얻은 삶의 경륜은 결코 무시할 수 있는 것이 아니며, 사회의 자산으로 활용할 방안을 모색해야만 한다.

무엇보다도 사람들은 나이를 먹으면서 자신의 신체 변화에 민감하게 반응한다. 장년을 넘어 노년에 접어들면서 몸에는 뚜렷한 변화가 나타나기 시작한다. 검던 머리가 하얗게 세기 시작하며 피부는 점점 탄력을 잃어간다. 시력도 감소하면서 노안(老眼)이 되어 주위의 사물을 뚜렷이 볼 수 없는 것은 물론, 귀도 어두워진다. 늙어가는 것을 막을 수만 있다면 얼마나 좋을까 하는 생각도 해보지만, 세월의 흐름은 어느 누구도 거스를 수 없다. 때로는 자신의 삶을 되돌아보면서 추억과 회한에 잠기기도 한다. 파노라마처럼 지나가는 삶의 모습에는 즐거움과 애틋한 추억이 서려 있는가 하면, 한편으로는 후회와 반성의 기억들도 자리 잡고 있을 것이다. 자신의 삶을 돌아보면, 잘한 일보다는 그렇지 못한 모습이 더 강하게 떠오르는 것이 인지상정이다.

노인(老人)은 나이를 먹어 기력이 쇠퇴한 사람을 지칭한다. 그렇다면 대략 몇 살부터를 늙었다고 할 수 있을까. 늙었다는 것에 대한 느낌은 매우 주관적이기에 사람마다 차이가 날 수밖에 없다. 나이 든 이들은 스스로를 '늙은이'라고 칭하기도 하고, 다른 사람들에게서 할아버지나 할머니란 호칭을 듣기도 한다. 손자, 손녀를 보게 되면 당연히 할아버지, 할머니가 되는데, 그렇다고 해서 손자나 손녀가 있는 사람을 모두 늙었다고 할 수는 없다. 회갑(回甲)을 넘기면 노인이라고 해도 크게 그릇된 것은 아니지만, 평균수명이 점점 늘고 있기에 60대에 접어든 사람들도 적극적으로 활동하면서 자신이 늙지 않았다고 강변하기도 한다. 하지만 옛사람들은 50대 정도가 되면 스스로를 늙었다고 여겼고, 태어난 지 만 예순 살이 되는 회갑에는 큰 잔치를 베풀어 다른 이들로부터 축하를 받았다. 그리고 일흔의 나이를 일러 '예로부터 드물다'는 뜻의 '고희(古稀)'라고 칭했다.

고희라는 표현은 중국 당나라의 시인인 두보(杜甫)의 시에 나오는 "인생칠십고래희(人生七十古來稀)"라는 구절에서 유래했다. 옛날에는 일흔까지 사는 경우가 드물었던 모양이다. 그래서 두보는 자신의 시에서 '사람이 일흔까지 사는 것이 예로부터 드문 일'이라고 했던 것이다. 늙는다는 것은 곧 죽음과 가까워진다는 의미와 통하는데, 그래서인지 사람들은 늙음에 대해 일종의 두려움을 느낀다. 나이가 들며 주위의 친구들이 하나씩 세상을 떠나는 모습을 지켜보면서, 절로 인생이 무상하다는 것을 깨닫기도 한다. 한편 그럴수록 삶에의 집착이 더 강해지는 것은 보편적인 심리라고 할 수 있다. 때로는 노인이 된 자신의 모습을 추(醜)한 것으로 인식하기도 하는데, 적어도 외모만으로 미추(美醜)를 따져서는 안 될 일이다. 오히려 살아온 삶을 통해, 그리고 또 자신 있게 살아가는 현재의 모습을 통해 이를 극복할 필요가 있다. 나이가 들어 늙는 것은 결코 부끄러운 것이 아니기 때문이다.

사람들은 보통 늙는다는 것을 특정한 나이보다는 신체적 변화에서 찾는 경우가 많다. 흰머리가 희끗희끗 보이기 시작하고 눈이 침침해지는 것은 가장 뚜렷한 늙음의 징표이다. 특히 흰머리는 다른 이들에게 드러나는 분명한 늙음의 표지인 셈이니, 옛사람들은 백발을 늙음과 동일시해 표현하곤 했다. 늙음은 옛사람들에게도 꺼리는 대상이었고, 시조에서는 이렇듯 늙음을 한탄하는 '탄로가'들이 적지 않다.

> 춘산春山에 눈 녹인 바람 건듯 불고 간 데 없다
> 져근덧 빌어다가 머리 위에 불리고저
> 귀밑에 해묵은 서리를 녹여 볼까 하노라. ─ 우탁

반半나마 늙었으니 다시 젊든 못 하여도
이 후後나 늙지 말고 매양 이만 하였고저
백발白髮아 네가 짐작하여 더디 늙게 하여라. — 이명한

고려 말의 학자였던 우탁(禹倬, 1262~1342)의 작품은 나이를 먹은 자신의 처지를 탄식하며 젊고자 하는 욕망을 드러낸다. 우탁의 작품은 두 수가 전하는데, 모두 탄로(嘆老)를 주제로 하고 있다. 이 작품에서는 주로 쉬운 표현을 사용해, 자연스러운 가락 속에 생각을 읊고 있는 점이 특징이다. 흔히 늙음은 한탄의 대상이 되고, 더불어 인생의 무상감(無常感)을 가중시키는 요인이기도 하다. 때문에 죽음에 대한 강한 거부와 오래 살고자 하는 욕망에 사로잡히는 것이 사람들의 보편적인 심정일 터이다. 이 작품에서는 저변에 깔려 있는 인생의 허무가, 종장에서 다시 젊었으면 하는 욕구로 발산되어 무상감을 극복하려는 의지로 나타난다. 이런 측면이 같은 주제를 노래한 작품들과 달리 체념이나 감상 일변도의 분위기를 벗어날 수 있도록 한다.

봄이 오면 따뜻한 바람과 햇살이 겨우내 쌓였던 눈을 금세 녹여 버린다. 탄로를 주제로 하고 있는 작품들에서는 봄과 꽃이 주요 소재로 등장하는데, 이는 늙어버린 처지와 대

비시키기 위한 장치이다. 봄은 만물이 소생하는 계절로 흔히 청춘(靑春)이라는 표현으로 나타나며, 꽃 역시 한창 피어나는 아름다움을 의미하기 때문이다. 초장에 등장하는 "춘산(春山)에 눈 녹인 바람"은 겨우내 꽁꽁 얼어붙었던 대지를 녹여주는 존재인데, 그것으로 인해 만물은 비로소 활발하게 활동하기 시작한다. 그런데 봄바람은 "건듯 불고 간 데 없다"고 느껴진다. '건듯'은 '문득'의 옛 표현으로, 봄바람이 지속되기를 바라는 기대가 채워지지 못했음을 알 수 있다. 봄바람을 바라는 것은 자신의 머리 위에도 불게 하고 싶기 때문이다. '져근덧'은 '잠깐'의 옛 표현인데, 봄바람을 잠시라도 빌리고 싶은 이유이다. '불리고저'는 '불게 하고 싶구나'라는 의미로, 이러한 표현에서 늙고 싶지 않은 절실한 심정을 읽어낼 수 있다.

종장의 "귀밑에 해묵은 서리"는 곧 하얗게 센 머리카락을 달리 표현한 말인데, 문득 자신의 흰머리가 봄바람에 녹아 없어졌으면 하는 생각을 떠올렸을 법하다. 아마도 자신이 늙어간다는 사실이 그만큼 절박하게 느껴졌기 때문이리라. 귀밑에 자리 잡은 흰머리를 의식하면서 인생이 덧없음을 실감했을 것이다. 여생이 얼마 남지 않았다는 생각에 빠르게 흘러가는 세월이 더욱 아쉽다. 그래서 자신이 늙어간다는 사실

신윤복의 〈상춘야흥(賞春野興)〉(간송미술관 소장)

봄이 오면 따뜻한 바람과 햇살이 겨우내 쌓였던 눈을 금세 녹여 버린다. 탄로를 주제로 하고 있는 작품들에서는 봄과 꽃이 주요 소재로 등장하는데, 이는 늙어버린 처지와 대비시키기 위한 장치이다.

을 자각하고, 젊음을 되찾고 싶다는 생각을 했다. 마침 봄철이라 훈훈한 바람이 불어오고 만물이 소생하는 것을 지켜보면서 자신의 청춘 시절을 떠올렸을 것이다. 그러나 세월의 흐름은 결코 되돌릴 수 없다. 설사 자신의 흰머리가 검어진다고 할지라도 다시 젊어질 수는 없기 때문이다. 다른 사람들의 눈에 조금이라도 더 젊게 보이고픈 욕망으로 인해 그런 부질없는 희망이라도 품게 되는 것이다.

뒤의 작품은 조선 전기의 문장가로 알려진 이명한(李明漢, 1595~1645)이 지은 것으로, 역시 탄로를 주제로 하고 있다. 그는 청나라의 침략으로 병자호란이 일어나자, 끝까지 맞서 싸울 것을 주장했던 척화파(斥和派)의 한 사람이다. 병자호란이 끝나자 중국에 인질로 끌려가기도 했으며, 귀국한 이후에는 대제학과 예조판서 등의 벼슬을 두루 거쳤다. 이 작품은 그가 중년에 접어든 무렵에 지은 것으로 보인다. 세월은 그저 흘러갈 뿐이라는 사실을 너무도 잘 알고 있기에, 늙어가는 자신의 나이에 대해 일종의 체념이 자리 잡고 있다. 그래서 더 젊어지기보다는, 오히려 더 늙지 않았으면 하는 희망을 지닌다. 그러나 그마저도 불가능한 일이기에, 늙음의 징표라 할 수 있는 흰머리라도 더디게 났으면 하는 생각을 품게 된다. 이는 늙어 보이지 않을 수 있는 가장 현실적인 방도

이기도 하다.

초장에서 "반나마 늙었"다고 했으니, 그의 나이가 이미 중년에 접어들었음을 짐작할 수 있다. 이제는 인생의 절반을 지나 차츰 황혼기에 들어서는 자신을 돌아보며, 다시 젊어질 수는 없다는 것을 잘 알기에 체념할 수밖에 없다. 그러나 중장에서 보듯 더 이상 늙지 말았으면 하는 생각이 간절하다. '매양'은 '늘'이란 의미이니, 지금과 같은 모습이 지속되었으면 하는 희망은 현실을 인정하는 속에서 찾은 나름의 대안이라 하겠다. 그러나 세월이 흐르면 늙는다는 것을 부정할 수는 없으며, 현실에서는 그의 희망을 채워줄 더 이상의 방도가 존재하지 않는다. 그래서 차선책으로 다른 사람들에게 자신이 좀더 젊어 보일 수 있는 방법을 찾고자 한다.

늙은 자신의 처지를 돌아보면 미련과 아쉬움이 마음속에 가득하고, 앞으로의 여생에 대해 갖가지 생각이 떠오른다. 그만큼 절박한 처지로 급기야 자신의 머리에 난 백발에게 하소연을 한다. 종장에서 백발에게 "더디 늙게" 해달라고 하는 호소는 더 이상 흰머리가 생기지 않았으면 하는 희망에 다름이 아니다. 설령 흰머리가 조금 더디게 날 수는 있을지라도, 그것이 늙어간다는 사실을 부정할 수 있는 것은 아니다. 그러나 조금이라도 늙어 보이지 않으려는 심정은 충분히 공감할 만하다. 이 작품은 탄로라는 주제를 쉬운 단어로 표현했으며, 늙어가는 처지를 아쉬워하는 마음이 잘 드러나 있다고 하겠다.

이처럼 늙음을 인식하는 태도는 작품마다 조금씩 달리 나타난다. 늙어가는 것을 어쩔 수 없는 일이라 여겨 그 대안으로 사랑을 찾기도 하며, 마음만은 젊다는 것을 드러내는 것으로 위안을 삼기도 한다.

이보오 내 머리가 하마 벌써 세나이다
늙거든 아니 세랴 세는 것이 예사例事니라
세기야 셀 대로 세거니 사랑이야 어디 가리. — 송계연월옹

마음아 너는 어이 매양에 젊었는가
내 늙을 제면 넨들 아니 늙을쏘냐
아마도 너 좇아다니다가 남 웃길까 하노라. — 작자 미상

앞의 작품은 송계연월옹이라는 호만 알려져 있는 이의 작

품이다. 그는 조선 후기에 활동하며 『고금가곡(古今歌曲)』이란 가집을 편찬했던 인물이다. 『고금가곡』에는 삼백여 수의 시조가 수록되어 있는데, 그 가운데 열네 수가 송계연월옹 자신의 작품으로 표기되어 있다. 호에서 '늙은이'를 뜻하는 '옹(翁)'이라는 표현을 쓴 것으로 보아, 그가 가집을 편찬했을 당시는 노인이란 호칭에 걸맞은 나이였을 것이다. 그의 작품에는 '늙음'을 주제로 하는 작품들이 많은데, 이 작품 역시 그 가운데 하나이다. 이 작품은 늙어간다는 것을 초연하게 받아들이고 있으며, 이런 점이 여타의 탄로가들과는 다른 면모이다. 몸은 비록 늙었어도 마음만은 젊게 살고 싶다는 의지가 반영된 결과일 것이다.

이 작품은 세상 사람들에게 자신이 늙어간다는 것을 말하면서 시작한다. "이보오"는 누군가에게 말을 건네는 형식이지만 실은 자신에게 하는 말이기도 하다. '하마'는 '이미'의 옛 표현인데, 자신의 머리가 "하마 벌써" 세고 있다고 했다. 스스로 나이가 들었음을 인정하고 있는 셈이다. 중장에서 늙으면 머리가 세는 것이 '예사(例事)'라고 말하고 있는데, 이미 그것이 어쩔 수 없는 현실이라는 체념적인 인식이라고 하겠다. 하지만 그러한 현실을 단지 체념하는 것에서 멈추지 않는다. 나이를 먹어 머리가 세는 것은 자신의 의지로 어찌할 수 없는 것이지만, 누군가를 사랑하는 열정만큼은 간직하겠다고 다짐한다. 종장의 "사랑이야 어디 가리"라는 표현에서, 사랑에 대한 그의 강한 열정을 엿볼 수 있다. 누군가를 사랑하는 것은 그만큼 삶에 대한 열정이 있다는 의미이다. 비록 몸은 늙었지만 열정적인 사랑을 통해 건강하게 살고 싶다는 심정이 충분히 느껴진다. 바로 이런 측면에서 이 작품은 여타의 '탄로가'들과는 뚜렷이 구분되고 있다.

다음은 지은이를 알 수 없는 작품으로 조선 후기에 창작된 것이다. 이 작품은 자신의 마음과 대화를 나누는 형식으로 되어 있다. 몸은 늙어가지만 마음만은 젊게 살고 싶은 것이 사람들의 보편적인 인식이다. 하지만 늙어가는 몸과 젊고자 하는 마음이 조화를 이루기는 쉽지 않다. 마음이 앞서 일을 꾀하다가 체력이 감당하지 못해 몸에 탈이 생기는 경우를 흔히 볼 수 있는데, 이 역시 몸과 마음의 부조화에서 초래된 결과이다. 그러다 보면 어느 순간 마음만으로는 어찌할 수 없는 자신의 신체적 열세를 인정할 수밖에 없을 듯하다. 이 작품은 이러한 현실을 겪은 지은이의 자기 고백이라 하겠다.

실제의 나이가 어떻든 사람들의 마음은 늘 젊음을 꿈꾼다. 초장의 내용은 자신의 마음에 건네는 말이다. 마음이라고 늘 젊을 수만 있겠는가 하는 것이 진정으로 하고 싶은 말이다. 중장에서 보듯이 자신은 스스로를 늙었다고 인식하고 있다. 따라서 몸이 늙으면 마음도 따라 늙는 것이 당연하다고 주장한다. 그러나 이것은 그의 생각일 뿐이고, 내용으로 보아 자신은 지금껏 젊고자 하는 마음만을 좇으며 살아왔다. 종장에서 "아마도 너 좇아다니다가"는 그렇게 살아온 자신의 상황을 토로하고 있는 말이다. 늘 젊게 살고자 하는 마음을 버리고 싶지 않지만 다른 사람들의 시선도 의식하지 않을 수는 없는 노릇이다. 몸과 마음의 부조화에서 초래한 행동은 남에게는 자칫 어색하게 보일 수도 있다. 이 작품 역시 종장에서 자신의 행동이 짐짓 "남 웃길까 하노라"며 너스레를 떨기도 한다. 하지만 내심은, 다른 사람이 우습게 여긴다 할지라도 마음만은 젊게 살고자 하는 생각을 포기하고 싶지 않을 것이다.

여러 의학서에 따르면 조선시대 평균수명은 20세였다. 언뜻 생각하면 도무지 이해가 되지 않는데, 그 이유는 영·유아의 사망률이 높았기 때문이라고 한다. 어린 시절의 고비를 넘긴 사람들도 대개는 40세 정도면 오래 살았다고 생각했다니, 의학이 발달하지 못했던 당시의 상황을 짐작할 수 있을 듯하다. 하여 만 60세가 되어 환갑을 맞이하면 주위 사람들로부터 축하받고, 잔치를 베풀어 이를 기념했다. 남녀 모두 평균수명이 70세를 넘어 '인생은 60부터'라는 표현이 흔히 사용되는 요즘의 상황과는 비교가 되지 않을 정도였다. 그러나 시대를 불문하고 나이를 먹는다는 것, 특히 늙어간다는 것에 대한 생각은 긍정적일 수만은 없다.

늙어 좋은 일이 백에서 한 일도 없네
쏘던 활 못 쏘고 먹던 술도 못 먹괘라
각씨네 유미有味한 것도 쓴 외 보듯 하괘라. — 이정신

백발白髮에 화냥노는 년이 젊은 서방書房을 맞추어 두고
센머리 먹칠하고 태산준령泰山峻嶺으로 허위허위 넘어가다가 괘卦 그른 소나기에 흰 동정 검어지고 검던 머리 다 희거다
그르사 늙은이의 소밍所望이라 일락배락 하더라. — 작자 미상

앞의 작품은 조선 후기에 활동했던 가창자인 이정신(李廷藎, 생몰년 미상)이 지은 것으로, 그는 영조(英祖) 때 현감을 역임했다. 작품의 내용으로 보건대, 그는 젊은 시절 다양한 사

회 활동을 즐기며 활달하게 살았던 듯하다. 하지만 나이가 들어 늙어버린 현실에서 자신의 처지를 한탄한다. 늙어서 좋은 일이 있을 법한데, 자신에게 벌어지고 있는 모든 일들이 도대체 마음에 들지 않는다고 푸념을 늘어놓는다. 그 이유가 작품의 중장과 종장에서 밝혀지는데, 흔히 주색잡기(酒色雜技)로 표현되는 일들을 마음껏 즐길 수 없기 때문이다. 앞의 작품에서 말하고자 했던 몸과 마음의 부조화에 대한 구체적인 실상을 확인할 수 있다. 굳이 표현하자면, 몸은 비록 늙었으나 삶에의 열정은 여전히 넘치는 '젊은 노인'이라고 칭할 수 있겠다.

초장에서 늙은 자신에게 모든 일들이 마음에 차지 않는다고 토로하고 있다. "늙어 좋은 일이 백에 한 일도 없"다는 것은 다소 과장된 표현일 것이다. 늙었다고 항상 나쁜 일만 일어나는 것이 아니기 때문이다. 다만 자신이 하고자 하는 일들을 마음껏 할 수 없기에 나온 자조적 표현일 뿐이다. 중장에서 보듯이 늙어서 활도 못 쏘고 술도 마음껏 먹을 수 없는 작금의 현실이 만족스럽지 못하다. 이러한 내용으로 보아, 젊은 시절 술과 활쏘기를 즐겼던 사람으로 짐작된다. 흔히 활을 잘 쏘고 놀기를 좋아하며 돈을 잘 쓰는 사람을 일러 '한량(閑良)'이라고 했는데, 이 작품의 지은이 역시 젊은 시절 한

량이었을 것으로 여겨진다.

더욱이 종장에서 '각씨네'조차도 "쓴 외 보듯" 해야 하는 현실이 어쩌면 그에게는 더 큰 허탈감을 안겨주는 요인이다. '유미(有味)'란 '맛이 있다'는 의미인데, '쓴 외'의 맛에 대응하는 표현으로 사용한 것이다. '각씨네' 즉 여성에 대한 평가를 '유미한 것'이라 표현한 데서 젊은 시절 여색(女色)을 즐겼음을 짐작할 수 있고, 그런 의미에서 외의 쓴맛과 대비시킨 것이다. 자신의 마음에 차지 않는 것은 단지 늙었다는 사실이 아니라, 늙어서 할 수 없는 일이 많기 때문이다. 마음으로는 여전히 젊은 사람들과 더불어 한량처럼 놀고 싶지만, 늙어서 그럴 수 없는 자신의 처지를 한탄하고 있다. 그저 나이 먹기를 꺼려하는 여타의 작품들과 '탄로(嘆老)'의 이유가 구별되고 있다는 점에서 흥미롭다.

뒤의 작품은 사설시조로, 조선 후기에 지어진 것이다. 이 작품은 여성을 작품 속에 등장시키는데, 화자는 그 여성의 행동을 지켜보는 입장에서 서술하고 있을 뿐이다. 전반적으로 작중 여성의 행동은 세속적 욕망을 추구하는 모습이며, 그것이 좌절되면서 발생하는 우스꽝스러운 상황을 작품 속에 그려내었다. 우선 작중 인물의 형상부터 본다면, "백발에 화냥노는 년"으로 표현되었다. '화냥'은 남편이 있는 여자가 다른 남자와 놀아나는 것을 의미하는데, '화냥논다'는 표현도 흔히 사용된다. 어쩌면 이성을 찾는 작중 인물의 태도는 우리를 슬며시 미소 짓게 할지도 모르겠다. 이 작품의 화자는 작중 인물의 행위에 연민의 시선을 보내고 있다. 젊은 남자와 만나려고 온갖 노력을 아끼지 않는 이 여성에 대해서 '노욕(老慾)'이라 탓할지도 모르겠으나, 인간의 본능에 충실하려는 행위 자체를 거세게 비난할 수는 없을 것이다.

초장의 내용으로 보아, 백발이 성성한 한 여성이 젊은 남자와 만나기로 약속했다. 여성은 조금이라도 젊게 보이고 싶어 센머리에 먹칠을 해서 검게 만들었다. 백발의 늙은 몸을 이끌고 험한 "태산준령(泰山峻嶺)으로 허위허위 넘어가"는 여성의 모습은 차라리 눈물겹다. 그러나 갑자기 내린 소나기에 애써 검게 만든 머리의 먹칠이 말끔히 씻겨 버린다. '괘(卦)'란 점괘(占卦)의 준말로, 길흉(吉凶)을 점쳤을 때 나온 괘를 가리킨다. 따라서 '괘 그르다'는 일이 뜻대로 되지 않는 것을 일컫는다. 머리에서 흘러내린 먹이 애써 차려입은 한복의 흰 동정을 검게 물들이고, 머리조차 다시 희게 변한 모습은 우리들로 하여금 씁쓸한 웃음을 짓게 한다.

종장에서는 이러한 작중 인물의 행동을 지켜본 화자의 평가가 내려진다. 초장과 중장에 제시된 인물의 행위를 '늙은

이의 소망'이라 치부했다. 그러한 소망은 이루어질 수도 있고 그렇지 않을 수도 있다는 것이 그의 평가이다. "일락배락하다"는 '이루어질 수도, 그렇지 않을 수도 있다'는 의미이다. 이 작품에 등장하는 여성 인물의 형상에서 비롯된 웃음이 단순히 조롱이나 비판의 성격만을 띠고 있는 것은 아니다. 작중 인물의 형상을 다소 희화화시켜 그려내고 있지만, 비록 늙었다 할지라도 인간의 본능만은 막을 수 없는 것이라는 긍정적 인식을 전제하고 있다. 이렇듯 늙음이라는 문제를 단지 한탄하는 것에서 그치지 않고 새롭게 드러내고자 하는 속에서 사설시조가 지닌 묘미를 느낄 수 있다.

14
장검을 빼어 들고 백두산에 올라보니

내 나이 또래의 남자들은 어린 시절 한번쯤 장군이 되고 싶다고 생각해봤을 것이다. 골목대장은 항상 힘이 센 아이의 차지였고, 이는 자연스럽게 강한 것에 대한 숭배로 이어지곤 했다. 영화나 드라마 등에 흔히 등장하는, 가슴에는 갖가지 훈장을 달고 허리에는 권총을 찬 군인의 모습이 아이들에게 동경의 대상이 되기도 했다. 실제로 1980년대까지만 하더라도 우리 사회에서 군인의 사회적 위치는 결코 무시할 수 없는 것이었다. 대통령을 비롯해 사회의 요직에는 어김없이 군 출신 인사들이 자리 잡고 있었다. 심지어 학교에서도 학도호

국단이라는 군대식 조직이 학생회를 대신했고, 매주 정해진 시간에는 어김없이 교련복을 입고 군사훈련을 받아야 했다. 우리 사회가 어느 정도 민주화 과정을 겪으면서, 이제는 학교를 비롯한 사회에서 이러한 직접적인 군대식 문화는 많이 사라졌다.

하지만 아직도 우리 사회의 곳곳에는 군대식 문화에 버금가는 강압적 문화가 적지 않다. 교사와 학생 간에 평등하고 민주적인 관계가 아니라 일방적인 명령과 복종을 강요하는 분위기가 남아 있다. 소속 학과나 동아리의 일체감을 만든다는 핑계로 행해지는 폭력적인 신입생 길들이기나, 친구를 아무런 이유도 없이 괴롭히고 그에 대해 어떠한 죄책감도 느끼지 않는 이른바 '왕따 문화'도 마찬가지이다. 이처럼 효율성과 강한 것만을 추구하는 현상은 아직도 우리 사회의 곳곳에 깊이 뿌리박고 있다. 그것은 한국의 현대사에서 일부 그릇된 군인들에 의해 자행된 불행한 역사적 현실이 우리 사회에 끼친 영향도 적지 않다고 할 수 있겠다.

그릇된 군대식 문화는 반드시 없어져야 한다. 군대는 한 국가의 생존을 위하여 반드시 필요한 조직이며, 그 조직 속에서 상하의 계급 체계와 일관된 명령 체계는 필수적인 사항이다. 군대 내에서 강력한 질서를 구축하여 만약의 사태에 대비할 수 있는 만반의 채비를 갖추는 것은 무엇보다 중요하다. 군대 조직의 튼튼한 역량은 안전한 국가와 자유롭고 민주적인 사회를 위한 든든한 밑받침이 된다. 하지만 군대 문화는 일반 사회의 그것과는 명백히 구별되어야만 한다. 군대 문화가 일반 사회에서도 통용된다면, 그러한 사회는 '민주 사회'가 아닌 '병영 사회'라고 할 수 있다.

조선시대 지식인들은 항상 자신의 내면적 수양을 강조했는데, 정신 수양을 닦은 이후에 관직에 진출하는 것을 당연하다고 여겼다. 관직에 진출한 이후에는 위로는 임금을 잘 보필하여 선정(善政)을 하고, 아래로는 백성들을 위한 정치를 행하고자 노력했다.

흔히 양반(兩班)이라 칭하는 당대의 지배 계급은 문인인 문반(文班)과 무인인 무반(武班)을 아우르는 표현이다. 조선시대에는 나라가 위기에 처한 일부의 시기를 제외하고는, 대체로 문인들이 정치를 주도하였다. 때론 문무(文武)를 겸비한 특출한 인물들이 등장하기도 했지만, 문인 주도의 사회에서 무인들의 사회적 위치는 상대적으로 낮았다. 하지만 나라가 외침으로 인해 어려움에 처하면 전장(戰場)에 나가 적과 맞서 싸우는 일은 무인들의 몫이었다. 우리 민족은 유달리 외적의 침입을 많이 겪었으며, 이 과정에서 수많은 장수들이 적과 맞서 나라를 지켜냈다.

전장에 나가 있거나 혹은 변방에서 외침을 막아내는 역할을 했던 장수들은 그들의 기개와 포부를 문학 작품으로 남기기도 했다. 여기에서는 무인으로서의 굳센 기상을 보여주고 있는 시조 작품들을 주로 살펴보기로 하자. 이러한 주제의 작품들이 그리 많지는 않지만, 당시의 문인들과는 또 다른 의식적 면모를 엿볼 수 있다.

> 삭풍朔風은 나무 끝에 불고 명월明月은 눈 속에 찬데
> 만리萬里 변성邊城에 일장검一長劍 짚고 서서
> 긴 파람 큰 한소리에 거칠 것이 없어라. — 김종서

> 장검長劍을 빼어 들고 백두산白頭山에 올라보니
> 대명 천지大明天地에 성진腥塵이 잠겨세라
> 언제나 남북풍진南北風塵을 헤쳐볼꼬 하노라. — 남이

첫 번째는 조선 전기의 명장(名將)으로 이름을 날렸던 김

종서(金宗瑞, 1383~1453)가 지은 작품이다. 장수의 늠름한 기상을 엿볼 수 있는 작품인데, 「호기가(豪氣歌)」라고도 불린다. 그는 세종 때 북방의 육진(六鎭)을 개척해 두만강을 경계로 국경을 확정지었던 인물이다. 좌의정을 지내며 어린 단종을 보필하다가, 뒤에 세조가 된 수양대군의 정권 찬탈 과정에서 자신의 두 아들과 함께 피살되었다. 이 작품은 그 내용으로 보아 김종서가 함길도(咸吉道) 도관찰사(都觀察使)로 있으면서 여진족의 침입을 막아내고 육진을 설치하던 무렵에 지어진 것으로 보인다. 북방의 거센 바람에도 굴하지 않고 당당하게 서 있는 무인의 웅대한 기상이 잘 드러나 있다. 겨울철의 추위와 매서운 바람에도 거칠 것이 없는 자세로 이에 맞서는 기개를 엿볼 수 있다.

또한 이 작품에서는 김종서의 섬세한 정서를 읽어낼 수 있다. 초장에 제시된, 눈 내리는 밝은 달밤에 세찬 바람이 부는 북녘의 변방에서 무언가를 고심하는 사람의 상황을 상상해보자. '삭풍(朔風)'은 겨울철 북쪽에서 불어오는 찬바람을 일컫는데, 세차게 몰아치는 바람은 앙상한 가지의 끝을 흔들어댄다. 몸소 바람이 얼마나 세찬지를 확인할 수 있었을 터이지만, 바람에 흔들리는 나무 끝의 움직임을 상상하게 함으로써 그것을 객관화하여 표현했다. 초장에서부터 나뭇가

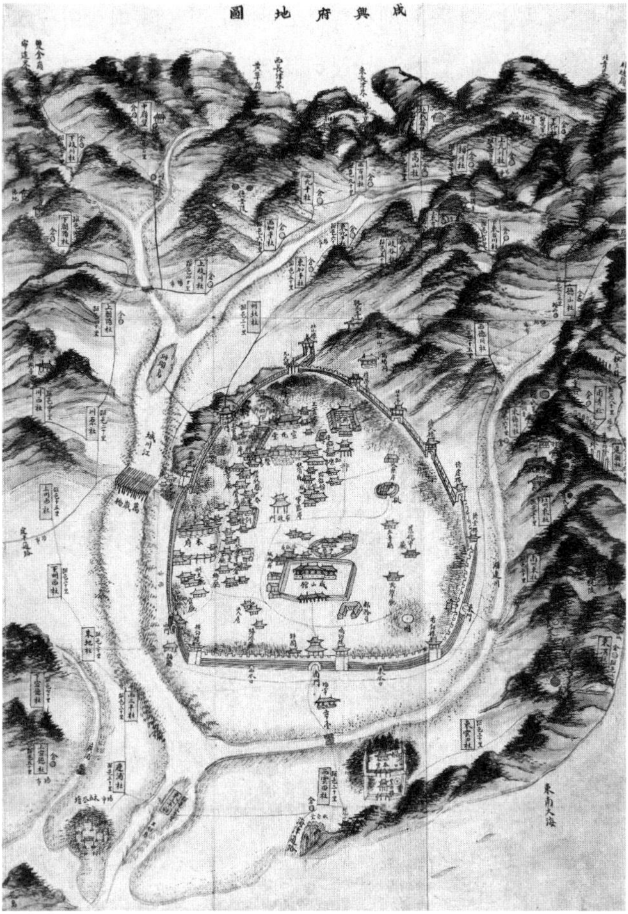

1872년에 제작된 〈함흥부지도(咸興府地圖)〉(서울대 규장각한국학연구원 소장)

함경도 함흥은 북쪽으로는 육진으로 이어지고 남쪽으로는 철령으로 통해 행정 군사의 중심지이자 조선왕조의 발상지로서 문화적으로도 중시되던 곳이다. 읍성으로 둘러싸인 읍치를 주변지역에 비해 매우 크게 확대하여 표현하였으며, 성곽 내부에는 관청 건물들이, 남문 밖에는 태조 이성계가 왕위에 오르기 전에 살았던 본궁(本宮) 등이 그려져 있고, 동편에는 조상의 능침(陵寢)이 산줄기를 따라 표시돼 있다.

지 끝에 부는 삭풍을 제시함으로써, 이 작품의 착상이 범상치 않음을 짐작케 한다. 더욱이 이를 밝은 달밤의 살을 파고들 듯한 한기(寒氣)가 느껴지는 설경(雪景)과 대비시켜 감각적 이미지를 강화시킨다. '명월이 눈 속에 차다'라는 표현 역시 기발한 시적 감각을 보여준다.

중장의 '만리 변성'은 서울에서 멀리 떨어진 변방의 국경에 있는 성으로, 당시 김종서가 머무르고 있던 함경도의 육진 지역을 가리킨다. 밤이 늦은 시각에 그는 잠을 이루지 못하고 일장검(一長劒)을 짚고 서서 어딘가를 응시하고 있다. 아마도 국경 너머 적의 진영을 바라보며, 외적의 침입을 추호라도 용납하지 않겠다는 결의를 하고 있었을지도 모를 일이다. 종장에서 거침없이 토해내는 "긴 파람과 큰 한소리"는 그의 마음가짐이 얼마나 굳은지를 확인시켜 준다. '파람'은 휘파람을 의미하고, '한소리'는 큰소리라는 뜻이니 아마도 누군가를 향해서 내지르는 고함소리일 것이다. 이러한 자세는 무언가를 결단하고자 하는 본인의 의지에 대한 자신감의 표출이라고 여겨지는데, 이는 마지막 구절의 "거칠 것이 없"다는 표현으로 뒷받침되고 있다. 작품을 읽으면, 변방의 국경 지대에서 세찬 바람이 부는 겨울밤에 긴 칼을 차고 거칠 것이 없는 당당한 자세로 고함을 지르는 장수의 모습이 선명하게 떠오른다.

두 번째는 조선 전기의 무인이며 태종의 외증손자인 남이(南怡, 1441~1468)의 작품인데, 그는 세조 때에 '이시애(李施愛)의 난'을 토벌한 공으로 일등공신이 되기도 했다. 뛰어난 능력으로 스물일곱의 나이에 병조판서가 되었으나, 예종(睿宗)이 즉위한 이후 반대파의 모함으로 역모에 몰려 처형당했다. 백두산에서 읊었던 한시의 구절로 역모를 꾀했다는 누명을 뒤집어쓰고 스물여덟의 젊은 나이로 비극적인 최후를 맞은 것이다.

이 작품은 1467년(세조 13) 이시애의 난을 평정할 당시에 지은 것이라고 하는데, 무인으로서의 굳센 기개가 잘 드러나 있다. 대체로 '장검(長劍)'은 전장에 나서는 장수의 상징이며, 그것을 빼어 드는 것은 전쟁에 임하는 굳은 결의를 드러낸다. 초장의 구절에 이미 남이의 태도가 분명하게 드러나 있다. 그가 오른 산은 우리 민족의 영산(靈山)인 백두산이다. '대명천지'는 환하게 밝은 세상인데, 백두산에 올라 내려다본 나라의 현실은 결코 희망적이지 못하다. '성진(腥塵)'은 '비릿한 먼지'라는 뜻으로, 이 작품에서는 싸움으로 인해 생긴 먼지를 가리키는 표현이다. 따라서 중장은 온 나라가 전쟁의 위험에 처해 있다는 의미이다. 그는 성진에 잠긴 세상을 '대명천지'로 회복하고자 한다. '성진'은 종장의 '남북풍진(南北風塵)'이란 표현으로 구체화되는데, '남북풍진' 역시 남과 북에서 일어나는 먼지바람이니, 곧 남과 북의 외적들이 일으키는 전쟁을 일컫는다.

비록 지금은 남과 북의 곳곳에서 전쟁이 일어나고 있지만, 이를 반드시 물리치겠다는 의지만은 잃지 않았다. 종장의 "언제나 남북풍진을 헤쳐볼꼬"는 자기 스스로에게 하는 다짐이면서, 자신이 빼어 든 장검으로 반드시 물리치겠다는 의지를 아울러 담고 있는 표현이다. 더욱이 이를 통해서 그가 당시 전쟁이 벌어지고 있었던 역사의 현장에 서 있었다는 것을 알 수 있다. 눈앞에 닥친 암울한 현실과 이를 타개하려는 그의 고민은, 초장의 구체적인 행동을 통해서 이미 분명하게 방향이 정해져 있었던 것이다. 이 작품에서는 여진족까지 끌어들여 항거했던 '이시애의 난'을 진압하는 과정에서 겪은 고심의 흔적이 느껴진다. 전장에 나가 있는 장수로서, 자신에게 닥친 전쟁을 어떻게 하면 승리로 이끌까 노심초사(勞心焦思)하는 모습이 적절히 형상화되어 있다. 특히 백두산에 올라 전쟁의 위험에 처해 있는 나라의 현실을 생각하고 적을 물리칠 계책을 세우고 있는 화자의 모습은 그대로 지은이인 남이의 모습과 연결된다.

조선시대에는 변방에 근무하는 것 자체가 이미 전쟁의 위험에 그대로 노출되는 것이었다. 틈만 나면 침입하는 외적을 막는 것이 변방에 근무하는 장수들의 가장 큰 임무였기 때문이다. 적이 침입하여 전투가 벌어지면 그곳이 어디든지 상관없이 곧바로 전쟁터가 된다. 다음의 작품들 역시 전장에 서 있는 장수들의 심정을 형상화하고 있다.

한산閑山섬 달 밝은 밤에 수루戍樓에 혼자 앉아
큰 칼 옆에 차고 깊은 시름하는 적에
어디서 일성一聲 호가胡笳는 나의 애를 끊나니. — 이순신

십 년 가온 칼이 갑리匣裏에 우노매라
관산關山을 바라보며 때때로 만져보니
장부의 위국공훈爲國功勳을 어느 때에 드리울꼬. — 김응하

앞의 작품은 이순신(李舜臣, 1545~1598)이 7년여에 걸쳐 지속됐던 임진왜란(壬辰倭亂, 1592)의 와중에 지은 것이다. 초장의 첫 구절을 따서 「한산도가(閑山島歌)」라 불리기도 하는 이

작품은, 그의 문집인 『충무공전서(忠武公全書)』에는 「한산도야가(閑山島夜歌)」라는 이름으로 한역(漢譯)되어 있다. 작품의 배경이 되는 한산도는 경상남도 통영시에 있는 섬으로, 당시 수군절도사(水軍節度使)로 전쟁에 참여했던 이순신이 머물던 곳이다. 침략한 왜적과 맞서 싸웠던 전장인 셈이다. 무릇 전쟁의 성패는 장수의 작전 능력에 크게 의존하기 마련인데, 전쟁터에서 장수는 어떤 결정을 내릴 때 다양한 상황을 고려해야만 한다. 어떻게 적과 맞서야 할 것인지를 참모들과 함께 오랜 기간 동안 의논하지만, 마침내 결정을 내리는 것은 장수의 결단에 속하는 문제이다. 그래서 전쟁터의 모든 작전은 때론 깊은 고민 속에서 나온 '고독한 결정'이라고 할 수 있다. 한밤중에 잠을 이루지 못하고 고민하는 모습에는 이러한 이순신의 면모가 반영되어 있다고 하겠다.

작품에서 그는 달 밝은 밤에 잠을 이루지 못하고 '수루(戍樓)'에 홀로 앉아 있다. 아마도 평상시 같으면 이러한 분위기는 섬 주위의 아름다운 경치를 감상하며 흥취를 불러일으킬 만한 여건이 되었을 터이다. 하지만 그가 있는 곳은 '수루', 곧 수자리 터에 지어 적을 감시하는 망루이다. '수자리'란 국경 지대를 지키는 임무를 뜻하니, 한산섬은 적과 마주하고 있는 국경인 셈이다. 밤늦은 시각의 전장에서 누군가는 적의 침입을 감시하기 위해 근무를 서고, 또 다른 이들은 다음날 있을지도 모르는 전투에 대비하기 위해 휴식을 취하고 있다. 하지만 그는 수루 위에 올라 적의 동태를 살피면서, "큰 칼 옆에 차고 깊은 시름"에 잠겨 있다.

작품 속에서 그의 '깊은 시름'은 장수인 그의 신분과 관련되어 있다. 적과의 싸움을 승리로 이끌기 위해 잠을 이루지 못하며 거듭 고민하고 있음이 잘 드러나 있다. 그때 어디선가 한 줄기의 '호가(胡笳)' 소리가 들려온다. '호가'는 옛날 호인(胡人)들이 갈잎으로 만들어 불던 풀잎피리를 가리키는데, 그 소리가 매우 애처로웠다고 한다. 전쟁터에서 잠을 이루지 못하고 고민에 잠겨 있던 장수에게 들리는 피리 소리는 애상을 더해주었을 법하다. 고독한 처지에 놓여 있던 그는 적막을 깨뜨리는 구슬픈 피리 소리에 애(창자)가 끊어지는 듯한 기분을 느꼈다. 여기에서 '호가'는 애수(哀愁)를 자아내는 역할을 하며, 작품의 분위기는 전반적으로 담담한 어조에 비장한 슬픔이 담겨 있다.

뒤의 작품은 조선 전기의 무인으로 활약했던 김응하(金應河, 1580~1619)가 지은 것으로, 국경 지대에서 나라를 지키고 있는 장수의 마음이 여실히 드러나 있다. 몇몇 가집들에는 이순신이 지은 것으로 기록하고 있으나, 그 내용으로 보아 북방을 지키다 전사한 김응하가 지은 작품이라 보는 것이 더 타당하다. 초장의 "십 년 가온 칼"이란 표현에서, 그가 무인으로 활동하기 위해서 오랫동안 준비해 왔다는 것을 알 수 있다. '가온'은 '간[磨]'이란 뜻이며, '갑리(匣裏)'는 칼집의 속을 가리킨다. 오랫동안 날을 갈았던 칼이 여전히 칼집 속에 있다는 것으로 보아, 지난 십여 년 동안 칼을 사용할 기회가 없었다는 것을 알 수 있다. 칼이 칼집 속에서 울고 있다는 초장 마지막 구절에서, 언제나 기회만 주어진다면 자신의 역량을 펼치겠다는 자신감을 충분히 드러내고 있다.

중장에서 보듯 그가 처해 있는 공간은 '관산(關山)', 즉 국경 지대에 있는 관문이다. 여기에서 그가 국경의 관문을 지키는 무인임을 알 수 있다. 그는 관문을 바라보며 때때로 자신의 허리에 찬 칼을 만져보곤 한다. 이러한 행위는 적의 침입에 늘 대비해 왔음을 보여준다. 아직 그에게는 자신의 역량을 시험할 기회가 주어지지 않았지만, 언젠가 그것을 펼칠 수 있는 때가 올 것이라는 기대만큼은 잃지 않았다. 언제든 자신의 역량을 펼칠 기회가 주어진다면 '나라를 위하는 공훈(爲國功勳)'을 세우겠다는 의지를 확고히 지니고 있다. 나라를 지키는 자신의 역할에 충실하고자 하는 그의 태도는, 세상의 변화에 따라 이리저리 자신의 입장을 바꾸는 소인배들과는 뚜렷이 구별되는 것이다. 무인들의 이러한 곧은 자세가 수많은 외적의 침입에도 굴하지 않고 역경을 견디어 낼 수 있는 원동력이었던 것이다.

무인들의 적극적인 자세와 호기로움은 다른 작품들에서도 적지 않게 확인할 수 있다. 그러나 조선 후기에 접어들면서, 지은이의 처지에 따라 신분적 한계를 뜻하는 의미로 사용되기도 한다. 또한 사설시조 작품에서는 호쾌한 무인의 자세는 나약한 선비의 태도와 비교되어 나타나기도 한다.

장검長劍을 빼어 들고 다시 앉아 헤아리니
흉중胸中에 먹은 뜻이 한단보邯鄲步 되었구나
두어라 이 또한 명命이거니 일러 무삼 하리오. — 김천택

대장부大丈夫 되어 나서 공맹안증孔孟顔曾 못 될진대
차라리 다 떨치고 태공太公 병법兵法 외워내어 말만 한 대장인大將印을 허리 아래 빗기 차고 금단金壇에 높이 앉아 만마천병萬馬千兵을 지휘간指揮間에 넣어 두고 좌작진퇴坐作進退함이 그 아니 쾌快할

쏘냐

아마도 심장적구尋章摘句하는 석은 선비는 나는 아니 부러워하리라. — 작자 미상

앞의 작품은 조선 후기의 가창자로 활동했던 김천택(金天澤, 1685?~?)이 지은 것인데, 그는 현재 전하는 최초의 가집인 『청구영언』을 편찬했던 인물이다. 그는 스스로를 '여항인'이라 지칭했는데, 당시에는 여항인이 중인이나 평민의 신분을 지칭하는 용어로 사용되었다. 다른 가집들에 그의 신분이 병조(兵曹)의 포교였다는 기록이 있는 것으로 보아, 양반은 아니었던 것으로 보인다. 하지만 그에 관한 다양한 기록들에서 사대부들과도 폭넓은 교분을 형성하고 있었음이 확인된다. 엄격한 신분제가 지배하는 현실 속에서 여항인인 김천택은 신분에서 오는 갈등이 적지 않았을 것이다.

이 작품의 내용은 자신의 신분에 대한 비관적 인식을 전제로 하고 있는데, 견고한 벽처럼 가로막혀 있던 신분제로 인해 좌절할 수밖에 없는 인물의 모습이 잘 드러나 있다. "장검을 빼어 들고"라는 구절에서 확인할 수 있듯이 이 작품의 인물은 무인이다. 그는 자신의 처지를 돌아보는 것으로 작품을 시작하고 있다. 처음 무인으로 입문했을 당시에 "흉중에

먹은 뜻"은 과연 무엇이었을까? 무인이라면 마땅히 천하를 평정하고 전쟁터에서의 멋진 활약을 통해 입신출세를 이루고 싶은 원대한 포부를 지니고 있었을 것이다. 이 작품의 인물 역시 처음에는 그러한 뜻을 품었을 것이고, 시간이 흘러 과연 자신의 뜻이 이루어졌는가를 생각해보는 것이다.

하지만 중장에서 그가 품었던 원대한 포부는 현실에서 제대로 실현되지 않았음을 알 수 있다. '한단보(邯鄲步)'란 한단(邯鄲)의 걸음걸이라는 뜻으로, 자기의 본분을 잊고 다른 사람의 행위를 모방하다가 두 가지를 모두 잃는다는 의미이다. 중국 연나라의 한 소년이 조나라 수도인 한단 사람들의 멋진 걸음걸이를 흉내 내려다, 그것을 익히기 전에 돌아왔기에 처음의 걸음걸이마저 잊고 기어 돌아왔다는 고사에서 유래했다. 이 작품에서 '한단보'는 한평생을 살아오면서 아무것도 이루지 못한 자신의 처지를 자책하는 표현이다. 종장에서는 자신이 무인으로 성공하지 못한 것은 '명(命)'이라 하여 체념한다. 이러한 현실 인식의 태도는 신분제 사회에서 무인으로 성공하기 힘든 처지를 절감함으로써 체득한 것으로, 여항인이었던 김천택의 그것과 크게 다르지 않다.

뒤의 작품은 조선 후기에 지어진 사설시조로, 무인으로 활약하는 인물의 기상이 잘 드러난 작자 미상의 작품이다.

당시의 사람들이 생각하기에, 대장부의 본분은 문인으로 입신출세해 자신을 세상에 드러내는 것이었다. '공맹안증(孔孟顔曾)'은 성현으로 평가되는 공자(孔子)와 맹자(孟子), 그리고 공자의 제자로 학식에 뛰어난 안회(顔回)와 증삼(曾參)을 가리킨다. 초장에서 보듯이 당시 학문을 하는 사람들에게 이들은 도달하고자 하는 전범으로 여겨졌던 인물들이다. 그러나 학문을 해서 그들과 같은 훌륭한 인물이 되지 못하리라는 것을 알기에 "차라리 다 떨치고" 차선책으로 무인으로서의 삶을 택하겠노라고 하였다. 여기에서 문인과 무인을 상대적으로 인식하고 있음을 알 수 있다.

중장에서는 자신이 바라는 장수의 모습을 구체적으로 묘사하고 있다. 태공(太公)은 중국 주나라 때의 사람인 강태공을 일컫는데, 무왕을 도와 은나라를 멸망시키고 제나라의 시조가 된 인물이다. 그는 비록 가난했으나 자신을 알아주는 사람을 만나기 위해 위수(渭水)가에서 홀로 낚시를 드리우며 세월을 보내다가, 마침내 주나라 문왕에게 발탁되어 그의 스승이 되었다. 그의 본명은 강상(姜尙)이며, 그의 선조가 여나라에 봉해졌기에 여상(呂尙)이라고도 했다. 주문왕의 조부인 고공단보라는 인물이 기다리던 사람이라 하여 '태공망(太公望)이라고 칭했는데, 흔히 그의 성과 함께 강태공이라 불렸다. 오늘날 낚시하는 사람을 강태공이라 하고, 낚시하는 모습을 일컬어 '세월을 낚는다'고 표현하는 것이 그의 고사에서 유래한 것이다. 문왕의 뒤를 이은 무왕이 즉위하자, 왕을 도와 당시 폭군으로 악명이 높았던 은나라의 주왕(紂王)을 멸망시켜 천하를 평정했다. 때문에 후세는 강태공의 병법을 대단히 높게 평가했다.

태공이 남긴 병법을 익혀 장수가 된다면, 그는 대장군의 징표인 "대장인(大將印)을 허리 아래 빗기 차고" 병사들을 지휘하는 '금단(金壇)'에 올라 '만마천병(萬馬千兵)'을 '좌작진퇴(坐作進退)'할 수 있을 것이라 여겼다. 비록 학문으로 성공하지 못한다 할지라도 무인으로서 이처럼 천하를 호령할 수 있다면 대장부로서 호쾌하게 사는 것이라 할 수 있기 때문이다. 종장의 '심장적구(尋章摘句)'는 책에서 좋은 구절을 뽑아 글을 짓는 행위를 말하며, '석은'은 '속이 좁은'이라는 뜻이다. 장수로 이름을 날릴 수 있다면, 글이나 지으면서 속 좁게 사는 선비들을 부러워할 바가 아니라고 말하고 있다. 이는 실생활을 돌보지 않고 글짓기에만 몰두하는 속이 좁은 선비들에 대한 비판적 인식에서 나온 것이라 볼 수 있겠다.

앞에서 언급한 것처럼 젊은 나이에 병조판서가 된 남이를 시기하던 사람들이 적지 않았다. 그가 역모를 꾀했다는 누명을 쓰게 된, 백두산에서 읊은 한시를 살펴보자.

白頭山石磨刀盡 백두산의 돌은 칼을 가는 데 다 닳아버렸고
豆滿江水飮馬無 두만강의 물은 말이 마셔 말라버렸구나
男兒二十未平國 사나이 스무 살에 나라를 평정하지 못한다면
後世誰稱大丈夫 후세에 어느 누가 대장부라 일컬으리.

7언 절구로 지어진 이 한시는 1467년(세조 13) '이시애의 난'을 평정하고 돌아오면서 지은 것이다. 백두산과 두만강을 소재로 장수의 호방한 기개를 보여주는 작품이다. 하지만 병조판서가 된 이듬해, 그는 이 한시로 인해 역모에 몰려 처형당했다. 예종 즉위년(1468)에 대궐에서 숙직을 서다가, 혜성이 떨어지자 남이가 "묵은 것이 가고 새것이 온다"고 말했다. 남이와 정치적으로 반대파에 속했던 유자광(柳子光)은 이 말이 역모를 꾀한 것이라고 하면서, 그의 시를 변조하여 역모의 증거로 삼았다. 위의 시에서 제3구 "남아이십미평국(男

兒二十未平國)"을 "남아이십미득국(男兒二十未得國)"으로 고쳐, 남이가 스무 살 때부터 '나라를 얻기(得國)' 위하여 역모를 계획했다고 모함한 것이다. 결국 이 시가 결정적 증거로 인정되어, 그는 스물여덟의 젊은 나이에 처형을 당했다. 나라를 생각하는 무인의 굳센 자세를 읊은 작품이 역모를 꾀하는 증거로 이용된 역설적인 상황이 벌어졌던 것이다.

15
귀거래 귀거래
말뿐이오 갈 이 없네

고려 후기에 성리학이 수용된 이후, 새로운 학문을 받아들인 이들은 과거를 통해 중앙의 정계로 진출하기 시작했다. 성리학을 기반으로 자신의 학문을 수양하는 이들을 일러 사대부라 칭했는데, 이들은 실생활에서도 엄격한 도덕적 자세를 견지했다. 사대부라는 말은 '글을 읽으면 사(士)가 되고 정치에 참여하면 대부(大夫)가 된다'는 의미를 지니고 있다. 고려가 망하고 조선이 들어서면서, 유학을 내세우는 사대부가 집권층으로 등장해 역사의 변화를 주도해 나갔다. 물론 왕조가 교체되는 시기에 사대부들은 고려와의 의리를 지키려는 이들과, 새로운 왕조의 건국에 참여하려는 이들로 서로 노선이 갈리기도 했다.

이처럼 서로 다른 입장은 사대부들이 지니고 있던 현실 인식의 면모를 잘 보여주고 있다. 고려 왕조에 충절을 지키자는 이들은 당시 진행되던 새로운 왕조의 건국이 지닌 명분이 충분치 않다고 보았기 때문에, 현실 정치에서 물러나 은둔하면서 처사로서의 삶을 택했다. 반면 지배 계급의 횡포가 극에 달한 현실에서 개혁의 필요성을 절감하던 사람들은 새로운 왕조의 수립만이 그 모순을 극복할 수 있다고 보았다. 이러한 입장의 차이는 자신이 서 있는 시대를 어떻게 인식하는가에 따른 정치적 선택의 문제이기도 했다.

대체로 사대부는 신분적 특권보다 자신이 지니고 있는 현실적 역량을 발휘해 관직에 나아가는 요건으로 삼았으며, 도덕적 명분에 입각하여 백성들을 다스리고자 했다. 때문에 관직에 나아가기 전에 자신의 내면적 수양을 닦는 것을 지극히 당연하게 생각했다. 하지만 정치란 것이 이상적으로만 실현되는 것이 아니어서, 조정에서는 입장이 서로 다른 이들과 대립 관계가 형성되는 경우가 많았다. 경우에 따라서는 극심한 정치 투쟁의 과정에서 밀려나 관직을 빼앗기거나, 여러 죄목을 뒤집어쓰고 유배에 처해지기도 했다. 그러나 유학은 현실을 대단히 중시하는 학문이기에, 유학자들 역시 올바르지 못한 정치 현실을 바로잡고자 때로는 목숨을 걸고 맞서기도 했다.

실제로 유학자들이 학문을 하는 이유는 현실 정치에 참여하기 위한 목적이 강했다. 벼슬에 나아가 정치에 참여하는 것이 자신의 역량을 제대로 펼칠 수 있는 길이라 여겼다. 정치 입문의 과정이기도 한 과거제(科擧制)는 그들이 닦은 학문적 역량을 평가받는 장이었다. 그러나 마음에 품은 이상은 현실과 괴리가 생기기 마련이다. 유학자들은 자신이 몸담고 있는 정치 현실이 불합리하다고 여겨질 때는 또한 과감하게 관직을 물리치고 귀향을 택했다. 혼탁한 정치 현실에서 물러나 처사로서의 삶을 누리겠다는 생각을 평소에도 지니고 있었던 까닭이다. 대체로 조선 전기의 사대부들은 고향에 집과 토지를 소유한 지주(地主) 출신이었기에 벼슬을 그만두더라도 돌아갈 터전이 있었다. 그들이 유유자적한 생활을 추구하

장승업(張承業, 1843~1897)의 〈귀거래도(歸去來圖)〉(간송미술관 소장)

도연명이 벼슬을 버리고 고향에 은거하며 유유자적한 삶을 살았다는 이야기를 그렸다. 당시 조선은 정치적·사회적으로 매우 혼란했다. 도연명의 이러한 삶의 자세는 조선시대 지식인들에게도 적지 않은 영향을 끼쳤다.

며 작품 속에 그렸던 강호자연의 형상은 이러한 기반 위에서 성립할 수 있었다.

자신의 양심과 정치적 현실이 서로 모순되는 상황에서 관직을 포기하고 은거하는 삶을 택하는 '귀거래(歸去來) 의식'은 도연명의 「귀거래사(歸去來辭)」가 하나의 전범이 되었다. 중국 시인인 도연명은 스물아홉의 나이로 관직에 진출한 이래, 네 차례에 걸쳐 관직에 나아가고 물러나는 것을 반복했다. 그는 작품의 서문에서 집이 가난해 생계를 꾸리기 위한 방편으로 관리가 되었지만 불합리한 현실과의 갈등 때문에 관직을 그만두게 되었다고 스스로 밝힌다. 불합리한 시대 상황을 겪으면서 관리로서의 자신의 역할에 회의적일 수밖에 없었던 그는 끝내 벼슬을 그만두고 고향에 은거하기를 희망했다. 관직에서 물러나 귀향을 선택한 그는 고뇌와 갈등으로 점철되었던 생활을 청산하고, 자유로운 삶을 추구하고자 하는 소망을 담아 「귀거래사」를 지었다.

도연명의 이러한 삶의 자세는 조선시대 지식인들에게도 적지 않은 영향을 끼쳤다. 관직에 나아가 자신의 이상을 펼칠 수 있는 여건이 된다면 기꺼이 정치에 참여하지만, 세속적 욕망 등으로 혼탁한 정치 현실에서는 언제든지 그곳을 떠날 준비가 되었던 셈이다. '귀거래 의식'은 바로 이 지점에서 조선시대 지식인들에게 하나의 유용한 지침이 되었다. 시조를 비롯한 각종 문학 작품에서 도연명과 그의 작품이 소재가 된 것들이 적지 않은데, 이를 통해서도 우리 문학사에 끼친 영향을 짐작할 수 있다.

물론 조선 후기로 접어들수록 사대부 계층에 속하면서도 과거에 합격하지 못해 향촌에 거주하면서 학문에 종사하는 이들이 점차로 늘어난다. 과거의 문턱이 높아진 탓도 있지만, 과거에 합격하더라도 관직을 부여받지 못하는 경우도 적지 않았다. 향촌에 거주하는 사대부들의 경우 그들이 처한 경제적 여건에 따라 생활의 모습은 다양하게 나타난다. 일부이지만 경제적인 어려움으로 직접 농사를 짓는 경우도 있었고, 마을의 아이들을 가르치는 서당의 훈장 노릇을 하며 생계를 꾸려 나가기도 했다. 하지만 그들이 벼슬에의 꿈마저 저버린 것은 아니었으며 기회만 주어진다면 언제라도 관직에 나아가고 싶어했다. 이처럼 향촌에 거주하는 사대부들의 현실적 처지는 매우 다양했음을 알 수 있다.

여기에서는 '귀거래 의식'을 엿볼 수 있는 작품들을 주로 살펴보고자 한다. 몇몇 작품은 도연명의 「귀거래사」 구절을 그대로 수용하기도 했는데, 그러한 면모가 작품 전체의 의미를 파악하는 데 어떻게 이해되는지를 살피는 것도 흥미롭다. 관직에서 물러나는 이들의 심정이 구체적으로 드러난 작품도 발견할 수 있으며, 조선 후기의 시조에서는 이러한 의식이 어떻게 변용되어 나타나는지를 엿볼 수 있다.

귀거래歸去來 귀거래歸去來 말뿐이오 갈 이 없네
전원田園이 장무將蕪하니 아니 가고 어찌할꼬
초당草堂에 청풍명월淸風明月이 나명들명 기다리나니. ― 이현보

귀거래歸去來 귀거래歸去來 한들 물러간 이 그 누구며
공명功名이 부운浮雲인 줄 사람마다 알건마는
세상世上에 꿈 깬 이 없으니 그를 슬허 하노라. ― 이정보

첫 번째는 조선 전기의 문인인 이현보의 작품으로, 작자 스스로 「효빈가(效嚬歌)」라 이름을 붙였다. '효빈(效嚬)'은 중국 월나라의 미인인 서시(西施)가 불쾌한 일이 있어 얼굴을 찡그리자 한 추녀(醜女)가 그것을 보고 흉내 냈다는 고사에서 유래한 말로, 다른 사람의 행위를 흉내 낸다는 의미이다.

작품과 함께 남긴 기록에서 도연명의 「귀거래사」에서 착상했음을 밝히고 그 제목을 「효빈가」라 했다. 초장과 중장은 「귀거래사」의 구절을 그대로 빌려 왔지만, 종장은 도연명의 작품에서는 보이지 않는 새로운 방식으로 종결짓고 있다.

이현보가 관직에 진출했던 16세기 전반은 여러 차례의 사화(士禍)가 발생하는 등 정치적 격변기였다. 그는 혼란스런 정치 현실을 지켜보면서 중앙에서는 자신의 정치적 이상을 실현하기 힘들다는 것을 깨닫고, 주로 외직(外職)을 자청해 성리학적 실천 윤리를 보급하고자 노력했다. 이 작품은 그의 나이 일흔여섯이 되던 해인 1542년(중종 17) 관직을 사퇴하고 고향인 경북 예안으로 돌아가면서 지은 것이다.

초장의 내용은 당시의 조정에서 '귀거래'를 외친 이들이 적지 않았음에도, 행동이 따르지 않는 말뿐인 현실에 대한 비판적인 인식을 담고 있다. 이는 자신의 '귀거래'는 다른 이들과는 달리 실천으로 이어졌음을 부각시키고자 하는 의도가 내포되어 있다. 도연명의 「귀거래사」는 "돌아가리라 / 전원이 장차 황폐해지려 하니 어찌 돌아가지 않겠는가(歸去來兮 / 田園將蕪胡不歸)"라는 구절로 시작한다. 중장은 도연명의 작품을 그대로 옮긴 것이면서, 또한 자신이 택한 '귀거래'의 명분이기도 하다. 물론 「귀거래사」에서의 '전원'은 직접 농경을 실현하는 공간으로서의 의미가 강하고, 도연명이 관직에 있는 동안 돌보지 못해 점차 황폐해져 가는 농토이기도 하다. 따라서 중장의 내용은 도연명의 작품을 빌렸으나, 혼탁한 중앙 정치의 현실 속에서 곤궁하게 살아야 하는 백성들의 삶에 대한 이현보의 관심으로 이해할 수 있다. 그러한 현실이 벼슬을 그만두고 '귀거래'를 선택하는 이유이기도 하다.

특히 종장의 내용은 '귀거래' 이후 삶의 자세를 보여준다는 점에서 흥미롭다. '초당'과 '청풍명월'은 자신이 택한 조촐하면서도 담백한 삶의 이미지를 잘 보여주고 있는데, 이러한 소재들은 사대부들의 맑은 정신 세계를 드러내기 위하여 흔히 사용되었다. 종장은 앞에서 비판적으로 인식했던, 말과 행동이 어긋나는 현실 세계와 대비되면서, 그를 기다리는 조화로운 강호자연의 면모가 펼쳐진다. '나명들명'은 자연물의 자연스러운 움직임을 드러내는 시어로 사용되고 있으며, 거기에 머물 자신 역시 자연의 존재들과 어울려 지낼 것임을 짐작할 수 있다. 몸소 농사를 지으며 향촌에서 생활했던 「귀거래사」의 인물과는 다른 면모이지만, 혼탁한 정치 현실에서 벗어나 향촌에 머물러 살고자 하는 마음을 표현했다.

두 번째 작품도 초장의 내용은 이현보의 「효빈가」와 흡사하다. 조선 후기의 문인인 이정보가 지은 작품인데, 다른 이들의 삶에 대한 비판적 요소가 강하게 드러나 있다. 이정보는 당대의 권력을 장악하고 있던 노론(老論)에 속했는데, 강직한 성품으로 인해 그의 관직 생활은 파직과 복직을 반복했다. 그러나 말년까지 중앙 관료로서 비교적 무난한 생활을 했으며, 만년에는 관직에서 물러나 자신의 집에서 사람들을 모아 노래 교육을 했다는 기록이 남아 있다. 지은이에 대한 논란이 있는 작품도 있지만, 그의 작품으로 알려진 다수의 사설시조를 남겼다.

사실 강호자연과 정치 현실은 양립하기가 쉽지 않은 별개의 세계이다. 이러한 두 세계 사이에 존재하는 모순은 화해하기 힘들기 때문에, 작품 속에서 언제나 그 중 하나를 부정하고 다른 하나를 선택해야만 하는 상황에 놓여 있다. 구체적인 정치 행위가 이뤄지는 현실 세계는 부귀와 공명이라는 욕망을 실현시킬 수 있는 장이기에, 많은 이들이 그곳에 기꺼이 뛰어들고자 한다. 또한 사대부로서의 정치적 이상을 펼칠 수 있는 세계이기도 하다. 서로 다른 정파들 사이에서 정치적 이해관계에 얽매어 줄타기를 하면서도, 많은 사람들은 좀처럼 그곳을 떠날 생각을 하지 못한다. 그러나 사람들이 품은 이상을 실현하기에 정치 현실은 냉혹하고 현실적 한계도 만만치 않다. 때문에 관직에 나아간 이후에는 귀향에의 간절한 소망을 품고 있으면서도 그것을 쉽게 실천하지 못하는 것인지도 모른다. 그러한 현실이 초장의 내용으로 형상화되었다. 모두들 마음속으로는 소망하지만, 실제로는 물러난 이를 찾을 수 없다는 것이다.

중장에서 보듯, 현실 정치에 참여하는 것을 공명을 얻기 위한 과정이라 인식했다. 한평생을 살면서 뒤돌아본다면 그것은 결국 뜬구름, 즉 '부운(浮雲)'에 불과하다. 공명은 세속의 가치로는 매우 귀중한 것이지만, 자신의 내면적 성찰을 위한 측면에서는 마치 뜬구름과 같은 것일 뿐이다. 이처럼 너무도 당연한 사실을 세상 사람들은 모두들 잘 알고 있으나, 세속의 삶에 익숙한 이들에게 현세에서의 성공이라는 목표는 쉽게 포기할 수 없는 것이다. 진실된 삶을 추구하는 이들에게 그것은 한바탕 꿈에 불과한 것인데, 세상 사람들은 그 꿈을 쉽게 깨지 못하는 것이다. 이 작품에서 '슬허하다'는 '슬퍼하다'는 의미이니, 그러한 세태에 대해 안타까운 마음을 금할 수 없다고 말한다. 결국 자신과 세상 사람들의 삶의 자세가 서로 어긋나기 때문에 생긴 결과이다.

하지만 막상 그러한 처지에 놓인다면 사람들마다 생각이 다를 수밖에 없을 것이다. 누군가는 선택의 기로에서 망설일 것이고, 누군가는 기꺼이 관직을 떠나 자연에서의 삶을 택할 것이다. 어떤 선택이 옳은 것인가는 그 사람이 놓인 환경을 고려하여 평가해야만 한다.

강호江湖에 놀자 하니 성주聖主를 버리겠고
성주聖主를 섬기자 하니 소락所樂에 어긋나네
호올로 기로岐路에 서서 갈 데 몰라 하노라. — 권호문

헛글고 싯근 문서文書 다 주어 후리치고
필마匹馬 추풍秋風에 채를 쳐 돌아오니
아무리 매인 새 놓인다 이대도록 시원하랴. — 김광욱

앞의 작품은 조선 전기의 문인인 권호문(權好文, 1532~1587)이 지은 것으로, 전체 열아홉 수로 이루어진 「한거십팔곡(閑居十八曲)」 가운데 한 수이다. 권호문은 1561년 스물아홉의 나이로 과거에 합격했지만, 얼마 후 어머니가 돌아가시

자 벼슬을 단념하고 은거 생활을 했다. 쉰여섯의 나이로 세상을 떠날 때까지 그는 평생을 자연 속에 묻혀 살았다. 「한거십팔곡」은 벼슬길과 은거 생활의 갈등에서부터 강호의 풍류를 즐기며 살아가는 모습이 시간 순서에 따라 각각의 작품에 단계적으로 형상화되어 있다. 이 작품은 그 가운데 제4수로, 정치 현실과 강호 생활 사이에서 갈등을 하고 있는 인물의 모습이 잘 드러나 있다.

권호문은 평생 벼슬길에 나아가지 않고 처사로서의 삶을 살았지만, 현실을 외면하고 그저 은둔의 자세만을 취한 것이 아니었음을 작품을 통해 미루어 짐작할 수 있다. 그는 현실세계에 대한 긍정적 인식을 포기하지 않았는데, 이 작품에서 보이는 화자의 모습은 권호문 자신이 느꼈던 심적인 갈등의 문학적 형상화라 할 것이다.

초장과 중장에서 볼 수 있듯이, '강호'와 '성주(聖主)'로 대변되는 세계는 사람들이 선택할 수 있는 삶의 방식들이다. '강호'를 선택한다면, 마땅히 관직에 나아가 임금을 섬기며 자신의 정치적 이상을 실현하겠다는 생각을 버려야만 한다. '성주'로 표현한 임금을 섬기겠다면, 강호에서 유유자적한 삶을 즐기며 사는 것을 포기해야 한다. '소락(所樂)'이란 자연에서 살면서 즐거움을 맛보는 것이니, 관직에 진출한다면 그러한 즐거움을 누리는 삶과는 어긋날 수밖에 없다. 유학자로서 어느 것 하나라도 포기할 수 없다는 것이 가장 큰 문제이다. 그 선택의 기로에서 홀로 고민하는 모습을 통해, 당대 지식인들이 현실 참여의 문제에 대해 진지하게 인식했음을 엿볼 수 있다.

뒤의 작품은 조선 전기의 문인인 김광욱이 지은 것으로, 열네 수로 이루어진 연작 시조 「율리유곡」 가운데 한 수이다. 김광욱은 문과에 급제한 이후 여러 벼슬을 역임했지만, 광해군 때에는 관직에서 물러나 경기도 고양의 율리(栗里)에서 은거하며 지냈다. 그 명칭에서부터 알 수 있듯이, 「율리유곡」은 그가 율리에 은거하며 지은 작품들이다. 도연명이 거처했던 곳도 자신이 머물던 곳과 같은 이름의 '율리'였기에, 벼슬을 그만두고 은거한 것을 도연명의 삶에 비겨 인식했다. 그는 모종의 정치적 사건으로 서른여섯의 젊은 나이에 은거생활을 택했지만, 인조반정(仁祖反正)으로 새로운 왕이 즉위한 이후 다시 관직에 나아갔다. 일흔일곱의 나이로 세상을 떠날 때에는 직위가 정2품인 좌참찬(左參贊)에 이르렀다. 이러한 그의 정치 역정으로 보건대, 당시의 지식인들에게 관직과 강호 생활은 양립할 수는 없으나 자신이 처한 현실 조건에 따라 언제나 선택이 가능한 것이었음을 알 수 있다.

이 작품의 초장에는 화자가 머물고 있던 현실의 공간이 구체적으로 드러난다. '헛글다'는 무엇인가 흩어져 어수선하다는 의미이며, '싯근'은 '시끄러운'이라는 뜻이다. "헛글고 싯근 문서"는 '어수선하고 시끄러운 문서'이니, 관직 생활을 하며 접했던 각종 공문서를 지칭한 것이다. '후리치다'는 '내던지다'라는 뜻이니, 관직 생활을 미련 없이 그만두고 떠나겠다는 생각이 잘 드러나 있다. 이러한 자세 또한 '귀거래 의식'이라 말할 수 있겠는데, 이는 벼슬살이를 하면서 누렸던 모든 혜택을 포기한다는 의미를 지니고 있다.

이제 벼슬을 그만둔 그에게는 타고 떠날 한 필의 말만이 남겨져 있다. 추풍(秋風)이 부는 계절에 자신이 탄 말에 채를 쳐 돌아가고자 하는 행위에서, 그만큼 조금이라도 빨리 떠나겠다는 의지를 알 수 있다. 흔히 새장에 갇힌 새는 구속된 삶을 의미하는데, 종장에서 자신의 관직 생활이 스스로 '매인 새'와 같은 신세였음을 드러내고 있다. '이대도록'은 '이보다'라는 뜻으로, 벼슬을 떨치고 돌아가는 자신의 모습이 매인 새가 놓여나는 것보다 더 시원하다고 토로하고 있다. 번거롭기만 했던 벼슬살이에서 벗어난 해방감이 "다 주어 후리치고", "채를 쳐 돌아오니", "이대도록 시원하랴" 등의 구절을 통해서 아주 실감나게 전달되고 있다. 이는 관직을 그만두고 귀향길에 나선 김광욱이 느꼈던 기분이라고 보아도 틀리지 않을 것이다.

자연에 대한 인식은 작품이 지어진 시기에 따라 조금씩 달리 나타나기도 한다. 특히 조선 후기에 지어진 시조에서 자연의 의미는 조선 전기 사대부들의 작품에서와 차이를 보인다. 사설시조에서는 자연이라는 공간이 더 구체적인 삶의 현장으로 드러나고 있다는 것도 특징이다.

전원田園에 남은 흥興을 전 나귀에 모두 싣고
계산溪山 익은 길로 흥치며 들어가니
아희야 금서琴書를 다스려라 남은 해를 보내리라. — 김천택

공명功名과 부귀富貴와랑 세상世上 사람 다 맡기고
가다가 아무 데나 의산대해처依山帶海處에 명당明堂을 가려서 오간 팔작五間八作으로 황학루黃鶴樓같이 집을 짓고 벗님네 데리고 주야晝夜로 노닐다가 앞내에 물 지거든 백주황계白酒黃鷄로 내놀이가 있다가

내 나이 팔십八十이 넘거든 승피백운乘彼白雲하고 하늘에 올라가서 제방투호 다옥녀帝旁投壺多玉女를 내 혼자 임자 되어 늙을 뉘를 모르리라. ㅡ 작자 미상

앞의 작품은 조선 후기에 여항의 가창자로 활동했던 김천택이 지은 것으로, 자신이 추구하는 삶의 모습을 형상화했다. 중인(中人) 신분으로 포교 출신이었던 그가 애초에 관직에 나가 입신출세할 수 있는 삶을 사는 것은 불가능했다. 조선시대에 중인은 관청의 하급 관리나 역관(譯官) 등 실무를 담당하고 있었으며, 특별한 경우를 제외하고는 높은 관직에 오르는 길이 막혀 있었다. 때문에 앞에서 거론한 사대부들의 작품과는 달리, 그가 머물던 공간은 관직 생활이 아닌 전원으로 제시되었다. "전원에 남은 흥"이라는 표현으로 보아, 전원에서도 나름대로 흥을 즐기며 살았던 것으로 보인다. '전 나귀'는 다리를 저는 나귀라는 뜻으로, 쓸모없는 존재를 가리킨다. 전원에서의 남은 흥을 쓸모없는 존재인 '전 나귀'에 모두 싣고 간다고 했는데, 이는 자신이 현실 세계에서 유용한 존재로 살지 못했다는 인식이 내포된 표현이다. 전원에서는 자기 나름대로 흥을 즐기며 살았지만, 세상의 시선은 그다지 우호적이지 않았던 것으로도 해석할 수 있다.

그는 "계산 익은 길"로 향하는데, '계산(溪山)'은 강산과 같은 뜻으로 자연을 달리 일컫는 말이다. '익은'은 '익숙한', '홍치며'는 '흥겨워하며'라는 의미이다. 이미 여러 차례 경험했던 익숙한 길이기에 흥겨워하며 갈 수 있다. 종장의 '금서(琴書)'는 음악을 즐기기 위한 악서(樂書)들이라고 볼 수 있다. 그리하여 자신이 택한 자연 속에서 음악을 향유하며 남은 해를 보내겠다는 다짐으로 이어진다. 그렇게 본다면 전원에서 느꼈던 흥도 음악과 관련되어 있었던 것으로 이해할 수 있겠다. 하지만 현실적 삶이 놓여 있던 전원에서는 자신이 좋아하는 음악만 하며 살기는 어려웠을 것이다. 그래서 그곳을 떠날 수밖에 없었고, 결국 찾은 곳은 자연의 공간이다. 그에게는 전원이 현실 세계의 공간으로 상정되어 있었다. 이러한 양상은 사대부들의 작품과는 분명히 다른 모습인데, 이를 통해 조선 후기 여항의 가창자들이 지녔던 세계관의 일단을 엿볼 수 있다.

뒤의 작품은 조선 후기에 지어진 작자 미상의 사설시조로, 여기에서는 화자가 선택한 공간이 매우 이상적인 모습으로 나타나고 있다. 부귀와 공명은 누구나 얻고자 하는 것들인데, 그것을 세상 사람들에게 다 맡기겠다고 했다. 일단은 부귀와 공명을 버리는 이유가 뚜렷이 제시되어 있지 않고,

현실 세계에서 살면서 다른 사람들과 어떤 갈등을 일으킨 것인지도 분명치 않다. 다만 세속을 떠나 살겠다는 의지만이 부각되어 나타나 있을 뿐이다. 그래서 택한 삶의 모습이 "가다가 아무 데나" 머물러 살고자 했다. 하지만 그가 그리고 있는 삶의 형상은 세속적 가치로 보더라도 누구나 그렇게 살고 싶어할 정도로 이상적인 모습이다.

우선 거처하는 공간부터가 범상치 않은데, "의산대해처에 명당을 가려서" 집을 짓겠노라고 했다. '의산대해처(依山帶海處)'란 뒤로는 산을 등지고 앞에는 바다가 펼쳐져 있는 공간이며, 더욱이 그곳은 앞으로 좋은 일만 생긴다는 '명당(明堂)'이다. '오간 팔작(五間八作)'은 집의 크기와 지붕의 모양을 빌려 표현한 것인데, 다섯 간의 그리 넓지 않은 규모에 팔작지붕으로 황학루(黃鶴樓)와 같은 집을 짓고자 했다. 황학루는 중국 촉나라의 비위(費褘)라는 인물이 신선이 되어 황학(黃鶴)을 타고 내려와 쉬었다고 전하는 아름다운 누각이다. 작품에서 택한 공간을 머릿속에 떠올리기만 해도 아주 근사한 풍경이 그려지는 듯하다.

중장의 말미에는 이렇게 선택한 곳에서 생활하는 모습을 형상화했다. 먼저 벗들과 함께 주야로 노니는 것이 그 하나인데, 때가 되어 집 앞의 개울에 물이 적당히 흐르면 냇가에서 노닐겠다고 했다. '백주(白酒)'는 빛깔이 흰 술이니 막걸리를 가리키는 것이며, '황계(黃鷄)'는 누런 닭으로 만든 안줏거리를 말한다. '내놀이'란 냇가에서 노는 놀이로 천렵(川獵)의 다른 표현이니, 술과 안주를 갖추어 천렵도 아울러 즐기고 싶다고 말했다. 이러한 생활은 지나치게 풍족하다는 인상이다. 더욱이 종장에서 그러한 생활을 즐기다가 여든 살이 넘어 하늘로 올라가서 옥황상제가 되고 싶다는 소망을 피력한다. '승피백운(乘彼白雲)'은 '저 흰 구름을 타다'라는 뜻으로 신선이 되어 하늘로 오르는 것을 의미하며, '제방투호 다옥녀(帝旁投壺多玉女)'란 옥황상제의 곁에서 투호놀이를 하는 많은 미녀들을 지칭한다. 이러한 '옥녀'들의 임자가 되어 혼자서 거느리고 싶다는 것은 곧 자신이 옥황상제가 된다는 뜻이다.

그렇게 본다면 이 작품에서 황학루와 같은 집을 짓고 살겠다는 지상의 삶 역시 신선의 형상이라 할 수 있으며, 죽어서도 옥황상제가 되어 영원한 삶을 누리고 싶다는 내용이다. 이 작품의 내용은 현실을 떠나 신선과 같은 삶을 살고 싶다는 것으로, 화자의 삶 역시 도가적(道家的) 이미지로 채색되어 있다. 이러한 삶의 형상은 조선 전기 사대부들과는 확연히 차이를 보이며, 여항의 예술가인 김천택이 지은 앞의 작품과도 뚜렷하게 구별된다. 특히 거처하는 공간과 그곳에서의 삶의 모습이 세세하게 묘사될 수 있었던 것은 좀더 자세하게 내용을 담아낼 수 있는 사설시조라는 형식이기에 가능했다. 또한 현실을 벗어난 선택이 다소 이상적인 형상으로 그려지고 있는 양상도 사설시조가 지닌 특징이다.

16

비 오는데 들에 가랴 사립 닫고 소 먹여라

산업화가 진행되기 이전까지 우리에게는 농업이 주된 산업이었다. 조선시대까지만 하더라도 '농자천하지대본(農者天下之大本)'이라 하여, 농업은 사회의 근간을 이루는 주요한 생산수단으로 인식되었다. 지배 계급이었던 양반들은 직접 농사를 짓지 않았지만 늘 농업의 가치와 중요성에 대해 언급했다. 즉 농민들을 위하는 정책을 행하는 것이야말로 지식인의 올바른 자세라고 생각했다. 이러한 인식은 근대 이후에도 지속되면서, 사람들의 먹고사는 문제를 담당하는 가장 중요한 분야로 농업이 늘 가장 앞자리를 차지했다. 이렇듯 농민을 위하는 인식 속에는 일하는 사람의 중요성, 즉 노동의 가치를 높이 평가하는 자세가 전제되어 있다. 그들의 노동으로 생산되는 농산물들은 곧바로 농민들의 피와 땀으로 인식되었다.

농사는 그해의 기후 등 자연 조건에 따라 수확이 달라지므로 농부들은 자연 현상에 경이감을 느끼고 이를 주관하는 하늘에 제사를 올려서 풍년이 들기를 기원했다. 우리의 생활 풍속이 농경문화와 밀접하게 관련되어 있기 때문에 세시풍속도 농업과 관련되어 있는 경우가 많다. 예컨대 농사를 시작하기 전인 봄철에는 그해의 농사가 잘되기를 바라는 의례를 행했으며, 가을철 수확을 끝낸 뒤에는 다음해에도 풍년이 들기를 기원하는 제사를 올렸다. 이러한 행사들은 마을 공동으로 진행했고, 풍년과 마을의 안녕을 기원하면서 한데 어울려 흥겹게 노는 잔치마당으로 이어졌다. 또는 줄다리기처럼 한 마을 사람들이 두 패로 나뉘어 승패를 겨뤄 그해의 풍년을 점치기도 했으며, 고싸움처럼 인근의 두 마을 사람들이 모여 협동심과 단결력을 자랑하기도 했다. 이처럼 우리의 민속놀이는 대부분 농경문화의 의례를 바탕으로 한 경우가 많다.

그러나 경제 개발이 진행되고 산업화가 진전되면서, 우리 사회에서 농업이 차지하는 위상은 점차 약화되어 가고 있다.

21세기에 들어선 지금, 이농(離農) 현상이 가속화되면서 농촌은 그 존재 기반마저 서서히 붕괴되어 가고 있는 형편이다. 젊은 사람들이 농촌을 떠나면서 발생한 농촌의 고령화는 심각한 수준에 이르렀다. 또한 농업 분야에서도 경쟁력을 확보한다는 명분 아래 진행되는 각종 정책은 오히려 농민층의 이탈을 가속화시키는 요인이 되었다. 더욱이 세계 여러 나라와의 자유무역협정(FTA)은 다른 부문에서 무언가를 얻어내기 위해 농업을 희생양으로 삼고 있다는 인식이 일반적이다. 작금의 농업을 둘러싼 사회적 환경을 하나하나 따져본다면, 농촌 붕괴를 더욱 부채질하는 방향으로 진행되고 있다고 보아도 틀리지 않다. 이대로 간다면 머지않아 우리의 농촌은 농사지을 사람이 남아나지 않을지도 모른다. 경제 논리가 우선 고려되는 상황에서 이제는 근간 산업으로서의 농업의 면모를 더 이상 기대하기 힘들게 되었다.

도시화가 빠르게 진행되기 이전에 태어났던 40~50대 이상의 많은 사람들은 농촌에서 태어나 그곳에서 어린 시절을 보냈다. 지방의 중소도시에서 살았던 이들일지라도 마음속에는 농촌에 대한 정서가 강하게 남아 있다. 비록 자신의 가족이 농사를 짓지 않았다 하더라도, 그들은 농촌의 실정을 직간접적으로 체험하며 자랐다. 그래서인지 농촌은 늘 '고향'과 같은 이미지를 떠올리게 한다. 농촌이 붕괴되는 현실은 곧 마음속에 존재하는 고향의 상실을 의미하는 것이다. 세월이 좀더 흐르면 전통적인 농촌의 형상들은 문학 작품 속에서나 겨우 찾아볼 수 있을지도 모를 일이다. 농업도 경제력을 갖춰야만 생존할 수 있고, 농촌의 현실도 그에 맞춰 변화를 꾀해야만 한다. 이런 상황에서 농촌의 모습은 더 이상 우리의 관념 속에 낭만적인 형상으로만 남아 있지는 않을 것이다.

농촌의 풍경을 포착해 형상화한 시조 작품들을 어렵지 않게 찾아볼 수 있다. 농경을 위주로 하는 사회였기에 시조에서도 농민에 대한 관심이 적지 않게 나타난다. 때로는 자연 속에 뛰어들어 전원적 삶을 노래했다. 조선 전기의 시조에서는 자신이 직접 농사짓는 모습을 형상화한 작품은 찾기가 쉽지 않다. 농사를 직접 짓는 것은 지배 계급이었던 사대부들의 소임이 아니라고 여겼던 까닭이다. 그러나 어느 시점부터 사대부가 지은 작품에서도 농사에 직접 참여하는 모습을 발견할 수 있게 된다. 이러한 작품들은 강호시조와는 다른 특징을 지니고 있으며, 최근에는 이러한 경향의 작품들을 '전가시조(田家時調)'라 구별해 다루고 있다.

대개 전원 및 농가 생활을 주요 배경이나 소재로 하여, 그 속에서의 소회·흥취·체험을 주된 관심사로 노래한 작품들을 전가시조의 범주로 구분해 논한다. 강호에서의 삶을 노래한 강호시조와는 구별되는 이러한 작품들을 한편에서는 '전원시조'라 지칭하기도 한다. 전가시조들에는 농가의 생활상이 비교적 구체적으로 드러나며, 야인(野人)이 되어 생활하는 사람들의 모습이 형상화되어 있다. 소박한 삶에서 느끼는 자족적인 태도가 더 잘 드러난다. 특히 농가와 전원에서의 생활 노동이라는 소재가 폭넓게 자리 잡고 있는데, 이는 앞선 시기에 지어진 강호시조보다 실제 생활에 밀착된 것이라 할 수 있다.

전가시조 작품들은 대체로 17세기 이후부터 출현한다. 전원에서의 삶은 넉넉지 않은 것으로 그려지고 있으며, 그럼에도 그 속에서 유유자적한 생활과 정신적 자유를 구가하는 형상을 흔히 찾아볼 수 있다. 소박한 생활 속에서도 즐거움을 누린다는 작품의 면모는, 유학자들이 삶의 지표로 삼았던 '안빈낙도'라는 말로 대변될 수 있다. 물론 전가시조라고 해서 작품 속의 형상이 모두 동일한 모습으로 그려지고 있는 것은 아니다. 지은이가 처한 시대와 삶의 방식에 따라 각각의 작품들에 나타난 구체적 양상은 조금씩 달라지기 마련이다. 여기에서는 전원에서의 삶의 모습을 그린 작품들을 살펴보기로 하자.

비 오는데 들에 가랴 사립 닫고 소 먹여라
마히 매양이랴 쟁기 연장 다스려라
쉬다가 개는 날 보아 사래 긴 밭 갈아라. — 윤선도

아희야 죽조반粥早飯 다오 남무南畝에 일 많아라
서투른 따비를 눌 마조 잡으려뇨
두어라 성세궁경聖世躬耕도 역군은亦君恩이시니라. — 조존성

앞의 작품은 조선시대 대표적인 시가 작가의 한 사람인 윤선도가 지은 것으로, 「하우요(夏雨謠)」라고 불린다. 제목과 내용에서 알 수 있듯, 여름철 비가 내리는 농촌의 상황을 배경으로 하고 있다. 농사짓는 이들에게 여름철의 비는 매우 반가운 존재이고, 더불어 비가 그친 뒤에는 그만큼 해야 할 일이 많아진다. 비가 온 뒤에는 농작물은 물론이고 잡초도 그만큼 빨리 자라기 때문이다. 비가 오는 날에는 들에 일

하러 갈 수 없으니 비가 갠 뒤에 사용할 수 있도록 농기구의 상태를 점검하는 것이 중요한 일과이다. 비가 오니 사립문을 닫고, 누군가에게 소를 배불리 먹이라고 지시하고 있다. 매일 반복되는 농사일에 지친 소에게도, 비가 내리는 날은 휴식과 더불어 충분한 영양을 공급할 수 있는 기회인 셈이다.

'마'는 '장마'의 옛말이며, '매양'은 '항상'이라는 뜻이다. 아무리 장마가 길더라도 비가 매일 내리는 것은 아니고 잠깐씩 해가 비치기도 한다. 따라서 비가 오는 동안에도 쟁기와 연장 따위의 농기구를 잘 다스려야 하는 것은 물론이다. 그렇게 쉬다가 비가 갠 날이면 밭에 나가, 잘 정비된 농기구를 들고서 "사래 긴 밭"을 매야 한다. '사래'란 밭에서 골을 이루는 고랑과 높게 흙을 돋워 작물을 키울 수 있는 이랑을 아울러 이르는 말이다.

그러나 중요한 것은 작품 속의 인물이 여름철 농사에 대해 이런저런 말을 하고 있지만 직접 농사짓는 사람은 아니라는 것이다. 각 장(章) 말미의 "먹여라", "다스려라", "갈아라" 등의 표현에서 보듯이 누구에겐가 일을 지시하고 있어, 그가 일꾼들을 거느린 양반의 신분임을 알 수 있다. 하지만 양반의 신분으로 농사일에 대한 관심을 표명하고 일일이 해야 할 일을 지시하는 작품의 내용은 이전 시기의 작품들에 견주면

김홍도의 〈논갈이〉(국립중앙박물관 소장)

조선 전기의 시조에서는 자신이 직접 농사짓는 모습을 그린 작품은 찾아보기 힘들다. 그러나 대체로 17세기 이후부터는 사대부가 지은 시조에서도 직접 농사일을 하는 모습을 발견할 수 있다. 이런 작품들을 강호시조와 구분하여 '전가시조'라 부른다.

분명 주목할 만하다. 이전 시기에 지어진 사대부들의 강호시조에서는 이런 면모를 찾아볼 수 없다.

뒤의 작품은 조선시대 문인인 조존성(趙存性, 1554~1628)이 지은 것으로, 전체 네 수로 이루어진 「호아곡(呼兒曲)」 가운데 한 수이다. 그는 정파 간의 다툼으로 인해 탄핵받고 파면당하기도 했으나, 임진왜란 이후 복직되어 강원도 감찰사 등을 역임했던 인물이다. 이 작품은 초장을 '아희야'로 시작한 데서 '아이를 부르는 노래'라는 뜻의 「호아곡」이란 제목이 붙여졌으며, 지은이가 벼슬길에서 물러나 있을 때에 지은 것으로 보인다. 중장에서 보듯이, 화자의 일솜씨는 매우 서투르다. 비록 서툴기는 해도 몸소 농사짓는 생활을 노래하고 있다는 점이 특징적이다. 종장의 '역군은(亦君恩)'이라는 표현에서, 그가 전원에서의 삶을 군주의 은혜로운 통치 덕분으로 여기고 있음을 알 수 있다. 자신은 비록 전원에서 생활하고 있지만, 임금이 머물고 있는 정치 현실의 공간을 늘 염두에 두고 있음을 보여준다.

이 작품은 '아희'를 부르는 것으로 시작되는데, 아마도 자신이 부리는 아이를 가리키는 듯하다. 그는 아이에게 '죽조반(粥早飯)'을 달라고 하는데, 죽조반은 이른 아침에 끼니로 먹는 죽을 가리킨다. 힘든 농사일을 하는데 아침부터 밥이 아닌 죽을 먹는다는 것으로 보아, 형편이 그리 넉넉하지는 않은 것 같다. '남무(南畝)'는 남쪽에 있는 밭인데, 그 밭에서 해야 할 일이 많다고 했다. '따비'는 풀뿌리를 뽑거나 밭을 가는 데 쓰는 농기구로, 쟁기가 여기에서 발달한 것이다. 중장에서 스스로 따비를 사용하는 것이 서투르다고 고백하면서, 누구와 마주 잡고 밭을 갈 것인가를 고민하고 있다. 따비는 두 사람이 서로 맞잡고 사용하기 때문이다. '눌 마조'는 '누구와 마주'라는 의미이니, 다른 한편으로 이 부분은 힘든 일을 서로 거들어 가면서 하던 농촌의 품앗이를 떠올리게 한다.

종장에서는 자신이 하는 농사일을 '성세궁경(聖世躬耕)'이라고 표현했는데, 이는 태평한 시절에 몸소 밭갈이를 한다는 뜻이다. 실제로 늘 농사일에 매달려야 하는 농민들은 '궁경(躬耕)'이라는 표현을 사용하지 않는다. 이것은 사대부들이 경제적 어려움에 처해 몸소 농사를 지을 때 사용하는 표현이니, 그의 신분이 양반임을 짐작할 수 있다. 그나마 자신이 태평한 시절을 살고 있기에 농사일을 직접 체험한다는 의미로 이해할 수 있겠다. 더욱이 그러한 행위조차도 '임금의 은혜(亦君恩)'라고 말한다. 지금은 비록 전원에 물러나서 농사를 짓고 있는 처지이지만, 그러한 현실조차도 임금의 은혜로 가능하다는 생각을 엿볼 수 있다. 그렇기에 농사일에 서툰 까닭도 이해되는데, 이러한 면모는 당시 농민들의 처지와는 구별되는 것이다.

지은이가 양반 신분이면서도 직접 농사일을 하는 내용을 다룬 작품들도 등장하기 시작한다. 이러한 변화는 사대부들조차 경제적 어려움 탓에 직접 농사를 지어야 했던 시대 상황에 따른 것이다.

> 샛별 지고 종다리 떴다 호미 메고 사립 나니
> 긴 풀 찬 이슬에 다 젖거다 베잠방이
> 두어라 시절時節이 좋을선정 옷이 젖다 어이리. — 이재

> 둘러내사 둘러내자 길찬 골 둘리내자
> 바랭이 여뀌를 골골마다 둘러내자
> 쉬 짙은 긴 사래는 맞잡아 둘러내자. — 위백규

앞의 작품은 조선 후기의 문인인 이재(李在, 생몰년 미상)의

작품으로, 문헌에 따라서는 이명한이 지은 것으로 기록되어 있기도 하다. 그러나 작품의 내용이나 여러 정황으로 보아, 18세기 인물인 이재를 지은이로 보는 것이 더 타당하다. 이재는 종실(宗室)의 인물로, 영조 때에는 영주 군수 등의 관직을 지내기도 했다. 이 작품은 강호시조에 나타나는 자연의 규범적인 이미지나 상투적 표현에서 한참 벗어나 있다. 전체적으로 생동하는 분위기와 감각적인 시어를 사용해, 이슬이 채 가시기도 전에 농사를 지으러 집을 나서는 인물의 모습이 인상적으로 그려져 있다.

초장에서는 이른 아침에 집을 나서는 모습이 그려져 있다. 샛별은 새벽에 동쪽 하늘에서 밝게 빛나는 별로, 금성의 다른 이름이다. 종다리는 봄에 흔히 볼 수 있는 새로, 종달새라고도 불린다. 샛별이 지고 종다리가 나는 이른 아침에 농사일을 하기 위하여 집을 나서는 모습은 예전의 농촌에서 흔히 볼 수 있는 정경이었다. 이렇듯 평화로운 전원에서 한쪽 어깨에 호미를 메고 사립을 나서는 형상은 전형적인 농사꾼의 모습이다. 아직 이른 아침이니 길옆의 수풀에는 이슬이 맺혀 있을 터이고, 그곳을 지나는 사람의 베잠방이는 이슬로 흠뻑 젖을 것이다. 잠방이는 가랑이가 무릎까지 내려오게 만든 홑고의를 가리키는데, 베잠방이는 베로 만든 잠방이를 말한다. 여름철의 농사일은 한낮의 뜨거운 햇빛을 피하기 위하여 이른 아침부터 시작하는 것이 보통이다. 부지런한 농부들은 그래서 점심때쯤이면 하루의 일을 어느 정도 마무리한다.

"두어라"는 체념의 뜻으로 사용하는 감탄사인데, 여기서는 힘든 농사일을 하면서도 넉넉한 심성을 잃지 않는 태도를 엿볼 수 있다. 종장에서 "시절이 좋"다는 것은 태평성대를 이르는 것으로도 볼 수 있지만, 그저 농사가 잘되는 상황을 염두에 둔 표현으로 이해하기로 하자. "좋을선정"은 '좋기만 하면'이라는 뜻으로, 농부의 입장에서는 그저 농사가 잘되기만 하다면 옷이 젖는 것쯤은 아무런 문제가 아니라는 말이다. 농부에게 자연은 땅을 일구어 씨를 뿌리고 가을에 수확하는 생활의 근거지이다. '땅은 정직하다'는 말은 농부가 농사일에 노력한 만큼 땅은 수확으로 되돌려준다는 뜻이다. 이 작품에는 농부의 순박하고도 건강한 모습이 형상화되어 있다. 물론 농부로 보이는 화자가 노동하는 모습이 작품에 구체적으로 제시되지는 않았다. 그러나 지은이의 농사에 대한 관심과 농민에 대한 애정이 이러한 작품을 탄생시킬 수 있었던 것이라 이해할 수 있다.

다음 작품은 조선 후기 인물인 위백규(魏伯珪, 1727~1798)의 것으로, 전체 아홉 수로 이루어진 「농가(農歌)」 가운데 한 수이다. 그는 서른아홉의 늦은 나이에 과거에 급제했으나 어려운 생활 형편 때문에 관직 진출을 포기하고 향촌에서 학문과 농사를 병행하는 삶을 선택한 향촌 지식인이었다. 전남 장흥 지역에 거주하던 위백규는 자신의 문중 사람들을 모아 학문과 농사를 병행하는 모임인 '사강회(社講會)'를 조직하여 활동했다. 「농가」는 그가 가문의 성원들을 중심으로 조직했던 사강회 활동과 밀접한 관련이 있는 작품이다. 모두 아홉 수로 구성된 「농가」에서 시적 화자는 직접 농사에 종사하는 것으로 그려지는데, 지은이인 위백규의 현실 체험에서 탄생한 작품이라 평가된다. 앞에 나온 사대부들의 작품과는 여러 가지 측면에서 확연하게 다르다. 이 작품은 제3수인데, 김매기라는 뜻의 '운초(芸草)'라는 소제목이 붙여져 있다.

집을 나서 밭으로 향하는 모습을 그린 두 수에 이어, 이 작품에서는 밭에 도착해 일을 하는 장면이 비로소 펼쳐진다. 초장의 첫 구절부터 "둘러내자"라는 용어가 반복되어 노동요를 연상시키며, 사람들이 밭에서 일하는 과정이 매우 역동적으로 그려지고 있다. '둘러내자'라는 말은 전남 장흥 지방에서는 '김을 휘감아서 걷어내자'라는 의미로 사용된다고 한다. 자신을 포함한 공동 작업을 하는 일행에게 농사일을 독려하는 발언이다. "길찬 골"은 '풀 따위가 우거져 깊숙한 고랑'이라는 뜻인데, 그의 일행이 오늘 밭에서 해야 할 일거리이다. 아마도 이전에 비가 내려 한동안 손을 보지 못해서 밭고랑이 온갖 풀들이 우거져 있었던 듯하다. 그것을 그대로 방치하면 작물의 생육에 지장을 줄 수 있기에 서둘러 김을 매야만 한다.

중장에서는 바랭이와 여뀌 따위의 풀들이 고랑마다 자라고 있어서, 일행들에게 힘을 모아 그것들을 "둘러내자"고 한다. 종장의 '쉬'도 풀의 일종이라고 여겨지나 구체적인 종류는 알 수 없다. 다만 "쉬 짙은 긴 사래"라는 표현으로 보아, 여러 종류의 풀들이 이랑과 고랑의 곳곳에 자라고 있음을 알 수 있다. 더욱이 작물이 자라고 있는 이랑의 풀들은 양옆의 밭고랑에 서서 "맞잡아 둘러내"야만 한다. 이미 많은 풀들이 우거져 길찬 골이 되어버린 넓은 밭의 고랑들마다 여럿이 함께 늘어서서 그것들을 둘러내는 모습이 보이는 듯하다. 이 작품에서 김을 매는 일은 여럿이서 참여하는 공동 노동의 형태를 취하고 있으며, "둘러내자"라는 표현이 반복되는 것으로 보아 참여한 사람들이 서로를 독려하면서 일을 하고 있음을 알 수 있다. 실제로는 힘들 수밖에 없는 농사일이지만 이 작품에서는 반복되어 표현되는 리듬감 있는 시어의 영향으로 경쾌한 분위기마저 느껴진다. 이러한 작품들에 이르면,

이제 '전원'은 명실상부하게 구체적 노동 체험이 이루어지는 공간으로서의 의미를 획득하게 된다.

조선 후기에 들어서도 여전히 이러한 소재의 작품들이 등장한다. 그것은 우리 사회가 농경을 위주로 했다는 점에서 당연한 귀결이고, 시조 작품들도 당대 사회를 반영하였기 때문이다. 다음에 제시된 작품들을 비교하면 알 수 있겠지만, 사설시조는 더욱 구체적인 모습으로 형상화하고 있다는 것도 주목할 만하다.

오늘은 비 개건야 삿갓에 호미 메고
베잠방이 걷어추고 큰 논을 다 맨 후後에
쉬다가 점심點心에 탁주濁酒 먹고 새 논으로 가리라. —김태석

저 건너 명당明堂을 얻어 명당明堂 안에 집을 짓고
밭 갈고 논 갈고 오곡五穀을 가초 심은 후後에 대臺 위에 벌통 놓고 집 위에 박 올리고 울 밑에 우물 파고 구월九月 추수秋收하여 남린북촌南隣北村 다 청請하여 희오동락喜娛同樂 하고지고

매일每日에 이렁셩 노닐다가 늙을 뉘를 모르리라. — 작자 미상

앞의 작품은 조선 후기의 인물인 김태석(金兌錫, 생몰년 미상)의 작품으로, 직접 농사일을 하는 모습이 실감나게 나타나 있다. 김태석은 1763년(영조 39) 『해동가요(海東歌謠)』라는 가집을 엮은 김수장과 함께 활동하던 여항 가창자인데, 평민의 신분으로 벼슬길에 나아가는 것이 쉽지 않았던 처지였다. 때문에 작품 속 화자의 면모에는 지은이인 김태석의 실생활이 반영되었으리라 생각하다. 이 작품은 농사짓는 농부들의 부지런함을 구성진 가락에 실어 실감나게 읊어낸 작품이다. 이른 봄부터 가을까지 끊이지 않고 일거리가 생기는 농사는 매우 힘든 노동이다. 또한 때를 놓쳐버리면 돌이킬 수 없는 결과를 가져오기도 한다. 그렇기에 가을의 알찬 수확을 기대하면서 여름철의 뜨거운 햇볕 아래에서도 일손을 놓을 수 없는 것이 농부의 마음이다.

작품의 배경은 장마철에 즈음한 때로 보인다. 비가 개었는지를 가장 먼저 확인하고, 삿갓을 쓰고 호미를 메고 논으로 향한다. '걷어추고'는 '걷어 올리고'란 뜻이니, 베로 짠 잠방이의 자락을 걷어 올리고 '큰 논'의 김매기부터 시작한다. 비가 온 뒤의 논에서는 온갖 잡초가 빠르게 자라는 법이니,

조금만 방치해도 금세 벼보다 더 크게 자란다. '큰 논'의 김을 다 매고 나니 점심시간이 되었다. 일하다가 먹는 점심은 허기를 채워주고, 거기에 탁주를 한잔 걸치면 피로가 싹 가시는 듯하다. 탁주는 막걸리 또는 농주(農酒)라고도 하는데, 농사일을 하는 이들에게 막걸리는 힘과 흥을 돋우는 역할을 하기 마련이다. 그렇게 점심밥을 먹고 막걸리를 한잔 마신 뒤에는 다시 '새 논'으로 가서 오후의 일을 시작하는 것이다. 이 작품은 이렇듯 땀 흘려 농사짓는 모습을 눈에 보이듯 그리고 있다. 이는 평민인 지은이의 생활 체험이 반영된 것이라 볼 수 있다.

뒤의 작품은 조선 후기에 지어진 사설시조로, 전원에서의 삶의 모습이 개략적으로 나타나 있다. 작품에서 화자가 명당을 찾아 집을 짓는 모습에서 세속적 욕구를 충족시키고자 하는 당대 사람들의 면모를 읽어낼 수 있다. 전원의 삶을 강조하기 위해 열거된 중장에서의 생활 모습은 너무도 이상적으

김홍도의 〈점심〉(국립중앙박물관 소장)

조선시대의 농업은 '농자천하지대본(農者天下之大本)'이라 하여, 사회의 근간을 이루는 주요한 생산수단으로 인식되었다. 지배 계급이었던 양반들은 직접 농사를 짓지 않았지만 늘 농업의 가치와 중요성에 대해 언급했다. 즉 농민들을 위하는 정책을 행하는 것이야말로 지식인의 올바른 자세라고 생각했다.

로 그려져 있다. '가초'는 '갖추어'라는 뜻이니, 자신은 밭과 논을 새로 갈아서 오곡을 고루 갖추어 심겠다고 했다. 그런 뒤에 집 근처의 대(臺) 위에는 꿀을 얻기 위해 벌통을 놓았으며, 지붕 위에는 박을 심었다. 무엇보다 먹는 물이 가장 중요하니, 울 밑에 우물을 만들어 두는 것도 잊지 않는다. 이제 모든 것이 다 갖추어졌으니, 봄에 심은 오곡이 잘 여물어 구월에 추수를 할 수 있을 것이다. 그해의 농사가 풍년으로 결실을 맺으니, 남과 북의 인근 마을에 사는 사람들을 다 초대하여 함께 노닐며 즐거워하는 것이 소망이다. '희오동락(喜娛同樂)'이란 함께 놀며 즐긴다는 의미이다.

물론 작품에 제시된 면모만으로는 화자가 농부인지는 분명치 않다. 또한 중장에 그려진 전원적 삶의 모습도 실제 생활이 아니라, 말미의 "하고지고"란 표현으로 보아 지은이가 그려낸 관념적인 상황이다. 그렇기에 종장에 제시된 대로 "매일 이렁셩 노닐다가 늙을 뉘를 모"를 것이라 생각하게 된다. '이렁셩'은 '이렇게'를 달리 이르는 말이며, '뉘'는 '때'라는 뜻이다.

작품 속에 그려진 삶은 어쩌면 당대의 평범한 사람들이 한번쯤 꿈꾸었을 그런 삶의 모습이다. 우리의 삶은 아무리 만족스러운 여건을 갖출지라도 실제 생활에서는 갖가지 문제와 갈등이 생겨나기 마련이다. 그렇다 하더라도 이상적인 삶은 그저 아름답게 채색되어 표현될 수밖에 없다. 이 작품이 보여주는 삶의 풍경 역시 지은이가 관념 속에서 만들어낸 이상적인 모습이지만, 현대인들이 꿈꾸는 풍요롭고 낭만적인 삶의 모습과 크게 다르지 않다.

17

산촌에 눈이 오니 돌길이 묻혔세라

사람들은 문득 일상과 세속의 규범을 벗어나고픈 욕망을 느끼곤 한다. 일상에서 벗어나고자 하는 생각의 이면에는 현실에 대해 만족하지 못하는 태도가 자리 잡고 있다. 옛사람들은 세상의 도덕이 제대로 실현되지 않을 때에는 자신의 능력을 감추고 숨어 지내는 것을 하나의 미덕으로 생각했다. 이렇듯 속세의 명예와 이익을 구하지 않고 자연 속에 묻혀 사는 사람을 일러 '은자(隱者)'라 했다. 은자들의 삶은 세속의 사람들에게 선망의 대상이었고, 그들의 형상도 이상적인 모습으로 비춰졌다. 세속의 기준에 비해 넉넉지 못한 환경에서 살았을 터이지만, 그들은 궁핍한 가운데에서도 자연 속에서 은거(隱居)하는 삶을 택했다.

은거란 현실 생활에서 벗어난 공간에서 숨어 지내는 것을 의미한다. 궁핍하기 짝이 없는 여건 속에서 지내야 하건만, 많은 이들은 세상을 벗어나 자연 속에서 은거하는 삶을 꿈꿨다. 사람들은 왜 은거를 택했던가. 부귀와 명예만을 추구하는 세속의 삶에 대한 회의가 가장 큰 이유를 차지하고 있다. 자신의 삶에 대한 태도가 만족스럽지 못하기에 끊임없이 현실로부터 벗어나고자 하는 심리가 생겨난다. 스스로 지키고자 하는 가치가 현실 세계에서 크게 훼손당하고, 그에 대해 어떤 타협책도 마련할 수 없을 때 누구나 무기력함을 느낄 수밖에 없을 것이다. 살아오면서 마음속에 품었던 뜻이 크면 클수록, 그것이 어긋나버린 현실에서의 좌절감도 더 클 수밖에 없다. 그리하여 선택한 은거란 어쩌면 당사자에게는 스스로 세상을 버리는 가장 능동적인 행위라고 해석된다.

옛사람들은 현실 속에서 어려운 상황이 닥치면 택할 수 있는 방법이 그다지 많지 않았다. 삶의 터전을 포기하고 어디론가 떠나는 것이 가장 손쉽게 할 수 있는 일이었다. 조선 후기 가혹한 세금을 피해 가족을 이끌고 몰래 고향을 떠나야만 했던 이들도 현실 속에서 어쩔 수 없이 그런 선택을 하였을 것이다. 남아 있는 이웃들이 더 가혹한 수탈을 당할지도 모르지만 어쩔 수 없이 떠나야 했던 이들의 발걸음은 무겁기만 했을 것이다.

갖가지 명목으로 내야 했던 세금과 먹고살기 위해 빌려 쓴 비싼 이자의 사채 등은 시시각각 가난한 이들의 삶을 짓밟았다. 결국 극단에 몰린 이들은 고향을 떠나 정착하지 못하고 떠도는 삶을 선택할 수밖에 없었다. 때로는 산속 깊이 들어가 화전(火田)을 일구며 살았고, 약간의 재능이 있다면 남사당패와 같은 떠돌이 집단에 발을 들이기도 했다. 끝내는 양반들의 수탈을 견디지 못하고 집단을 이루어 봉기를 일으키기도 했으니, 1811년(순조 11) 평안도를 중심으로 일어난 '홍경래의 난'이나 1862년(철종 13) 경상도 진주를 중심으로 남부 지역에서 일어났던 '진주민란' 등이 이에 해당한다.

조선시대의 지배 계급이었던 양반들은 또 다른 의미에서 현실을 벗어나 은거하는 삶을 택하기도 했다. 그들은 치열하게 전개되던 권력 다툼에서 밀려나 정치 현실에서 떠나야만 할 경우도 있었다. 관직을 박탈당하고 유배를 떠나야 했던 이들은 자신의 처지를 은거하는 삶으로 표현했다. 또는 지식인으로서 현실 정치에 참여하기 위하여 학문을 했지만, 정의롭지 못한 현실에 실망하여 아예 그 세계에 발을 들여놓지 않은 경우도 있었다. 조카인 단종을 몰아내고 왕위를 빼앗은 세조의 행위에 실망하여 끝내 세속과 등지고 살았던 김시습(金時習, 1435~1493)의 예를 들 수 있겠다. 단종의 복위를 모의하다가 발각되어 세조에 의해 처형을 당했던 '사육신'과 달리 김시습은 '생육신(生六臣)'의 한 사람으로 후대의 많은 이들에게 존경의 대상이 되었다. 그는 벼슬길에 나아갈 것을 권유하는 친구들에게 "선비로서 자신과 세상이 모순되면 물러나서 스스로 즐기는 것이 분수에 맞는 일이지, 어찌 남의 비웃음을 사면서 억지로 인간 세상에 머물러 있겠는가"라고 하며 자신의 뜻을 굽히지 않았다.

사대부들의 은거는 현실과의 갈등으로 선택한 삶의 방식 중 하나였다. 평생 은거 생활을 했던 은자들과는 달리, 사대부들은 현실 세계에서의 갈등이 해소되면 언제든지 정치에 복귀할 수 있는 마음의 자세를 갖추고 있었다. 불가피한 상황 때문에 몸은 비록 현실에서 벗어나 은거를 택했지만, 마음은 늘 현실 정치의 세계에서 떠날 수 없었던 것이다. 그들이 남긴 시조 작품에서도 이러한 면모를 읽어낼 수 있다. 조선시대 사대부들의 은거 생활은 이런 측면에서 현실 세계로 복귀할 수 있는 가능성을 열어 둔 상태에서 진행된 삶의 모습이라고 할 수 있겠다.

객산문경客散門扃 하고 풍미월락風微月落 할 제
주옹酒甕을 다시 열고 시구詩句 흩부르니
아마도 산인득의山人得意는 이뿐인가 하노라. — 하위지

추강秋江에 밤이 드니 물결이 차노매라
낚시 드리오니 고기 아니 무노매라
무심無心한 달빛만 싣고 빈 배 저어 오노라. — 월산대군

앞의 시조는 조선 전기의 문인인 하위지의 작품으로, 그는 세조의 왕위 찬탈에 끝까지 맞섰던 사육신의 한 사람이다. 다른 사육신들의 작품과 달리, 이 작품에서는 세조의 왕위 찬탈과 관련된 어떠한 정치적 함의도 발견할 수 없다는 것이 특징이다. 그저 자연 속에 몰입하면서 한거(閑居)하는 심경을 노래했다. '바람'과 '달', 그리고 '술'이 함께하는 자연 속에서의 생활을 통해 자족하는 삶의 태도를 엿볼 수 있다. 율격을 고려한 때문인 듯 한자 어구를 중심으로 짜인 초장의

표현들 때문에 작품을 이해하는 것이 다소 어렵게 느껴진다. 그러나 그 뜻을 풀어보면, 여타의 작품들에서 흔히 접할 수 있는 내용으로 이루어져 있음을 알 수 있다. 세속과 거리를 두고 살고 있는 모습은 어떤 측면에서는 매우 낭만적으로 비춰지기도 한다. 작품을 읽다 보면, 깊은 산중에서 지내면서 득의(得意)에 찬 표정을 짓고 있는 인물의 모습이 떠오른다.

초장의 '객산문경(客散門扃)'은 '손님이 흩어져 간 뒤에 문의 빗장을 걸다'라는 의미이다. '풍미월락(風微月落)'은 '바람은 잔잔해지고 달은 기운다'는 뜻이다. 따라서 초장의 의미는 '손님이 흩어져 돌아간 뒤에 문을 걸고, 바람이 잦아들어 달이 기울어 갈 때'라고 풀이할 수 있다. 그는 이따금 찾아오는 객들 덕분에 산중에서도 때로 세상의 소식들을 접할 수 있었을 것이다. '주옹(酒甕)'은 '술항아리'를 가리키니, 중장은 자신을 찾아온 벗들이 돌아간 뒤에 홀로 남아 술을 마시며 시를 읊조리는 모습을 그렸다. '흩부르다'는 '흩어 부르다'는 의미이니, 그저 입에서 나오는 대로 마음껏 시의 구절들을 읊는 것을 말한다. 그는 자신을 스스로 '산인(山人)', 즉 산에서 사는 사람이라고 일컫고 있다. 그렇게 사는 모습은 스스로 생각해도 마음속에 흡족함을 안겨주는 듯하다. '산인 득의'는 자족감의 표현이며, 이러한 모습은 세속에서는 맛보지 못할 산중 생활의 묘미라 할 만하다.

작품만으로는 그가 왜 속세를 떠나 자연 속에서 지내고 있는지 전혀 알 수가 없다. 어쨌든 지은이는 산속에서 지내는 자신의 삶의 방식에 대해 만족감을 나타내고 있다. '바람'과 '달' 그리고 '술'은 물론, 이따금 찾아주는 '객(客)'들도 산중 생활의 적적함을 달래주는 존재들이다. 여기에서 그가 비록 산속에 거처하고 있지만 현실 세계와 완벽하게 절연(絶緣)한 것은 아니라는 것을 알 수 있다. 그를 찾아오는 '객'들은 세속의 인연을 이어주는 매개이다. 그들은 세속에서 생활하는 이들이며, 때로 그들을 통해 세상의 소식을 전해 들을 것이다. 아마도 그들로부터 전해지는 현실 세계의 소식을 통해 아직 자신이 돌아갈 때가 아니라는 것을 인식하고 있을지도 모르겠다. 하여 '산인'으로서의 삶을 즐기면서, 술을 마시고 시를 읊조리며 득의에 찬 기분을 맛볼 수 있는 것이다.

두 번째 작품은 조선 전기에 월산대군(月山大君, 1454~1488)이 지은 것으로, 그는 아우인 성종(成宗)에게 왕위를 양보하고 평생 현실 정치와는 거리를 두고 지냈다. 풍월정(風月亭)이라는 정자를 지어 자신의 호로 삼았으며, 풍류를 즐기고 독서와 시문에 능했던 인물로 알려져 있다.

이 작품은 속되고 번잡한 세상의 일들에서 벗어나 자연에

정선의 〈소요정(逍遙亭)〉 (개인 소장)

조선시대 사대부들의 은거는 현실과의 갈등으로 선택한 삶의 방식 중 하나였다. 불가피한 상황 때문에 몸은 비록 현실에서 벗어나 있었지만, 마음은 현실 정치의 세계에서 떠날 수 없었다. 그들이 남긴 시조 작품에서도 이러한 면모를 읽어낼 수 있다.

몰입한 담담한 심경을 읊었다. 초장의 '추강(秋江)'과 종장의 '달빛'이 서로 조화를 이루고 있는데, 자연 속에서 유유자적하며 지내는 모습이 선명한 이미지로 형상화되고 있다. 이 작품에 등장하는 화자와 같은 이들을 '어옹(漁翁)'이라 칭하는데, 고기잡이로 생계를 이어가는 진짜 어부가 아니라는 점에서 '가어옹(假漁翁)'이라고도 한다. 작품 속에 그려지는 삶은, 세속의 명리(名利)나 갈등으로부터 초탈해 자연에서 살아가는 처사적(處士的) 삶의 전형이라고 평가된다.

달 밝은 가을밤에 배를 타고 강 한가운데로 나가니, 문득 불어오는 바람에 물결도 차가운 느낌을 준다. 맑은 강물에 낚시를 드리웠지만 고기는 잡힐 생각조차 없다. 어쩌면 애초부터 낚시에 목적이 있었던 것이 아니고 그저 가을밤의 정취를 한가롭게 느끼기 위해 길을 나선 것인지도 모른다. 작품의 배경이 되는 '추강'은 현실 세계와는 거리를 둔 세계이고, 그가 타고 있는 배는 자신만을 위한 공간으로 허용된 곳이다. 적어도 그곳에서만큼은 세상 어느 누구의 간섭도 허용되지 않는다. 초·중장의 "차노매라"와 "무노매라"라는 표현은 자신의 모습을 객관적으로 바라보는 것처럼 묘사하는 효과를 불러일으킨다. 자신이 낚시를 하고 있으면서도 그것을 제3자의 입장에서 서술하고 있다.

따라서 종장에서 "무심(無心)한 달빛"이라 했지만, 실은 이러한 상황을 즐기는 사람의 마음이 '무심'하다고 이해할 수 있겠다. 밝은 달 아래서 강에 배를 띄우고 한가롭게 가을밤의 정취를 느끼고 싶은 심정이 그저 무심할 따름이다. 즉 달빛도 무심하지만 스스로도 아무런 욕심이 없으니 그 달을 벗 삼아 돌아오는 것이다. 빈 배에 싣고 돌아오는 달빛은 자신이 추구했던 의식이 청정(淸淨)함을 드러내주고 있다. 또한 '추강(秋江)'은 어지러운 현실과 격리된 자족적 자연 공간을 상징적으로 드러내준다. 그러나 그가 다시 일상의 공간으로 돌아가면, 그곳에는 어김없이 현실 세계의 다단한 일들이 기다리고 있을 것임을 미루어 짐작할 수 있다.

대체로 강호시조에서 자연은 세속의 공간과는 격리된 곳으로 그려진다. 그곳에서 자족감을 느낄 수 있다면, 그것은 온갖 복잡한 이해관계가 부딪히는 현실의 문제가 배제되어 있기 때문이다. 자연이 제공해주는 경치에서 더없는 기쁨을 느끼며, 먹고사는 문제는 최소한의 생활이면 족하다. '안빈낙도'의 삶이라 할 만하다.

산촌山村에 눈이 오니 돌길이 묻혔세라
시비柴扉를 여지 마라 날 찾을 이 뉘 있으리
밤중만 일편명월一片明月이 긔 벗인가 하노라. — 신흠

청산青山으로 울을 삼고 녹수綠水로 띠를 삼아
벽봉碧峰 창파蒼波에 시름없이 왕래往來하니
이 중에 채산조수採山釣水하여 기갈飢渴이나 면免할까. — 안서우

앞의 시조는 신흠의 작품이다. 내용으로 보아 그가 관직에서 물러나 있던 시기에 지은 것이다. 작품의 배경은 '산촌'으로, 세속과의 인연을 등진 인물이 머물고 있는 곳이다. 초장의 '돌길'은 세속과 이어지는 유일한 통로이다. 도회지의 길처럼 반듯하게 닦여 있지 않고 때로는 바위가 가로놓여 있어 돌을 타고 가야 하기에 '돌길'이라고 표현했을 것이다. 눈이 내려 쌓이니, 산촌의 길에 익숙하지 않은 사람들은 '돌길'을 쉽게 찾을 수 없다. 그야말로 돌길이 눈 속에 묻혀버려 세속과 완벽하게 절연(絶緣)되어 있다고 볼 수 있다. 하여 자신을 찾아올 사람이 없으니 굳이 사립문을 열 필요가 없다고 했다. '시비(柴扉)'는 사립문으로, 강호시조에서 청빈한 생활을 표현하기 위한 소재로 흔히 등장한다. 세상과의 인연이

끊어진 곳에서 생활하는 그는 밤에 떠오르는 '일편명월(一片明月)'만이 벗이라고 생각한다. 세속과 격절된 공간에서 자연물을 벗으로 여기며 살아가는 사람의 정서가 잘 드러난 작품이다.

그런데 한편으로 왜 자신을 찾아올 사람이 없다는 것을 강조하며 사립문을 닫으라고 한 것일까. 현실 세계에 대한 미련이 남아 있지 않다면, 이미 자연 속에 묻혀 사는 자신이 속세와 연결되는 것을 굳이 의식하지 않을 것이다. 그렇다면 "날 찾을 이 뉘 있으리"라는 말은, 역설적으로 누군가 자신을 찾아와 주었으면 하는 속마음을 표현한 것은 아닐까. "묻혔세라"라는 표현 역시 자신이 거처하는 공간이 세속과 연결될 수 있는 유일한 '돌길'마저 눈 속에 묻히게 될 것을 염려하는 마음이 담긴 듯하다. 하여 그는 어떤 불가피한 사정 때문에 비록 지금은 산촌에 머물고 있지만, 여건만 허락한다면 아마도 다시 현실 세계로 돌아갈 것이다. 그러한 상황은, 누군가 돌길을 따라 산촌에 와서 자신에게 소식을 전해주는 순간에 올 것이다. 이렇듯 현실 정치에 뜻을 두었던 사대부들에게 은거란 평생 동안 살아갈 삶의 방식이 아니라, 상황에 따른 일시적인 선택인 경우가 대부분이었다.

다음 작품은 조선 후기의 문인인 안서우(安瑞羽, 1664~

1735)가 지은 것으로, 그는 서른한 살에 문과에 급제한 이후 벼슬이 울산 부사에 그쳤던 인물이다. 그가 남긴 작품들의 주제는 대체로 구구한 벼슬살이보다 자연을 벗 삼아 한가롭게 사는 것을 추구하고 있다. 그는 이황의 「도산십이곡」의 영향을 받아 전체 12수로 구성된 「유원십이곡(楡院十二曲)」을 짓기도 했다. 유원(楡院)은 충청도 제천 인근의 지명으로, 안서우는 그의 나이 49세가 되던 1712년에 모종의 정치적 사건에 연루되어 가족들을 이끌고 약 3년 동안 그곳에서 지냈다. 이 작품은 그가 한때 머물렀던 제천 주변의 자연을 배경으로 하고 있다.

초장은 그가 머물고 있는 공간을 형상화하고 있는데, 산이 감싸 안고 강이 둘러 흐르는 곳임을 알 수 있다. '청산(靑山)'과 '녹수(綠水)'는 시조에서 강호자연을 지칭하는 표현으로 흔히 등장한다. '울'은 울타리를 말하니, 주변이 온통 산으로 둘러싸여 있음을 알 수 있다. 여기에 마치 띠처럼 주변을 흐르는 강물이 더해져, 그가 생활하는 곳은 그야말로 푸른 산과 맑은 강이 조화를 이룬 '벽봉(碧峰) 창파(蒼波)'라 할 수가 있다. 그곳에서 아무런 시름이 없는 모습은 지극히 평화롭기까지 하다. '채산조수(採山釣水)'란 산에서 나물을 캐고, 강에서 물고기를 낚아 생활하는 소박한 삶을 표현한 것이다. 그렇게 살면서 그저 배고픔과 갈증이나 면하고 살면 그뿐이라고 말하고 있다. 아름다운 자연 속에서 살면서 시름이 없으니, 먹고사는 일이야 그렇게 큰 문제가 아니라는 인식이다.

만약 자연 속에서 청빈한 삶을 살고 있는 사람에게 '시름'이 닥친다면 현재의 생활을 지속할 수 있을까? 그렇지 않을 것이다. 그렇다면 여기에서 언급한 '시름'이란 도대체 어떤 종류의 것일까. 그것은 먹고사는 문제로 생기는 시름은 아닐 것이다. 여타의 강호시가에서 나타나듯이 시름의 정체는 현실 세계에서 생기는 이러저러한 고민거리를 지칭한 것이라 이해할 수 있다. 그 역시 자연에서 지내고 있지만, 현실 세계에서 벌어지고 있는 일들을 늘 염두에 두고 있었을 것이다. 그러나 이미 현실 정치를 떠나왔기에 적어도 자연 속에 머무는 동안은 현실 세계의 갖가지 시름이 더 이상 그에게 큰 의미를 주지 못한다. 세속과 절연된 자연에 거처하면서 '안빈낙도'의 즐거움만을 누릴 뿐이다.

앞의 작품들과는 달리, 조선 후기 작자 미상의 평시조나

장승업의 〈방황학산초추강도(倣黃鶴山樵秋江圖)〉(서울대학교박물관 소장)

자신의 포부를 펼칠 세상을 기다리며 은거를 택한 이들은 흔히 어부를 자처하며 낚시를 즐긴다. 잠시 어부의 모습을 하며 지내는 이런 이들을 진짜 어부와 구별하여 '가어옹(假漁翁)'이라 일컫는다.

사설시조에서는 현실 세계와의 갈등이 좀처럼 드러나지 않는다. 단지 자연 속에서 여유롭게 살아가는 인물의 모습만이 제시될 뿐이다. 이는 지은이가 놓여 있는 사회적 처지에 따른 작품의 면모에서 비롯된 것으로 해석할 수 있다. 사대부들은 여건만 된다면 언제든지 현실 정치에 참여하는 것을 목표로 삼았다. 비록 자연 속에 머물고 있더라도 언젠가 다시 현실 세계로 돌아간다는 사실을 잊지 않았다. 자연에서의 생활 또한 자신이 처한 현재의 입장만이 강조되어 나타나는 경우가 일반적이다. 이에 반해 대부분 평민의 신분이라 짐작되는 작자 미상의 작품들에서는 정치 현실과의 연관성이 애초부터 고려의 대상이 아니다. 따라서 작품에 형상화된 자연에서의 생활 역시 그 양상이 다를 수밖에 없다.

산중山中에 책력冊曆 없어 절節 가는 줄 모를로다
꽃 피면 봄이요 잎 지면 가을이로다
아이들 헌옷 찾으니 겨울인가 하노라. — 작자 미상

푸른 산중山中 백발옹白髮翁이 고요 독좌獨坐 향남봉向南峰이라
바람 부니 송생슬松生瑟이요 안개 이니 학성홍壑成虹이라 주걱제금啼禽 천고한千古恨이요 적다 정조鼎鳥 일년풍一年豊이로다

누구셔 산적막山寂寞고 나는 호올로 낙무궁樂無窮이라 하노라.

— 작자 미상

두 작품 모두 지은이를 알 수 없으며 배경은 '산중'으로 동일하다. 평시조와 사설시조라는 차이가 있지만, 자연 속에서 생활하는 태도는 두 작품 모두 지극히 자족적으로 그려져 있다. 앞의 작품에서 '산중'은 한거하는 곳이 아닌 구체적 생활의 공간으로 표현돼 있다. 화자의 자식들로 보이는 '아이들'도 그와 함께 거처하고 있다. '책력(冊曆)'은 해와 달의 변화에 따른 한 해 동안의 기상 변화와 절기 등을 날을 좇아 적은 책으로, 농사를 짓는 이들에게 그 시기를 헤아릴 수 있어 매우 중요했다. 따라서 산중에서 생활하며 책력조차 없다고 말하는 것으로 보아, 현실과는 거리를 둔 삶임을 알 수 있다. 시간이나 계절의 흐름을 굳이 따질 필요가 없는 생활을 하고 있다는 의미이다. 산중에서는 오로지 자연의 질서에 의해 모든 생활이 영위될 뿐이다. 낮과 밤의 변화는 물론이고 계절의 변화마저 자연의 흐름에 따라 이루어진다. 세속적 삶의 방식과는 다른 방식으로 살고 있음을 알 수 있다.

그에게 책력이 없다는 것은 어쩌면 세속과의 인연조차 고려할 필요가 없다는 의미이다. 자급자족의 생활일지라도, 그저 자연의 변화를 통해서 계절의 변화를 느낄 뿐인 질박(質朴)한 생활의 면모가 부각되었다. 꽃이 피면 봄이 온 것이며 잎이 지면 가을이 되었다는 것을 알 수 있다. 아이들이 헌옷을 찾는 것은 추위가 닥쳤다는 것이기에 겨울이 왔음을 느낄 뿐이다. 굳이 새 옷이 아니더라도 헌옷을 다시 찾아 입는 소박한 생활이다. 철에 맞추어 자연스럽게 살아가는 이러한 모습에서 우리는 속세와 거리를 두고 살아가는 은자들을 떠올릴 수 있다. 청빈한 생활에 만족하며 자연 속에서 살아가는 모습은 사대부 작가들의 작품에 나타난 면모와 뚜렷하게 구분된다.

마지막 작품은 사설시조 작품으로, 자연 속에서 생활하는 이의 자족적인 태도가 잘 드러난다. 대체로 사설시조 작품에서는 자연에서 청빈하게 지내는 내용을 찾아보기가 쉽지 않은데, 이 작품은 그런 점에서 흥미롭다. 언뜻 보면 칠언(七言)의 한시처럼 구성되어 있는데, 우리말과 한자 어구를 섞어서 단지 한시 형식에 맞추었을 뿐이다.

초장에서 스스로를 '푸른 산중의 백발옹'이라 칭하면서, 남쪽을 향하여 고요히 '독좌(獨坐)'하며 지낸다고 했다. 이러한 모습은 산중에서 수도(修道)하는 처지로 이해할 수 있다.

중장은 그 속에서 느끼는 자연의 갖가지 면모에 대한 생각을 읊고 있다. 소나무 사이에 부는 바람은 마치 아름다운 음악처럼 느껴지니, 가히 '송생슬(松生瑟)'이라 할 수 있을 듯하다. 깊은 산중의 안개는 계곡에 가득하여 무지개를 이룬다. 이따금 울어대는 두견새 소리는 천고의 한을 품은 것처럼 느껴진다. '주걱 제금(啼禽)'은 '주걱 하고 우는 새'라는 뜻으로 두견새를 표현한 것이고, 그 울음이 왕위에서 쫓겨난 중국 촉나라 망제(望帝)의 한을 담고 있다고 여겼기에 '천년한(千年恨)'이라 한 것이다. '적다 정조(鼎鳥)'는 '솥이 작다고 우는 새'라는 뜻으로 소쩍새를 말하는데, 솥이 작다는 것은 거둘 곡식이 많다는 것이니 곧 한 해 농사가 풍년이 들 징조이다.

이렇듯 산중에서 접할 수 있는 모든 것은 그에게 의미 있는 것으로 인식된다. 때문에 사람들은 흔히 산이 적막하다고 말하지만 오히려 "나는 호올로" 무궁한 즐거움을 느낄 수 있는 곳이라 여긴다. 산중에서 홀로 수도하며 사는 모습 또한 사대부들과는 확연히 구분된다.

이처럼 조선 후기에 지어진 작품들은 자연에 은거하는 모습 그 자체를 형상화하는 것이 특징이다. 이들 작품에서는 애초부터 현실 세계와의 연관이 전혀 고려되지 않으며, 자연의 변화에 순응하고 그것을 즐기는 모습만이 부각되어 나타난다. 지은이의 태도 역시 자연 속에서의 삶을 일시적인 것이 아니라 지속되는 생활로 받아들이고 있다.

18
재 넘어 성권농 집에 술 익단 말 어제 듣고

우리는 매일 반복되는 일상에 무언가 색다른 변화를 주고 싶어한다. 때로는 머리 모양을 바꾸거나 평소와 다른 옷차림을 하는 등의 조그만 변화에도 기분이 전환된다. 이렇듯 작은 변화를 꾀함으로써 나름의 활력을 찾는 것도 권태로운 일상에서 벗어나는 하나의 방법이다. 하지만 쫓기듯 살아가는 이들이 일상을 떠나서 여가를 즐기기란 쉽지 않다. 많은 직장들에서 주5일 근무제를 시행하면서 주말 나들이를 떠나는 사람들이 점차 늘어나지만, 그러한 계획을 자주 세울 수 없는 것이 평범한 서민들의 현실이다. 주말에는 지친 몸과 마음을 달래며, 일 년 중 한두 번 주어지는 휴가에라도 여행을 떠날 수 있기를 기대하며 살아간다.

어느 분야에서든 경쟁을 강요하는 사회 구조 속에서 사람들은 남들보다 뒤처지지 않도록 부단히 노력한다. 긴장감 속에서 바쁘게 살아가야 하는 현대인들이 느끼는 스트레스는 결코 만만치 않다. 피할 수 없는 현실이지만, 미리 체념하고 짓눌려 사는 것도 현명한 일이 아닐 것이다. 주어진 현실 속에서 자기 나름대로 변화를 꾀하고 주위를 돌아볼 수 있는 여유를 찾으려 노력하는 것도 하나의 방법일 듯하다.

물론 일상 속에서 변화와 여유를 찾는다는 것은 결코 쉽지 않다. 그러나 일상에서 지치지 않으며 삶을 즐기기 위해서는 자신만의 방식을 찾을 필요가 있다. 스쳐 지나가는 사람들의 삶은 다 비슷하게 보이지만, 개개인들은 모두 남들과 구별되는 자기만의 삶을 살고 있다. 상점에 진열된 수많은 상품들을 보면 어느 하나에 눈길을 주기가 쉽지 않다. 모두가 좋아 보인다. 그러나 하나를 선택해 값을 치르고 내 것으로 애착을 가지면 그것은 수많은 물건들과 다른 나만의 특별한 무엇이 된다. 우리의 삶 역시 이와 크게 다르지 않다. 자신의 삶을 단순히 누군가와 비교하면 자신이 가진 장점을 생각하지 못하고 스스로에 대한 자부심마저 잃게 될 수 있다.

스스로의 삶을 귀하게 여기지 않는다면 어느 누가 자신을 귀하게 대접해줄 수 있겠는가. 자신의 삶을 돌보고 자신에게 애정을 쏟는 노력이 무엇보다도 소중하다.

조선시대에도 일상의 여유를 즐기는 모습을 담은 고전시가 작품들이 적지 않다. 생활 속에서 흥취가 넘치고 멋스러운 태도를 유지하는 것을 풍류라 이를 수 있는데, 이는 현실의 자잘한 일에 얽매이지 않고 삶을 즐기는 넉넉한 마음 자세에서 나온다. 아름다운 정경이 흥취를 돋우는 것이나, 좋은 벗을 만나 마음을 터놓고 함께 술을 마시는 것도 풍류라 할 수 있다. 일상으로 돌아가면 아름다운 추억으로 남을 모습들은 계획해서 만들어지는 것이 아니라 생활하면서 불현듯 주어지는 것이다. 그래서 독자들은 작품의 내용을 더 생동감 있게 느끼게 된다. 화자 역시 작품 속의 상황을 능동적으로 이끌어나가며, 때로는 자족하는 모습을 드러내기도 한다. 작품을 통해 옛사람들이 즐겼던 다양한 풍류를 엿보기로 하자.

재 넘어 성권농成勸農 집에 술 익단 말 어제 듣고
누운 소 발로 박차 언치 놓아 지즐타고
아이야 네 권농勸農 계시냐 정좌수鄭座首 왔다 하여라. — 정철

짚 방석方席 내지 마라 낙엽落葉엔들 못 앉으랴
솔불 혀지 마라 어제 진 달 돋아 온다.
아이야 박주산채薄酒山菜일망정 없다 말고 내어라. — 한호

첫 번째 작품은 조선 전기의 문인인 정철이 지은 것으로, 그는 윤선도와 더불어 우리 고전시가문학의 쌍벽을 이루는 작가로 평가된다. 이 작품에는 벗과 함께 술을 즐기는 호탕하고 풍류적인 면모가 잘 드러나 있다. '성권농'은 정철의 절친한 벗이었던 성혼(成渾)을 가리키며, '정좌수'는 정철 자신을 말한다. 재를 사이에 두고 이웃해 살던 정철과 성혼의 두터운 우의를 엿볼 수 있다.

'권농(勸農)'은 마을에서 농사를 장려하고 지도하던 직책이며, '좌수(座首)'는 각 고장에 두었던 향청(鄕廳)의 우두머리를 말한다. 권농이나 좌수는 관직이 아니라 마을에서 영향력을 지닌 이들이 맡던 향임(鄕任)이었다. 따라서 정철과 성혼 모두 벼슬에서 물러나 있던 시기임을 알 수 있다.

정철은 고개 너머에 살던 성혼과 종종 왕래하며 우애를 쌓았다. 예전에는 집집마다 술을 빚어 먹었으니, 이를 가양주(家釀酒)라고 부른다. 그는 성권농의 집에서 빚은 술이 익었다는 소식을 듣고, 벗과 함께 술을 마시고 싶은 생각에 한달음에 달려간다. 중장은 그 소식을 들은 그의 급하고 들뜬 마음을 잘 보여주고 있다. 누워 있던 소를 "발로 박차" 일으켜 세웠다. '언치'는 안장을 얹기 위하여 소의 등에 깔아주는 방석이나 담요 따위를 말하는데, 그는 그것을 소의 등에 걸쳐 '지즐타고' 달려가는 것이다. '지즐타다'는 눌러 탄다는 뜻이다. 친구의 집에 술이 익었다는 말을 전해 듣고 서둘러 찾아가는 모습이 정겹게 느껴진다. 성권농의 집으로 가는 과정은 생략되어 있다. 한시라도 빨리 가서 벗과 함께 좋은 술을 즐기고 싶은 바쁜 마음을 이렇게 형상화한 것이라고 이해된다.

그는 친구의 집 앞에 이르러, "아이야 네 권농 계시냐"고 호기롭게 불러댄다. "정좌수 왔다 하여라"고 말을 덧붙였지만, 아마도 벗인 성권농은 이미 목소리만으로도 그가 왔다는 사실을 알아차렸을 것이다. 친구의 집에 술이 익었다는 말을 듣고 지체 없이 찾아갈 정도로 두 사람은 '막역지우(莫逆之友)'임을 알 수 있다. 이후에 벗과 더불어 즐겁게 술을 마셨을 것임은 충분히 짐작할 수 있다. 조촐한 안주일지라도 뜻이 맞는 친구와 함께 마시는 술맛은 비길 데가 없다. 그러한 상황을 작품 속에 매우 진솔하게 그려내고 있으며, 소박한 생활에서 풍류를 즐길 줄 아는 모습이 잘 드러나 있다. 평범한 일상에서 찾는 여유야말로 삶의 청량제와 같다.

두 번째는 조선 전기의 명필로 유명한 한호(韓濩, 1543~1605)의 작품이다. 한호는 그의 호를 따서 부른 한석봉(韓石峯)이란 이름이 더 많이 알려져 있다. 이 작품은 지은이의 소박한 면모를 진솔하게 드러내고 있는데, 마치 한 폭의 그림을 보는 듯한 느낌을 준다. 자연은 그대로의 모습에 아름다움이 있으니, 거기에 인공적인 요소를 가하면 그 아름다움이 훼손되기 쉽다. 낙엽이 수북이 쌓인 가을밤, 때마침 세상을 환히 밝히는 보름달이 떠오른다. 이러한 정경에 그의 마음속에는 자연스레 흥취가 일어나고, 그것을 즐기기 위해 산나물에 거친 술이라도 내어놓으라고 한다. 달이 밝은 밤에 조촐한 주안상을 앞에 놓고 술을 마시고픈 넉넉한 마음이 잘 드러나 있다.

짚으로 만든 방석조차 필요 없다고 한다. 쌓여 있는 낙엽을 방석 삼아 앉아서 가을의 정취를 만끽하고 싶은 것이다. 밤이 늦도록 자연을 즐기기 위해서는 관솔불이라도 켜는 것이 필요하다. '솔불'이란 곧 관솔불을 말하는데, 관솔은 소나무의 송진이 많이 엉긴 부분이다. 옛날에는 여기에 불을 붙인 관솔불을 촛불이나 등불 대신에 사용했다. 그러나 솔불을 켜 놓는다면 모처럼 맛본 멋스러운 자연의 풍경이 손상될 것이며, 밝은 달이 떠오르면 그것으로 족하다는 생각이다. 이처럼 인위적인 것을 배제하고 자연을 벗 삼아 즐기려는 심경이 유감없이 표출되고 있다. 또한 자연의 아름다움을 즐기려는 그에게 빼놓을 수 없는 것이 바로 '박주산채(薄酒山菜)'이다. '박주'는 맛이 없는 술이라는 뜻인데, 여기에 산나물을 안주 삼아 먹을 수 있다면 족하다고 했다. 밝은 달 아래 낙엽 위에 앉아 산채를 안주 삼아 맛없는 술을 마신다 한들, 가을 밤 자연의 정취가 조금도 덜해지지 않을 것이다. 평범한 일상 속에서 문득 느낀 이러한 소박한 마음이 우리들에게 깊은 여운을 안겨준다.

조선시대의 선비들이 책을 읽거나 붓글씨는 쓰는 것은 심신 수양의 한 방법이기도 했다. 그림에 소질이 있다면 난초나 대나무와 같은 사군자(四君子)를 그리고, 음악에 소질이 있다면 거문고를 연주하며 멋진 노래 한 곡조를 부르기도 했을 터이다. 마침 반가운 벗이라도 찾아오면 함께 술잔을 기울이며 세상 돌아가는 소식을 나누기도 했다. 때로는 음악에 재능이 있는 이들을 불러 함께 즐기기도 하고, 그러다 흥취가 오르면 덩실덩실 어깨춤도 추었을 것이다. 조선시대 선비들이 이렇게 일상에서 풍류를 즐기는 모습은 시조 작품에서도 적지 않게 접할 수 있다.

거문고 술 꽂아 놓고 호젓이 낮잠 든 제
시문柴門 견폐성犬吠聲에 반가운 벗 오는구나
아이야 점심點心도 하려니와 외자 탁주濁酒 내어라. — 김창업

가을 타작打作 다한 후後에 동내洞內 모아 강신講信할 제
김풍헌金風憲의 메더지와 박권농朴勸農의 되롱춤이로다
좌상座上에 이존위李尊位는 박장대소拍掌大笑 하더라. — 이정보

앞의 작품은 조선 후기의 문인인 김창업(金昌業, 1658~1721)이 지은 것으로, 그는 과거에 급제했으나 격심한 당쟁을 접하면서 평생 벼슬길에 나아가지 않았던 인물이다. 거문고에 술대를 꽂고서 낮잠이 들었다는 초장의 내용으로 그

가 평소 음악을 즐기며 지냈다는 것을 알 수 있다. '술'은 거문고를 연주할 때 사용하는 '술대'를 말하는데, 거문고에 술대를 꽂아 놓았다는 것으로 보아, 연주하다가 낮잠이 든 것이다. 때로는 홀로 거문고를 연주하며 음악을 즐기고, 그러다가 낮잠을 청하는 등 그저 마음이 가는 대로 생활하는 그의 일상을 엿볼 수 있다. 관직에 매이지 않았으니 자신이 하고 싶은 일을 하며 심신을 달랬을 것이다. 거문고는 선비들이 즐겨 애용하던 악기이며, 옛사람들은 음악이 심신의 수양에 유용하다고 생각하였다.

그런데 문득 누가 왔는지 사립문 쪽에서 개 짖는 소리가 들린다. '시문(柴門) 견폐성(犬吠聲)'이란 '사립문에서 개 짖는 소리'를 한자어로 표현한 것이다. 사립문은 나뭇가지로 결어서 만든 문이니, 조촐한 살림살이를 짐작할 수 있다. 그 소리에 놀라 깨고 보니 멀리서 자신을 찾아온 반가운 벗의 모습이 보인다. 그래서 친구에게 대접할 점심상을 차리면서 탁주도 함께 내오라고 한다. '외자'는 '외상'의 옛 표현이니, 형편이 그리 넉넉하지 않다는 것을 알 수 있다. 비록 외상으로라도 막걸리를 마련해, 갑자기 찾아온 반가운 친구와 함께 마시고자 하는 마음을 충분히 이해할 수 있다. 넉넉하지 못한 살림이지만 잠시나마 여유를 찾으려는 삶의 자세는 자못 낭만적이기까지 하다. 이처럼 풍류란 반드시 일상을 떠나서만 즐길 수 있는 것은 아니다.

뒤의 작품은 조선 후기의 문인인 이정보가 지은 것이다. 이 작품은 가을걷이가 모두 끝나고 마을 사람들이 모여 강신(講信) 행사를 벌일 때, 술을 마시고 서로 즐기는 향음례(鄕飮禮)에서 벌어진 정경을 포착하여 형상화했다. 강신(講信)은 공동체 사회의 모임인 향약(鄕約)에서 계(契)나 지켜야 할 약법(約法)을 맺는 의식을 일컫는다. 농경 사회에서 이러한 행사는 한 해를 마감하고 마을 사람들이 함께 술자리를 하면서 서로 의논하는 중요한 의식이다. 향약은 대개 몇 개의 마을을 묶어 운영하였는데, 시대가 흐름에 따라 점차로 양반과 상민이 함께 참여하는 조직이 되었다. 따라서 향약은 지방관이 다스리던 행정 체계와는 별도의 주민 자치 조직이라는 성격을 지니고 있다. 향약이 국가의 행정 체계와 보완 관계에 있다고 할 수 있으나, 때로는 이해관계가 달라 지방의 수령과 첨예하게 맞서는 경우도 종종 발생했다. 특히 조선 후기로 갈수록 양반들의 영향력이 강화되어 가자, 하층민들이 향약에 참여하는 것을 꺼리는 현상도 적지 않게 일어났다.

'풍헌(風憲)'이나 '권농(勸農)'은 향약의 임원을 부르는 명칭으로, 중장에서는 이들이 어울려 노래하고 춤추는 모습을 그렸다. 이들이 '메더지'를 부르고 '되롱춤'을 추는 것으로 보아, 이미 분위기가 상당한 정도로 무르익었음을 짐작할 수 있다. '메더지'는 옛 노래의 일종이며, '되롱춤'은 어깨를 들썩이며 추는 춤을 일컫는다. 종장의 '이존위(李尊位)'는 '이씨 성을 지닌 높은 신분의 양반'을 말하는데, 마을에서 가장 높은 어른이기에 이 자리의 '좌상객'으로 모셨을 터이다. 아마도 '이존위'는 강신 행사에 참여한 이정보 자신을 지칭한 듯하다. 지은이인 이정보 자신의 모습조차도 제3자의 시선으로 묘사하고 있는 점이 흥미롭다. 향약의 임원들까지 춤을 추고 노래를 하는데, 좌상에서 그것을 지켜보며 박장대소하는 '이존위'의 모습이 인상적이다.

추수를 마친 뒤에 날을 잡아 온 마을 사람들이 흥청거리며 잔치를 즐기고 있다. 한 해를 마무리하며 마을 사람들이 흥겹게 어울리면서, 한여름 뙤약볕에서 힘겹게 일했던 서로의 노고를 위로하는 자리인 셈이다. 비록 관찰자의 시선으로 이러한 정경을 묘사하고 있지만, 공동체 행사의 흥겨운 뒤풀이에서 벌어지는 상황을 따뜻하게 이해하는 그의 시선이 돋보인다. 구체적인 생활 현장에서 벌어지는 있는 모습을 포착하여 그것을 사실적으로 그려내는 방식이 매우 인상적이다. 작품의 내용도 흥미롭지만 일상에서 벌어지는 세세한 일들을 놓치지 않고 작품 속으로 끌어들여 문학적으로 형상화하는 그의 안목은 높이 평가할 만하다. 이러한 면모는 이정보의 시선이 현실 생활에 보다 가까이 다가서 있기에 가능한 것이다.

작품에 따라서는 여러 사람들이 어울려 흥겨운 놀이마당을 펼치는 모습이 직접 나타나기도 한다. 풍류 모임에 참여했던 사람들의 이름이 거론되는가 하면, 그 자리에서 사람들이 불렀던 음악의 곡조들을 나열하며 그 특징을 설명하기도 한다. 이는 해당 작품들이 불렀던 모임의 성격을 반영한 것이라 할 수 있다.

구포동인口圃東人 춤을 추고 운애옹雲崖翁은 노래한다
벽강碧江은 고금鼓琴하고 천흥손千興孫은 피리로다
정약대鄭若大 박용근朴龍根 혜금嵇琴 적笛 소리에 화기융농和氣融濃하더라. — 안민영

노래같이 좋고 좋은 것을 벗님네야 알았던가

춘화류春花柳 하청풍夏淸風과 추명월秋明月 동설경冬雪景에 필운弼雲 소격昭格 탕춘대蕩春臺와 한북漢北 절승처絶勝處에 주효난만酒肴爛漫한데 좋은 벗 갖은 혜적嵇笛 아름다운 아모가이 제일 명창第一名唱들이 차례次例로 벌여 앉아 엇결어 부를 적에 중中한닢 삭대엽數大葉은 요순우탕문무堯舜禹湯文武 같고 후정화後庭花 낙시조樂時調는 한당송漢唐宋이 되었는데 소용搔聳이 편락編樂은 전국戰國이 되어 있어 도창검술刀槍劍術이 각자各自 등양騰揚하여 관현성管絃聲에 어리었다 공명功名도 부귀富貴도 나 몰라라

남아男兒의 이 호기豪氣를 나는 좋아 하노라. — 김수장

앞의 작품은 조선 후기의 가창자인 안민영이 지은 것이다. 여러 사람들이 어울려 음악소리에 맞춰 노래를 부르고 춤을 추는 모습을 형상화하고 있는데, 그 자리에 참석했던 인물들의 호나 이름을 그대로 옮기고 있는 점이 특징이다. 작품의 뒤에 첨부된 기록에는, 흥선대원군의 아들인 이재면(李載冕)이 "구포동인(口圃東人)을 첫머리로 삼고 삼삭대엽(三數大葉)의 노래를 지으라"고 명해 이 작품을 지었다고 했다. 안민영은 이재면의 명을 받고 바로 그 자리에서 삼삭대엽의 분위기에 어울리는 이 작품을 짓고, 나아가 박효관의 노래와 악사들의 연주에 맞춰 춤을 추는 모습을 연출한 것이다. '구

포동인'은 그의 집에 '입 구(口)'자 모양의 밭이 있어서, 대원군이 내려준 안민영의 호이다. '삼삭대엽'은 시조 작품을 노래로 부르는 가곡창(歌曲唱)의 곡조 가운데 하나이다.

이재면은 당시 임금인 고종의 친형인데, 당대의 권력자가 명하니 그 자리에서 곧바로 창작해 곡조에 맞춰 노래를 부른 것이다. 따라서 등장하는 인물들과 그들의 행위 또한 사실적으로 표현되어 있다. '운애옹(雲崖翁)'은 안민영의 스승인 박효관을 가리키며, '벽강(碧江)'은 당시에 거문고를 잘 타기로 유명했던 김윤석(金允錫)이다. 천흥손·정약대·박용근 등은 오군영 중의 하나인 어영청(御營廳) 소속의 세악수(細樂手)들이다. 이들 대부분은 흥선대원군의 후원 아래 안민영을 중심으로 조직되었던 풍류 모임인 '승평계'의 구성원으로 활동했던 인물들이다. 이렇듯 스승인 박효관은 노래하고, 안민영은 그에 맞추어 춤을 추고, 천흥손 등의 악사(樂士)들은 음악을 연주하는 모습이 작품 속에 펼쳐진다.

음악이 연주되는 가운데 노래와 춤이 어우러진 분위기는 자못 경쾌하다. '화기융농(和氣融濃)'이란 '조화로운 기운이 무르익는다'는 뜻이니, 노래와 춤이 어우러진 가운데 절제된 흥취를 연출하는 자리였을 듯하다. 이들의 모임에서는 당대의 예술인들이 자주 어울려 함께 풍류를 즐겼을 것으로 짐작

신윤복 〈주유청강(舟遊淸江)〉(간송미술관 소장)

생활 속에서 홍취가 넘치고 멋스러운 태도를 유지하는 것을 풍류라 이를 수 있는데, 이는 현실의 자잘한 일에 얽매이지 않고 삶을 즐기는 넉넉한 마음에서 나온다. 아름다운 정경도 홍취를 돋우나, 좋은 벗을 만나 마음을 터놓고 함께 술을 마시는 것도 풍류라 할 수 있다.

된다. 실제 안민영의 작품에서는 다양한 인물들이 서로 어울려 풍류를 즐기는 내용을 흔히 볼 수 있다. 이러한 풍류 모임의 분위기는 그들의 생활과 밀접하게 연관되어 있었다고 하겠다. 더욱이 분위기에 어울리는 작품을 즉석에서 창작하고 그것을 다시 음악에 맞추어 노래와 춤으로 소화하는 이들의 모습에서 당대 가창자들이 지니고 있었던 예술가로서의 면모를 확인할 수 있다.

마지막 작품은 사설시조 형식으로, 조선 후기의 가창자인 김수장이 지은 것이다. 김수장은 북악산 자락에 노가재(老歌齋)를 짓고, 그곳을 중심으로 당시 여항에서 활동하던 가창자들을 모아 '노가재가단(老歌齋歌壇)'을 만들어 활동했다. 여항 예술가로 활동하면서 그는 『해동가요』라는 가집을 편찬했는데, 이 작품에서는 음악가로서 활동했던 삶의 일면이 잘 드러나 있다. 또한 노래를 어떻게 인식하고 있었는지도 살펴볼 수 있다. 신분의 한계를 절감했던 여항의 가창자들에게는 노래야말로 자신의 뜻을 마음껏 펼칠 수 있는 수단이었다. 그래서 뜻을 함께하는 사람들을 모아 가창 집단을 형성하여 활동했고, 이를 통해 시조를 널리 알리고자 노력했다.

초장에서는 벗님네들에게 말을 건네는 형식으로 "노래같이 좋고 좋은 것"이 있겠느냐고 말한다. 중장에서는 서울 주변의 명승지에서 음악을 즐기는 다양한 모습들이 제시되는데, 이는 가창자로 활동했던 김수장의 경험이 어느 정도 반영되었을 것이다. "춘화류 하청풍 추명월 동설경"은 자연의 풍경을 묘사한 것이며, 이와 더불어 "필운 소격 탕춘대와 한북 절승처"는 그의 일행이 찾아다니며 풍류를 즐겼던 구체적인 장소이다. 필운대·소격대·탕춘대는 모두 인왕산 부근의 명승지였다. 이 밖에도 한강 북쪽의 뛰어난 경치를 지닌 '절승처'도 이들이 주로 찾는 곳이었다. 풍류를 즐기기에 더없이 좋은 장소에서 술과 안주를 차려 놓고, 뜻이 맞는 벗들과 함께 아름다운 명창들이 뽑아내는 노래를 즐겼다. '주효난만(酒肴爛漫)'은 술과 안주가 가득하다는 뜻이며, "갖은 혜적(嵇笛)"이란 표현에서 음악을 연주할 온갖 악기들이 갖추어졌음을 알 수 있다. '아모가이'는 아무개라는 의미인데, 아마도 당대에 유명했던 "제일 명창들이 차례로 벌여 앉아" 노래를 부르며 풍류 현장의 흥을 돋웠을 것이다. '엇결어' 부른다는 것은 여러 명의 명창들이 돌아가며 노래하는 것을 의미한다.

이후에는 명창들이 불렀던 곡조들이 열거되어 있다. 시조 작품은 가곡창과 시조창의 두 가지 방식으로 노래를 부를 수 있다. 시조창은 장고와 같은 간단한 악기나 혹은 무릎장단만으로 부를 수 있는 방식이다. 반면에 가곡창은 관현 반주를 갖추어서 노래를 하는 전문가적인 연창 방식이다. 이 작품에 제시된 다양한 곡조들은 가곡창으로 부르는 것들인데, 각각의 곡조에 그에 걸맞은 분위기를 덧붙여 놓았다. 즉 '중한닢'은 중대엽의 다른 표현인데, 중국의 태평성대를 이끌었던 역대의 제왕을 들어 중대엽과 삭대엽이라는 곡조의 성격을 설명했다. 이들 두 곡조는 태평시대의 음악과 같은 분위기라는 것이다. '후정화'는 '북전(北殿)'의 다른 명칭으로, '후정화'와 '낙시조'의 분위기가 중국의 한·당·송의 왕조에 비견된다고 말한다. 이들 왕조는 이러저러한 정치적 사건들이 끊임없이 일어났지만 어느 정도 통치 질서가 잡혀 있었던 시기이다. 또한 '소용'과 '편락'은 가곡창에서 대표적인 변주곡으로 꼽히는데, 그 음악적 분위기는 마치 여러 나라들이 천하의 패권을 다투던 전국시대(戰國時代)에 비유할 수 있다는 것이다.

그리하여 이 모든 곡조의 노래들이 명창들의 입에서 불려지면, 온갖 무기들이 서로 떨쳐 일어나 기세를 높이듯이 음악 소리가 울려 퍼진다는 것이다. '도창검술'은 칼과 창을 사용하는 기술을 뜻하며, '등양(騰揚)'은 기세를 떨친다는 의미이다. 좋은 벗들과 함께 사시사철 서울 부근의 명승지를 찾아다니며 좋아하는 음악을 즐기는 그는 천하의 그 어떤 부귀와 공명도 부러울 리 없다. 오로지 이렇게 즐기는 호기야말로 자신이 진정 바라는 것이기 때문이다. 가창 집단을 이끌고 가집을 만드는 등 가창자로서 활동했던 김수장이 추구했던 삶의 모습이라 보아도 틀리지 않을 것이다. 이러한 태도는 물론 음악에 대한 자부심이 없었다면 불가능했을 것이다. 세상의 명리(名利)를 떠나 자신이 좋아하는 것을 추구하고 즐기는 모습은 아름답다. 더욱이 예술가였던 김수장에게는 음악 활동이 곧 일상이었을 것이니, 이를 통해서 주변 사람들과 교유하면서 삶을 즐겼을 것이다.

19

환욕에 취한 분네 앞길 생각하소

갈수록 우리 사회에서는 상식적으로 이해되지 않는 일들이 점점 더 많아지고 있다. 어린이를 유괴하여 돈을 요구하기도 하고, 세상 물정에 어두운 노인들을 상대로 값싼 식품을 건강보조식품으로 둔갑시켜 폭리를 취하기도 한다. 학교를 사유재산처럼 여기고 학생들의 교육을 위해 사용해야 할 공금을 유용하는 사립학교의 운영자, 국민들을 무시하고 자신의 신분이나 직위를 이용해 비리를 저지르고 뇌물을 받아 구속되는 정치인과 고위 공무원의 모습이 낯설지 않은 풍경으로 여겨질 정도이다.

이처럼 각종 사고와 사건이 넘쳐나지만 언론들은 이를 흥미 위주로 다루는 경향이 있다. 많은 이들의 인권은 '알 권리'라는 명분으로 무시되기가 다반사이며, 그릇된 언론 보도로 피해를 입은 이들의 고통은 외면되곤 한다. 언제부턴가 더 이상 언론을 신뢰하지 않는다는 사람들이 점차 많아지고 있다. 사람들은 세상에 벌어지고 있는 일들을 애써 외면하거나, 아니면 모든 사안들을 비판적으로 대하게 된다.

현대사회의 인간관계는 자신의 이익을 중심으로 형성되는 경향이 강하다. '조변석개(朝變夕改)'라는 표현이 어울릴 정도로 세상의 인심은 상황에 따라 급변하고, 사회는 경쟁을 강요하며 적지 않은 사람들이 실패와 좌절을 경험한다. 하지만 개개인들이 이런 현실을 헤쳐나갈 방안을 찾기는 쉽지 않고, 뜻이 맞는 이들끼리 신세 한탄을 늘어놓는 것으로 체념하기도 한다.

정치나 시사 문제에 관심을 기울이지 않더라도 살아가는데 전혀 불편함을 느끼지 않는다면 그런 세상이야말로 진정 태평성대라 할 만하다. 물론 자신의 삶이 다른 사람들에게 피해를 주지 않아야 한다는 최소한의 전제가 따른다. 하지만 권력과 힘을 지닌 자들에 의해 좌지우지되는 현실의 모습은 대부분의 평범한 사람들에게 심한 박탈감을 안겨준다. 자신의 경제력을 배경으로 범죄를 저지르거나 비도덕적인 행위를 하는데도 그에 합당한 처벌이 이뤄지지 않는 경우가 적지 않다. '유전무죄(有錢無罪) 무전유죄(無錢有罪)'라는 말도 그래서 생겨난 말이다. 그러한 현실을 목도하면서 많은 사람들은 불공정한 세상과 아울러 자신의 무력함을 탓할 수밖에 없다.

옛말에 정승집 강아지가 죽으면 조문객들이 문전성시를 이루지만, 정작 정승 본인이 죽으면 개미 한 마리도 얼씬거리지 않는다고 했다. 사람보다 권력이 지닌 영향력을 더 중시하는 세태에 대한 풍자를 담고 있는 이 말은 오늘날에도 여전히 유효하다. 그러나 모든 사람이 그릇된 세태를 따랐던 것은 아니니, 나름의 방식으로 세상의 잘못된 현실에 대해 비판의 목소리를 높인 이들도 있었다.

조선시대에는 많은 이들이 신분의 한계에 가로막혀 자신의 능력을 제대로 발휘할 수 없는 현실에 좌절하기도 했다. 시조에서도 현실의 모순을 지적하고 비판적인 안목으로 세상을 바라본 작품을 발견할 수 있다.

옥玉을 돌이라 하니 그래도 애달파라
박물군자博物君子는 아는 법法 있건마는
알고도 모르는 체하니 그를 슬허하노라. — 홍섬

굴레 벗은 천리마千里馬를 뉘라서 잡아다가
조죽 삶은 콩에 살찌게 먹여 둔들
본성本性이 외양하거니 있을 줄이 있으랴. — 김성기

앞의 작품은 조선 전기의 문인인 홍섬(洪暹, 1504~1585)이 지은 것으로, 옥(玉)과 돌을 구별하지 못하는 세상에 대한 안타까움을 노래하고 있다. 그는 과거에 급제한 이후 여러 관직을 맡았고 선조 때에는 좌의정을 거쳐 영의정을 역임했다. 중종 때는 반대파의 모함으로 3년 동안 억울한 귀양살이를 겪기도 했다. 아마도 그는 관직에 있으면서 조정에서 벌어지는 갖가지 정치적 술수들을 지켜보았을 것이다. 지금도 마찬가지이지만 무리를 지어 자신들의 주장만을 일방적으로 강조하면서 상대방의 주장은 배제하는 등의 행태는 정치 현실에서 흔히 접할 수 있는 모습이다. 아무리 어지럽게 섞여 있다고 하더라도, 옥과 돌은 분명히 구분되기 마련이다. 하지만 권모술수가 판을 치는 정치 현실에서는 옳고 그른 것을 따지기보다 자신의 입장이 관철될 수 있는가에 더 큰 관심을 기울인다. 사람들은 자신의 이익을 좇아 진실을 외면하곤 하는데, 이 작품은 바로 이러한 세태를 비판하고 있다.

작품에서, 그가 보기에 옥(玉)이 분명한데도 세상 사람들은 모두들 돌이라고 하고 있다. 그렇게 막무가내로 우기는 사람들의 모습을 보면서 애달픔을 느낀다. 흔히 '옥석을 분별한다'는 말은 좋은 것과 나쁜 것, 또는 선한 것과 악한 것을 구분한다는 의미이다. 초장은 세상 사람들은 옥석을 분별하는 안목을 지니고 있지 못하다는 내용이다. '박물군자(博物君子)'란 세상의 이치를 널리 아는 사람을 일컫는 말이니, 옥과 돌이 섞여 있다 한들 모를 수가 없을 것이다. 하지만 그런 사람마저도 알면서 모르는 체하는 현실이 원망스럽기까지 하다. '슬허하다'는 '슬퍼하다'의 옛 표현이니, 옳고 그름을 분명히 가려야 하는 '박물군자'마저도 외면하는 세태가 그에게 슬픔을 안겨주고 있다. 그래서 옥을 옥이라, 돌을 돌이라 하지 않는 세상의 인심에 대해서 체념하는 듯한 태도를 보인다. 자신이 보기에 너무나 분명한 사실마저도 왜곡하는 세태를 비판하고 있는 작품이다.

뒤의 작품은 조선 후기에 거문고 연주자로 활동했던 김성기(金聖器, 1649~1724)가 지은 것으로, 자신의 능력을 알아주지 않는 세상에 대한 탄식을 드러내고 있다. 활을 만드는 공인(工人)이었던 그는 왕세기(王世基)라는 인물에게 거문고를 배웠다. 처음에 자신을 제자로 받아주지 않자 왕세기가 연주하는 소리를 창문 밖에서 몰래 듣고서, 다음날 조금도 틀리지 않게 그대로 거문고를 탔다는 기록이 전해진다. 이러한 이야기는 김성기가 가지고 있던 예술가로서의 자질을 잘 설명해준다. 또한 목호룡(睦虎龍)이라는 당대의 권세가가 베푼 잔치에 일방적으로 그를 부르려 했으나 이를 단호히 거부했고, 그 자리에서 자신이 연주하던 거문고를 부쉈다는 일화를 남겼다. 김성기는 자유분방한 예술가의 기질을 지니고 있었으나, 여항인이라는 신분의 한계로 인해 현실 세계에서는 적지 않은 갈등을 느끼며 살아가야 했다. 때문에 여항 예능인들은 자신의 예술 세계를 이해하는 사람들과 어울려 활동하며 지냈다.

작품에서 '굴레'는 소의 고삐에 걸쳐 얽어매는 줄을 일컫는데, 굴레를 쓴 소는 고삐를 잡은 사람이 이끄는 방향으로 따라갈 수밖에 없게 된다. 그래서 흔히 구속이나 속박을 비유하는 말로 쓰인다. '천리마'는 하루에 천리를 달릴 수 있는 말로, 능력이 뛰어난 인재를 가리킨다. 따라서 '굴레 벗은 천리마'는 능력은 있으나 어디에도 얽매인 곳이 없는 처지에

김홍도 〈편자 박기〉(국립중앙박물관 소장)

조선시대에는 많은 이들이 신분의 한계에 가로막혀 자신의 능력을 제대로 발휘할 수 없는 현실에 좌절하기도 했다. 시조에서도 현실의 모순을 지적하고 비판적인 안목으로 세상을 바라본 작품을 발견할 수 있다.

있는 자신을 가리키는 것으로 이해된다. '굴레 벗은'이라는 표현으로 보아, 예전에는 어딘가에 매어 있었지만, 그곳을 벗어나서 오랫동안 자유롭게 지낸 것으로 보인다. 굴레를 벗어버리고 편하게 지내온 말에게 다시 굴레를 씌워 구속하는 것은 쉽지 않은 일이다. 사람도 마찬가지일 것이니, 자신의 의지대로 마음껏 살던 이에게 어떤 규범을 강요한다면 답답하게 여길 수밖에 없다.

"조죽 삶은 콩"은 소들이 평소에 먹는 여물과 달리 아주 좋은 먹이를 일컬으며, '외양하다'는 '억세고 거칠다'는 의미이다. 누군가 천리마를 잡아다가 좋은 먹이를 주면서 살찌게 기른다 한들, 본성이 억세기에 길들이기가 쉽지 않을 것이라는 내용이다. 천리마의 성품을 끌어들여 설명하고 있지만, 이 작품은 결국 김성기 자신의 성격을 빗대어 말한 것이라 볼 수 있다. 이미 현실 세계에서 벗어나 생활하면서 아쉬울 것이 전혀 없는 처지이기에, 아무리 좋은 조건으로 자신을 붙잡으려 해도 거기에 굴하지 않겠다는 의지의 표현이다. 즉 비범한 능력을 지닌 존재를 세속적 잣대에 따라 제도의 틀에 가두려는 노력에 대한 비판적인 인식인 셈이다. 이 작품에서는 얽매이기 싫어하는 자신의 자유로운 의식을 보여주면서, 부귀공명을 추구하는 세속의 다른 인물들과 자신이 결코 같지 않음을 말하고 있다.

조선 후기를 살던 여항 예술인들은 벼슬살이를 하는 양반들을 비판하기도 했다. 높은 관직과는 상관없이 살아가야 하는 처지에서 치열한 권력 다툼의 모습이 객관적으로 보였을 터이다. 이러한 비판적 관찰에는 신분의 한계에 대한 체념적 인식도 한몫했을 것이다. 다음의 두 작품은 모두 관직에 있는 이들에게 처신에 조심할 것을 당부하는 내용이다. 예로부터 사람들은 관직에 나아가 높은 자리에 오르는 것을 성공한 인생이라고 생각했다. 그러나 겉으로는 화려하게 보일지 몰라도 정치 현실은 각자의 이해관계에 따라 치열한 권력 투쟁이 진행되는 곳이다. 아무리 높은 관직에 있다 하더라도 정치적 사건에 휘말리면 그 자리에서 밀려나는 것은 한순간이다. 따라서 정치적으로 변화가 심한 민감한 시기에는 살얼음을 걷는 것처럼 벼슬살이에 임해야 했다.

주문朱門의 벗님네야 고거사마高車駟馬 좋다 마소
토끼 죽은 후後면 개마저 삶기나니

우리는 영욕榮辱을 모르니 두려운 일 없어라. ―김천택

환욕宦慾에 취醉한 분分네 앞길 생각하소
옷 벗은 어린아이 양지陽地 곁만 여겼다가
서산西山에 해 넘어가거든 어찌 하자 하더라. ―김수장

앞의 작품은 조선 후기의 가창자였던 김천택이 지은 것으로, 관직에 있는 양반과 자신의 처지를 비교하는 방식을 취했다. '주문(朱門)'이란 붉은 칠을 한 대문으로 높은 벼슬아치나 부자의 집을 일컫는 말이니, "주문의 벗님네"는 관직에 있는 양반들을 지칭한 것이다. '고거사마(高車駟馬)'란 네 마리의 말이 끄는 높은 수레인데, 귀한 신분의 사람들이 타는 수레를 가리킨다. 이렇듯 이 작품은 커다란 저택을 소유하고 좋은 수레를 타고 다니는 높은 벼슬의 양반들을 대상으로 상정해, 그들이 현실 정치의 비정함을 깨달아야 할 것이라고 경계한다. 아무리 높은 벼슬에 있다고 할지라도 항상 자신의 앞날을 생각하며 신중하게 처신을 해야만 한다는 것이다.

중장에서는 이른바 '토사구팽(兎死狗烹)'이라는 고사를 풀어서 말했다. 아무리 훌륭한 사냥개라 하더라도 더 이상 잡을 토끼가 없어지면 삶아 먹힌다는 것이다. '토사구팽'은 중국 한나라 고조인 유방(劉邦)과 그의 참모로 활약했던 한신(韓信)과의 일화가 담긴 고사이다. 유방은 반대 세력인 초나라의 항우(項羽)를 멸망시키고 마침내 황제의 자리에 오른다. 황제가 된 유방은 모반(謀叛)의 가능성이 있다고 여겨 한신을 체포하는데, 붙잡힌 한신이 탄식을 하면서 내뱉은 말에서 유래했다. '토끼 죽은 후면 개마저 삶긴다'는 말은 필요할 때에는 귀하게 대접을 받지만 정작 소용이 다하면 가차 없이 버림을 당하는 현실 정치의 냉혹함을 지적한 것이다. 이에 반해 자신은 영욕(榮辱)을 누리는 벼슬살이와는 상관없이 살기에 두려운 일이 전혀 없다고 했다. 언제 위기가 닥칠지 모르는 양반들보다는 그저 평범하게 사는 자신의 삶이 더 의미 있다고 생각한 것이다.

'주문'과 '고거사마'로 상징되는 삶은 세속의 많은 이들이 부러워하는 삶이다. 작품 속에서 자신은 벼슬살이와 상관없이 살고 있다고 애써 자위하지만, 그렇게 높은 관직은 자신과 같은 미천한 신분으로는 애초에 도달할 수 없다. 따라서 작품의 의미를 조금 더 따져 들어가면, 높은 관직에 오를 수 없는 자신의 처지에 대해 체념하고, 더 나아가 평범하게 살아야 하는 스스로의 삶을 자위하고 있음을 알 수 있다. '토사구팽'이라는 고사를 들어 현실 정치의 냉혹함을 비판하고 있지만, 그만큼 자신이 처한 현실의 조건이 열악함을 드러내고 있다. 만일 김천택이 양반의 신분이었다면 이 작품의 의미는 크게 달라질 수밖에 없다.

뒤의 작품은 조선 후기의 가창자였던 김수장의 작품으로, 이 역시 벼슬살이를 하는 양반들에 대해 비판적인 인식을 강하게 드러냈다. '환욕(宦慾)'은 벼슬에 대한 욕심이란 뜻이니, "환욕에 취한 분네"는 지금 관직에 머물러 있는 정치인들을 가리킨다. 그들에게 '앞길'이 항상 순탄한 것만은 아니니, 어떻게 행동하는 것이 옳은가를 고민하라고 말한다. 만일 관직에 있는 사람들이 나라와 백성을 위한 올바른 정치를 펼치고 있다면 이런 언급은 별다른 의미를 지니지 못할 것이다. 하지만 많은 벼슬아치들이 "환욕에 취한 분네"로 인식될 정도로, 그가 바라보는 정치 현실은 혼탁한 양상을 띠고 있다. 지금 당장은 그들 앞에 벼슬길이 탁 트여 있는 것처럼 보이지만 '앞길'에 언제 무슨 일이 벌어질지 알 수 없는 노릇이다. 벼슬살이 하는 자가 맡은 바의 직분을 제대로 행하지 못한다면, 격변하는 세상에서 언제든지 화를 당할 수 있기 때문이다.

중장과 종장의 '옷 벗은' 아이의 상황은 '환욕에 취한 분네'들의 행태를 비유적으로 표현한 것이다. 옷을 모두 벗고 노는 아이를 일컬어 '천둥벌거숭이'라고 하는데, 이는 철없이 덤벙거리는 사람을 가리키는 비유적 표현이다. 옷 벗은 아이는 아무것도 걸친 것이 없으니 자연히 햇볕이 잘 드는 양지쪽만 찾아다닌다. 해가 있는 동안에는 신나게 놀 수 있겠지만 밤이 되면 추위에 떨며 어찌할 바를 모르게 된다. 이런 어린아이의 분별없는 태도가 바로 "환욕에 취한 분네"들의 어리석은 모습과 다를 바가 없다고 본 것이다. 이 작품은 '환로(宦路)'에 나간 벼슬아치들에게 나중을 생각해서 처신을 잘하라는 매서운 비판을 하고 있다. 특히 "앞길 생각"하라는 충고는 매우 직설적으로 '환로'에 대한 폐해를 지적한 것이다. 또한 "옷 벗은 아이"가 밤이 되어 "어찌 하자" 하며 어쩔 줄 몰라 한다는 비유를 통해, 현실 세계에 대한 비판 의식을 매우 구체적으로 표출하고 있다.

현실에 대한 비판적 인식은 당시의 세태에 대한 풍자로 이어진다. 오로지 돈만을 좋아하고 쫓아다니는 현실을 지적하기도 하며, 전쟁터에 끌려다니는 병사의 입을 통해 그 폐해를 드러내기도 한다. 또한 사설시조 작품에서는 그 비판의 날이 전혀 엉뚱한 곳으로 향하는 경우도 있다. 다음 작품들을 통해 그 일단을 살펴보기로 하자.

떳떳 상常 평할 평平 통할 통通 보배 보寶 자字

구멍은 네모지고 사면四面이 둥글어서 땍대굴 구울러 간 곳마다 반기는구나

어떻다 조그만 금金 조각을 두창이 다투거니 나는 아니 좋아라. ― 작자 미상

부러진 활 꺾어진 총 땐 동노구銅爐口 메고 원怨하나니 황제黃帝 헌원씨軒轅氏를

상탈여相奪與 아닌 전前에 인심人心이 순후淳厚하고 천하태평天下太平하여 일만팔천세一萬八千歲 살았거든

어떻다 습용간과襲用干戈하여 후생後生 곤困케 하는고. ― 작자 미상

이 두 작품은 모두 조선 후기에 지어진 사설시조로, 현실에 대한 비판적인 시각을 담고 있다. 앞의 작품은 조선시대 화폐인 '상평통보(常平通寶)'를 소재로 하고 있다. 초장은 한자인 상평통보의 음과 훈을 제시해 놓았는데, 항상 평등하게 널리 통용될 수 있는 보배라는 뜻이 된다. 상평통보의 모양은 가운데 구멍은 네모지고 밖은 둥글게 생겼다. 밖이 둥근

것은 하늘을 본뜨고 안이 모난 것은 땅을 본뜬 것이다. 그것을 굴리면 '땍대글' 소리를 내며 어디든지 굴러 갈 수 있다. 지금이나 옛날이나 돈을 좋아하는 것은 별로 다르지 않았으니, 돈을 좋아하는 세상 사람들의 모습을 "간 곳마다 반기는구나"라고 표현했다.

이 작품은 상평통보의 음과 훈을 늘어놓는 것으로 시작해, 그것의 생김새를 묘사하고 어디든지 갈 수 있음을 말하고 있다. 세상 사람들이 모두 돈을 가지기 원하여 반기는 것이 사실이다. 그것은 단지 "조그만 금 조각"에 불과한데, 세상 사람들은 두창(頭瘡)이 날 만큼 서로 가지려고 다투곤 한다. '어뗗다'는 체념을 나타내는 감탄사이며, '두창이 다투거니'는 머리에 종기가 날 정도로 서로 다투는 모습을 표현한 것이다. 그러한 세태를 보면서 자신은 짐짓 돈이 "아니 좋"다고 초연한 듯한 자세를 취한다. 하지만 돈 자체에 관심을 집중시키고 있는 화자는 결코 돈에 욕심이 없는 것은 아닐 것이다. 오히려 세상 어느 곳이든지 갈 수 있는 돈이 자신에게 오지 않는 현실을 반어적으로 표현한 것이라고 이해할 수 있다. "나는 아니 좋아라" 하고 물질에 초연한 듯 보이는 태도가 역설적으로 돈을 가지지 못한 자신의 현실에 대한 체념을 보여주고 있는 것이다. 결국 돈에 휘둘리는 세태를 비판하고 있지만 그 이면에는 돈에 대한 은근한 선망의 태도가 엿보인다고 하겠다.

오늘날에도 돈이 없어서 쩔쩔매게 되면 흔히 '돈이 원수'라는 표현을 한다. 이는 돈이 없으면 아무것도 할 수 없는 현실에 대한 비판이면서, 한편으로는 자신의 빈약한 경제력을 탓하는 자책의 의미를 아울러 담고 있다. 조선 후기에는 경제력만 있다면 족보를 사서 양반 행세를 하는 것도 가능했다. 신분 질서가 엄격하던 시대에도 경제적 능력은 그야말로 '무소불위(無所不爲)'의 힘을 발휘하였다. 또한 변변한 재산이 없는 양반들은 몰락한 신세가 되어 평민보다 못한 생활을 하기도 했다. 곳곳에서 '상평통보'의 위력이 발휘되고 있는 현실에서 이러한 작품이 나올 수 있었던 것이라 하겠다. 돈 자체가 소재로 등장하는 작품에, 경제력이 압도하던 당시의 세태가 반영되어 있음을 알 수 있다.

뒤의 작품은 전쟁에 지친 병사가 화자로 등장하는 사설시조이다. 병사는 오랜 기간 동안 전쟁터를 떠돌았으며, 하루라도 빨리 전쟁이 끝나기를 바라는 마음에서 태고 시절의 황제(黃帝)를 원망한다. 이 작품에 등장하는 황제(黃帝)는 중국 고대의 태평성대를 이끌었다는 전설의 임금인 삼황오제(三皇五帝) 가운데 한 사람이다. 문자와 배와 같은 문물을 비로소 만들어 사용했으며, 자신이 다스리던 나라에서 반란이 일어나자 처음으로 무기를 만들어 무찔렀다는 인물이다. 부러진 활과 꺾어진 총에다 땜질까지 한 퉁노구를 멘 모습은 남루하고 지친 군졸(軍卒)의 그것이다. 행색을 보아 오랜 기간 전쟁터에서 떠돌았을 그에게는 하루 빨리 전쟁이 끝나 집으로 돌아가는 것이 가장 큰 소망일 터이다. 하지만 자신이 참전한 전쟁이 언제 끝날지 알 수가 없는 노릇이다.

'동노구(銅爐口)'는 바닥이 평평하고 위와 아래가 비스름한 작은 솥인 '퉁노구'를 말하는데, 휴대하기가 편리해 군대나 장사치들이 이동하면서 밥을 지어먹는 데 사용했다. 그러나 이마저도 오래 써서 곳곳이 갈라지고 구멍을 때운 흔적이 있다. 여기에 무기마저 '부러진 활 꺾어진 총' 따위의 형편없는 것들을 들고 있다. 이처럼 평범한 사람을 전쟁터로 내몬 현실에 대해서 비판적일 수밖에 없다. 그러나 뜻밖에도 그의 원망은 전쟁에 직접 책임이 있는 당대의 위정자(爲政者)가 아닌, 중국 고대의 '황제 헌원씨'에게로 돌려진다.

중장은, 각종 무기가 만들어지기 이전에는 세상 인심이 순박하고 후했으며 천하가 태평해 일만팔천세를 살았다는 내용이다. '상탈여(相奪與)'는 '서로 빼앗음'이라는 의미이니, 이러한 모습은 무기가 만들어진 뒤의 상황을 묘사한 것이다.

'습용간과(襲用干戈)'는 각종 무기의 사용법을 익히게 했다는 뜻이니, 황제에 의해 무기가 만들어지고 서로 가진 것을 빼앗기 위하여 전쟁이 시작되었음을 말하고 있다. 그로 인해 자신과 같은 죄 없는 백성들이 전쟁터에 끌려나가, 곤고(困苦)하게 살게 되었다는 인식을 드러냈다.

실상 그가 전쟁터를 떠돌게 된 상황은 당시의 제도와 위정자들의 그릇된 정치에서 비롯된 것이다. 따라서 전쟁의 책임을 고대의 황제에게 돌리는 것은 자칫 화자의 어리석음을 드러내는 것일 뿐이다. 전쟁의 고달픔을 전설 속의 황제에게 돌려 표현하기는 했으나, 작품의 기저에는 군역(軍役)으로 인해 고달팠던 평범한 이들의 삶과 함께 그러한 현실에 대한 비판적인 인식이 깔려 있다. 진솔한 표현의 묘미와 평민들의 감정과 의식이 드러나는 작품으로, 사설시조 특유의 가치를 단적으로 보여주고 있다.

20
상공을 뵈온 후에 사사를 믿자오매

언어는 인간만이 가지고 있으며 사회생활을 위해서 반드시 필요한 수단이다. 평소에 사람들은 말하는 것을 지극히 당연하게 여기다가 말하지 못하는 상황에 닥쳐서야 비로소 인간에게 언어가 얼마나 중요한가를 절감한다. 말할 수 없는 상황을 상상해본다면 언어가 얼마나 귀중한 것인지를 조금이나마 실감할 수 있다. 선천적인 장애로 말할 수 없는 이들도 수화(手話)나 다른 방법으로 사람들과 대화를 나눈다. 그러한 의사소통의 수단 역시 사람들이 사용하는 말을 바탕으로 만들어진다. 어린아이가 말을 배우는 과정을 관찰해본 경험이 있는 사람이라면 언어가 환경의 산물이라는 것을 쉽게 이해할 수 있다. 사람들은 오랜 기간에 걸친 학습을 통해 비로소 능숙하게 언어를 구사할 수 있으며, 그 언어로 다른 사람들과 의사소통을 할 수 있다.

많은 예술의 형식 중에서, 문학은 언어의 예술이다. 자신의 생각을 글로 표현해 작품을 창작하는 작가들에게 흔히 '언어의 마술사'란 칭호를 붙이기도 한다. 문법적으로 용인되지 않아 일상생활에서는 사용하지 않는 어색한 표현이 문학 작품 속에서는 때로 중요한 문학적 장치가 되기도 한다. 그래서 문학 작품에 사용된 언어의 의미를 살펴보는 것은 무척이나 흥미롭다.

문학에도 다양한 갈래가 있지만, 그 가운데 개인적 감정을 절제된 언어로 표현하는 시(詩)에서 특히 언어 사용이 자유롭다. 예컨대 "이것은 소리 없는 아우성"(유치환의 「깃발」)이라는 구절은 상식적으로 통용되기 힘든 표현이지만, 이 시를 읽은 독자들은 깃발이 바람에 펄럭이는 것을 묘사한 것으로 이해한다. 일반적인 논리로 보자면 분명히 모순되지만, 시인의 특이한 경험이나 느낌을 전하기 위해 쓴 표현이다. 이처럼 서로 모순된 단어들이 함께 어울려 사용되는 것을 '모순 형용'이라고 하는데, 문학 작품이기에 용인될 수 있는 표현법이다.

문학 작품에서는 좀더 풍부하고 구체적인 상황을 묘사하기 위해 비유적인 표현도 즐겨 사용된다. 시에서는 특히 비유적 표현이 많이 사용되는데, 그것을 통하여 시인의 생각이나 느낌을 독자들에게 생생하게 전달할 수 있기 때문이다. 하나의 단어에 둘 이상의 의미를 담아내는 '중의법(重義法)'은 독자들로 하여금 시를 읽는 재미를 안겨준다. 또한 하나의 단어가 여러 가지 뜻을 지니고 있는 다의어(多義語)나, 소리는 같지만 의미가 다른 단어인 동음이의어(同音異議語)를 이용해 다양한 문학적 효과를 거둘 수 있다. 때문에 작가들은 독자들과 공감하기 위해 누구보다 언어에 대해 깊이 고민한다.

문학 작품이라고 늘 진지한 주제만을 다루는 것은 아니다. 때로는 말을 가지고 재미 삼아 놀이를 하는 언어유희의 방법으로 지어진 작품들도 있다. 앞의 말을 받아서 뒷말을 이어가는 '말 잇기 놀이'는 가장 흔하게 사용되는 언어유희이다. 언어유희는 작품 속의 상황을 희화화(戱畵化)시켜 표현함으로써 가볍게 읽는 재미를 느끼게 한다. 그러나 겉으로는 단순히 재미를 추구하는 말장난처럼 보이지만 그 속에 상대방이나 사회에 대한 풍자가 담긴 작품들도 있다.

예컨대 김삿갓으로 잘 알려진 김병연(金炳淵, 1807~1863)은 평생을 떠돌며 시를 지었는데, 언어유희의 수법을 사용한 그의 한시 작품들은 당시 사회에 대한 풍자적인 의미를 담고 있다. 그는 삿갓을 깊이 눌러쓰고 평생을 떠돌며 살았기에 김삿갓 혹은 김립(金笠)이라고 불렸다. 관직을 포기하고 떠돌며 살았던 이유는 그의 조부(祖父)인 김익순(金益淳)과 연관이 있다. 그의 조부는 1811년 평안도에서 일어난 이른바 '홍경래의 난' 당시 선천부사로 있다가 농민군에게 항복해 그들이 주는 벼슬을 받았다. 농민 항쟁이 실패로 끝나자 농민군에 투항했던 그의 조부는 참형을 당했다. 죄인의 후손이라 관직에 나아갈 자격을 박탈당한 김병연은 절망감에 빠져 스물두 살 때부터 방랑 생활을 했다. 이후에 그는 전국을 떠돌면서 언어유희를 사용한 기발한 내용의 시를 곳곳에 남겼다. 김삿갓의 명성이 높아지고 때로는 후한 대접을 받는 경우가 생기면서, 많은 사람들이 김삿갓을 사칭하며 전국을 떠돌았다고 한다.

시조에서도 언어유희를 사용한 작품들을 발견할 수 있는데, 이들을 일러 '말놀이 시조'라 한다. 다음 두 작품은 서로

주고받으며 화답하는 형식으로 된 노래인데, 술자리에서 불렀던 듯 풍류적인 양상이 강하게 드러나 있다. 두 작품 모두 '찬비'를 소재로 하고 있는데, '찬비'는 '한우(寒雨)'라는 기생의 이름을 빗댄 것이다.

> 북천北天이 맑다커늘 우장雨裝 없이 길을 나니
> 산山에는 눈이 오고 들에는 찬비로다
> 오늘은 찬비 맞았으니 얼어 잘까 하노라. — 임제

> 어이 얼어 자리 무슨 일 얼어 자리
> 원앙침鴛鴦枕 비취금翡翠衾을 어디 두고 얼어 자리
> 오늘은 찬비 맞았으니 녹아 잘까 하노라. — 한우

앞의 작품은 조선시대의 문인인 임제(林悌, 1549~1587)가 평양을 지나는 길에 한우(寒雨, 생몰년 미상)라는 기녀와 함께 술을 마시며 건넨 노래로, 일명 「한우가(寒雨歌)」라 한다. 임제는 당대의 명기(名妓)였던 황진이의 무덤을 지나가다 시조 작품을 지었다는 일화를 남기기도 했던 인물이다. 내용을 보면 한 편의 시조를 통해 기녀에게 은근히 수작을 걸고 있다. 임제의 노래를 들은 한우가 이에 화답한 것이 뒤의 작품이며, 이 역시 '한우'라는 자신의 이름을 소재로 이용했다. 일종의 중의법(重義法)을 사용한 작품들이다. 두 작품의 창작 과정을 살펴보면, 창작자들이 때로는 순간적인 착상을 통해 시조를 즉흥적으로 지어서 주고받기도 했음을 알 수가 있다. 이렇게 한바탕 멋들어진 시조로 화답한 이들은 서로의 문학적 기질을 인정하며 흔쾌하게 어울렸을 법하다. 먼저 각각의 작품을 살펴보기로 하자.

'북천(北天)'은 북쪽 하늘을 말하며, 우장(雨裝)은 비옷이나 우산처럼 비를 피할 수 있는 도구를 일컫는다. 작품에서 그는 북쪽 하늘이 맑아서 비에 아무런 대비를 하지 못하고 길을 나섰노라고 말하고 있다. 그가 지금 평양에 있으니, 그 남쪽 어디선가 출발했음을 알 수가 있다. 그런데 산을 지날 때에는 눈이 오고, 또 들에는 찬비가 내린다. 그가 오는 길에 날씨의 변화가 심했다고도 볼 수 있지만, 종장을 이끌기 위한 수사적 장치로 보아야 한다. 그래서 자신은 찬비를 맞은 까닭에 얼어서 자겠다고 하며 작품을 종결짓는다. 특히 종장의 "얼어 자다"는 비를 맞아 춥게 잔다는 뜻이지만, 서로 어울려 잔다는 의미를 동시에 지니고 있다. 찬비, 즉 한우와 더불어 하룻밤을 지내고 싶다는 뜻이 담겨 있는 것이다.

그렇게 본다면 초장과 중장의 표현들은 '한우와 어울려

신윤복 〈전모를 쓴 여인〉(국립중앙박물관 소장)

문학 작품이라고 늘 진지한 주제만을 다루는 것은 아니다. 때로는 말을 가지고 재미 삼아 놀이를 하는 언어유희의 방법으로 지어진 작품들도 있다. 겉으로는 단순히 재미를 추구하는 말장난처럼 보이지만 그 속에 상대방이나 사회에 대한 풍자를 담기도 한다.

자고 싶다'는 주제를 이끌기 위한 수사적 장치인 셈이다. 이 작품의 표면적인 의미는 맑은 날 길을 나섰다가 생각지 않은 '찬비'를 만났으니, 추위를 견디며 밤을 새우겠다는 것이다. 그러나 실제로는 예기치 않게 기녀인 한우(寒雨)를 만났으니, 같이 어울려 하룻밤을 지새우고 싶다는 내용이다. '찬비'와 '얼어 자다'라는 표현의 중의적 의미에서 비롯된 효과이다. 호탕한 성격이었던 그가 술자리를 함께한 한우가 마음에 들어 한우에게 건넨 연애시이다.

그러자 이를 눈치 챈 한우가 즉석에서 화답하여 부른 노래가 바로 두 번째 작품이다. 한우는 조선 선조 때 평양에서 활동했던 이름난 기녀였다. 임제가 '얼어 자겠다'고 운을 띄우니, 자신은 '얼어 자지 않고 녹아 자겠다'고 화답한다. 두 사람은 서로 마음이 통했던 듯하다. 한우는 임제의 시를 받아 멋들어지게 화답한다. 임제의 작품에 풍류와 여유가 돋보인다면, 한우의 작품에서는 재치가 엿보인다. 서로의 뜻이 진정으로 통했기에 상대에게 노래를 건네고 또 이에 화답하면서 풍류를 즐겼다.

한우는 앞의 작품의 종장을 받아서 노래를 시작했다. 상대방이 얼어 자겠다고 했는데, 무슨 까닭에 얼어 자려고 하느냐고 반문한다. '어울려 자다'라는 상대의 말을 짐짓 차갑게 '얼어 자다'라고 받은 것이다. 노래를 건넨 임제의 뜻을 한우가 몰랐던 것은 아닐 터이니, 이를 재치 있게 '말놀이'로 받아들여 상대에게 호응하는 자신의 뜻을 강조하고자 한 의도이다. 자신의 집에는 '원앙침 비취금'이 있으니 구태여 얼어 잘 필요가 없다고 했다. '원앙침'은 원앙을 수놓은 베개이며, '비취금'은 온몸이 아름다운 깃털로 장식된 비취새를 수놓은 이부자리로, 이 둘은 부부의 잠자리를 상징한다. 흔히 부부의 첫날밤을 묘사할 때 등장하는 소품이며, 상대방에 대한 마음을 우회적으로 표현하는 매개의 역할을 하고 있다. 더욱이 자신인 '찬비'는 상대의 얼었던 몸을 녹여줄 수 있으며, 여기에 '원앙침'을 함께 베고 '비취금'을 함께 덮는다면 몸이 녹아 잘 수가 있을 것이라고 화답했다. 종장에서 '찬비를 맞았다'는 것은 곧 한우 자신과의 만남을 중의적으로 표현한 것이다.

두 작품을 나란히 읽다 보면, 상대방의 작품에서 나온 표현을 그대로 가져와 그에 화답하는 재치와 낭만을 느낄 수 있다. 그들이 주고받는 작품에서 '얼어 잔다', '녹아 잔다'와 같은 표현이 등장하지만, 속되기보다는 오히려 운치가 있다는 느낌을 받게 된다. 이 둘이 함께 어울린 자리는 술과 노래를 통해 세상사를 잠시라도 잊어버릴 수 있는 흥취가 넘치는 자리였을 것이다. '한우'라는 이름을 '찬비'로 표현해 연애시를 건네는 임제의 호탕한 풍모와, 상대방의 작품에서 나온 표현을 이용해 이에 화답하는 한우의 재치는 그래서 주목할 만하다.

앞에서도 말했듯이 시조를 창작할 때 때로는 중의법이나 말꼬리 잇기 등의 방법을 사용하기도 했다. 이러한 작품들은 그것을 창작하게 된 동기가 함께 전하는 경우가 있다. 작품과 관련된 기록들을 통해서 언어유희의 특징이 더욱 분명하게 드러나게 된다.

상공相公을 뵈온 후後에 사사事事를 믿자오매
졸직拙直한 마음에 병病들까 염려念慮이러니
이리마 저리차 하시니 백년동포百年同抱 하리이다. ㅡ 소백주

나 보기 좋다 하고 남의 님을 매양 보랴
한 열흘 두 닷새와 여드레만 보고지고
한 달도 서른 날이니 또 이틀만 보고지고. ㅡ 작자 미상

앞의 작품은 조선 광해군 때 기녀인 소백주(小栢舟, 생몰년 미상)가 지은 것으로 알려져 있다. 문맥으로만 본다면 한번 마음을 주었던 상대와 평생을 같이 지내고 싶은 심정을 읊은 것으로 이해된다. 지은이가 기녀라는 것을 고려해, 작품의 의미를 헤아려 보자.

초장에서 '상공'을 한번 만난 이후 매사를 그에게 의지하고 있다고 말한다. '졸직(拙直)'이란 고지식하여 곧은 것을 말하니, 상대에게 한번 준 마음을 쉽게 바꾸지 않겠다는 자신의 의지를 나타내는 표현이다. 그러나 상대의 반응은 생각지 않고 일방적인 마음으로 인해 혹여 상사병을 앓게 되지는 않을지 염려가 된다. '이리마 저리차'는 그의 마음에 반응해 주는 상대의 행동을 표현한 것인데, 끝내는 서로의 마음이 통해 한평생을 같이 지낼 것이라 다짐했다. '백년동포(百年同抱)'는 백년, 곧 한평생을 함께 안고서 살아간다는 뜻이다. 작품의 내용으로만 본다면, 이 역시 기녀들의 시조에서 흔히 볼 수 있는 애정시조 중의 하나이다.

그러나 이 작품은 평안도 관찰사였던 박엽(朴燁, 1570~1623)이 장기를 두면서, 옆에 있던 소백주에게 장기판의 말을 이용하여 짓도록 한 것이라는 기록이 전한다. 그래서 사용된 단어에는 곳곳에 장기판의 말을 뜻하는 단어가 숨어 있다. 동일한 발음을 다른 뜻으로 표현한 언어유희의 수법이 사용된 작품이다. 초장의 '상공(相公)'은 곧 장기판의 '상(象)'과 '궁(宮)'의 음을 빌려 만든 단어이며, '사사(事事)'는 장기에서 궁을 지키는 '사(士)'의 음을 변형시켜 표현한 것이다. 중장의 '졸직(拙直)'은 '졸(卒)', '병(病)'은 '병(兵)'이라는 장기의 말에 해당한다. 종장의 '이리마 저리차'에는 각각 '마(馬)'와 '차(車)'의 음이 포함되어 있으며, '백년동포'에는 '포(包)'가 사용되었다.

이렇게 보면 임금말인 '궁(宮)'에서부터 '졸(卒)'과 '병(兵)'에 이르기까지 장기에서 사용되는 모든 말이 그대로 작품 속에 반영되어 있음을 알 수 있다. 그러면서 작품 자체는 또 그대로 의미를 담고 있으니, 참으로 기발하다고 할 수 있다. 소백주가 그 성품이 매우 재치가 있을 뿐 아니라 시조를 창작하는 능력도 뛰어났음을 알 수 있다. 이와 유사한 창작 배경을 지닌 작품들이 발견되는데, 기녀들과의 술자리에서 어떤 상황에 맞추어 시조를 짓도록 하는 양반들의 놀이 문화가 있었음을 알 수 있다. 소백주 역시 이런 과제가 주어지자 즉석에서 작품을 지었고, 자리를 함께했던 양반들은 소백주의 탁월한 창작 솜씨에 놀랐을 것이다.

뒤의 작품은 조선 후기에 지어진 것이며, 지은이를 알 수 없다. '남의 님'을 보고 싶어 하는 심정을 표현한 작품이다. 애정을 주제로 하고 있는 사설시조에서도 '남의 님'은 간혹 등장하는데, 이미 사랑하는 사람이 있는 님을 가리킨다. 화자의 입장에서는 '남의 님'을 사랑하는 것이 결코 쉽지 않음을 전제해야만 하며, 그런 '님'을 좋아하게 된 처지는 독자들에게 연민을 자아낼 만하다.

초장에서는 "나 보기 좋다 하고 남의 님을 매양 보랴"라고 말하며 짐짓 체념하는 듯한 태도를 드러낸다. 짝사랑일지라도 매일 보고 싶은 마음은 같기에, 이미 다른 이를 사랑하는 님을 매일 볼 수 없는 안타까움을 토로하고 있다. 그러나 이러한 진술은 중장과 종장의 교묘한 '말장난'으로 그 의미가 전혀 달라진다.

"한 열흘 두 닷새와 여드레만 보고지고"라 했으니, 한 달 30일 중에 28일을 보고 싶다고 한다. "남의 님을 매양 보랴"라고 한 다짐은 여기에서 이미 신뢰성을 획득할 수 없게 되었다. 또한 한 달이 30일이기에 "또 이틀만" 보고 싶다고 했다. '한 열흘, 두 닷새, 여드레, 또 이틀'을 모두 더하면 30일이 되니, 그렇다면 결국 한달 내내 보고 싶다는 뜻이다. 비록 '남의 님'이지만 그를 보고 싶어하는 마음이 절실하다는 것을 알 수 있다. 하여 초장에서의 다짐은 그의 간절한 마음에 밀려 이미 희화적으로 인식된 것이다. 마음속에 품은 사람이 '남의 님'이 되었지만 보고 싶은 마음은 어쩔 수 없다. 그처럼 절실한 마음을 재치 있는 표현으로 이끌어가는 것에서 이 작품의 묘미를 느낄 수 있다.

언어유희의 수법은 때로는 사물의 명칭에서 환기되는 의미와 결합하기도 하며, 전혀 불가능한 상황을 설정해 단순히 웃음거리로 만들기도 한다. 물론 그렇게 지어진 작품이 진지한 의미를 담아낼 수도 있고 그렇지 않을 수도 있다. 하지만 대부분의 독자들은 그러한 작품들을 단순한 흥미를 추구하기 위한 수단으로 인식하는 경우가 일반적이다. 오히려 언어유희를 사용한 작품들에서 진지한 의도를 찾아내려는 시도 자체가 무의미할 수도 있다는 뜻이다.

수박같이 두렷한 님아 참외 같은 단 말씀 마소
가지가지 하시는 말이 말마다 왼 말이로다
구시월九十月 씨동아같이 속 성긴 말 말으시소. — 작자 미상

중놈은 승년의 머리털 잡고 승년은 중놈의 상투 잡고
두 끝이 맞맺고 이 왼고 저 왼고 짝짜꿍이 쳤는데 뭇 소경이 굿을 보니
어디서 귀먹은 벙어리는 외다 옳다 하느니. ㅡ 작자 미상

앞의 작품은 채소의 생김새나 맛을 통해 대상을 형상화하고 있는 점이 특징이다. 겉모습은 멀쩡한 님이 달콤한 말로 자신을 꾀는 것을 푸념하는 내용이다. '두렷하다'는 생긴 모양새가 둥글다는 뜻의 옛 표현이니, 님의 얼굴이 수박같이 둥글고 잘생겼음을 말한다. 참외는 그 맛이 매우 달기에 님의 말이 "참외 같은 단 말씀"이라고 했다. "단 말씀 마소"라고 한 것으로 보아, 님의 말이 듣기에는 달콤하지만 실속이 없다는 것을 이미 알고 있다.

'가지가지'는 '여러 가지'의 뜻이면서, 동시에 채소 '가지'를 가리킨다. '왼'은 '그르다'는 뜻의 '외다'라는 의미이면서 채소인 '외'를 떠올리게 한다. '외'는 오이의 준말이다. 중장은, 님이 그동안 했던 여러 가지 말들을 헤아려보면 자신이 들었던 말들이 모두 그른 것이었다는 내용이다. 님이 하는 달콤한 말에 여러 번 속았던 모양이다. 그렇기에 "단 말씀 마소"와 같이 단호하게 님의 말에 반응한다. 초장에서는 수박

과 참외를 시적 대상을 가리키는 비유로 사용하였다면, 중장에서는 '가지가지'와 '왼'이라는 단어에서 동음이의어(同音異議語)인 가지와 오이를 떠올리도록 했다.

'동아'는 박과의 식물로 '동과(冬瓜)'라고도 하는데, '씨동아'는 씨를 받으려고 늦게까지 따지 않고 둔 동아를 가리킨다. 구시월의 씨동아는 열매의 속이 꽉 차지 못하고 아직 성긴 상태인 듯하다. 그래서 아무렇게나 하는 님의 말을 씨동아처럼 속이 성기고 엉성한 엉터리라고 생각했다. 사람의 말은 상대에게 믿음을 줄 수 있어야 한다. '감언이설(甘言利說)'이라고 하듯 듣기에 달콤한 말은 그 내용이 허황한 경우가 많다. 아마도 그동안 외모가 반듯한 님의 말을 듣고서 실망한 경험이 많았던 모양이다. 화자는 그런 님의 모습과 말을 채소들에 빗대어 표현하며 이제는 그런 말을 그만하라고 노래하고 있다. 이 작품 역시 일종의 '말놀이 시조'라 할 수 있다.

뒤의 작품은 조선 후기에 지어진 사설시조인데, 현실적으로 불가능한 상황을 그리고 있다. 중과 여승은 모두 머리를 깎고 불가(佛家)에 귀의(歸依)한 몸이다. 그들에게 '머리털'이나 '상투'가 있을 리 없다. "중놈은 승년의 머리털 잡고 승년은 중놈의 상투 잡"는 초장의 상황이 애초에 일어날 수 없는 것이다. 그런데 여기에서 그치지 않고 중장에서는 둘의 머리털과 상투의 끝이 맞맺어져 서로 잘못되었다고 싸우고 있다고 하였다. '맞맺다'는 서로 엉키어서 맺어진 것처럼 보인다는 뜻이다. '외다'는 '그르다'의 옛 표현이니, "이 왼고 저 왼고"는 서로 '이것이 잘못되었다 저것이 잘못되었다' 하고 소리를 높여 싸우는 모습을 묘사한 것이다. '짝짜꿍이'는 서로 옥신각신 다투는 모양이다.

'굿을 보다'는 구경을 한다는 의미이니, 두 사람이 다투는 모습을 여러 소경들이 구경을 한다고 중장의 마지막 부분에 덧붙였다. 소경은 애초 눈이 멀어 아무것도 볼 수 없는데, 소경이 굿을 본다는 상황 역시 말이 안 되는 설정이다. 말을 할 수 없는 벙어리가 '외다 옳다' 한다는 종장의 내용도 엉터리이다. 처음부터 끝까지 있을 수 없는 일인데, 시치미를 떼고 짐짓 아무렇지도 않게 작품 속의 상황을 그려내고 있다. 그야말로 '말장난'을 목적으로 지은 작품이라고 할 수밖에 없다. 또한 작품 속에 등장하는 인물들에 대한 호칭도 '중놈, 승년' 등과 같이 비속어를 사용했다. 이러한 표현이나 전반적인 내용에서, 독자들이 진지하게 받아들이기보다 그저 한 번 읽고 즐기기 위한 작품으로 지어진 것임을 알 수 있다. 이처럼 시조 작품들에는 '언어유희'라 볼 수 있는 다양한 형상화의 수법들도 존재한다.

그렇다면 지은이는 왜 이런 허황한 내용을 작품으로 지어낸 것일까. 작품 속에는 '중놈과 승년'이 서로 싸우는 것으로 묘사되어 있고, 그 싸움을 구경하거나 말참견하는 소경과 벙어리까지 등장시켰다. 작품 속의 상황이 현실적으로 가능하지 않기 때문에 우리들은 가볍게 웃으면서 즐길 수 있다. 하지만 사람들이 살아가면서 자신의 이익을 위해 다투는 모습이 제3자의 눈에는 이처럼 허황되게 보이지는 않을까. 물론 이러한 해석은 작품을 지나치게 천착한 탓으로 치부할 수도 있겠다. 그렇지만 웃음 뒤에 숨겨진 의미를 애써 찾으려는 노력 또한 문학 작품을 읽는 즐거움 가운데 하나이다.

작가 소개

권호문(權好文, 1532~1587) : 조선 전기의 학자로 호는 송암(松巖). 경기체가 「독락팔곡」과 시조 「한거십팔곡」을 지었다. 문집으로 『송암집』이 전한다.

길재(吉再, 1353~1419) : 고려 말, 조선 초의 문인으로 호는 야은(冶隱). 이색·정몽주 등과 함께 고려의 삼은(三隱)으로 일컬어진다. 1400년(정종 2) 이방원에 의해 태상박사(太常博士)에 임명되었으나, 두 왕조를 섬길 수 없다며 거절했다. 오직 성리학적 도(道)를 닦으며 후진 양성에 진력했다. 문집으로 『야은집』이 있다.

김광욱(金光煜, 1580~1656) : 조선 전기의 문인으로 호는 죽소(竹所). 1611년(광해군 3) 정언으로 있을 때 대북파(大北派)의 영수인 정인홍을 탄핵했으며, 이후 대북 정권이 추진하던 폐모론(廢母論)에 반대해 삭직되었다. 1623년 인조반정 뒤 복직되었다. 문집으로 『죽소집』이 있으며, 시조인 「율리유곡」이 전한다.

김득연(金得研, 1555~1637) : 조선 전기의 문인으로 호는 갈봉(葛峯). 그의 집안은 여러 대에 걸쳐 근기(近畿) 지역에서 벼슬을 했으나, 김종직의 문하였던 김용석의 대에 안동으로 이주해 그곳의 재지사족(在地士族)으로 자리를 잡았다. 문집으로 『갈봉선생문집』이 있으며, 시조 70여 수가 전한다.

김상헌(金尙憲, 1570~1652) : 조선 전기의 문인으로 호는 청음(淸陰). 1596년(선조 29) 문과에 급제해 여러 관직을 역임했으나, 평생 절개와 지조를 지킨 그는 험난한 관직 생활을 했다. 67세(1636) 때 병자호란이 일어나자 척화를 주장하다가 파직당하고, 이후 두 차례에 걸쳐 청(淸)의 심양(瀋陽)으로 잡혀갔다가 76세(1645) 때에 석방되었다.

김성기(金聖器, 1649~1724) : 조선 숙종, 영조 때의 악사이자 가창자로, 호는 어은(漁隱)·낭옹(浪翁) 등. 상의원(尙衣院)에 궁인(弓人)으로 궁중의 활 만드는 일을 했으나, 음악에 재질이 있어 거문고의 명인이 되었다. 그가 죽은 뒤에 제자들이 그의 가락을 모아 『낭옹신보』를 만들었고, 이것을 기초로 거문고 악보인 『어은유보』가 편찬됐다.

김성최(金盛最, 1645~1713) : 조선 후기의 문인으로 호는 일로당(佚老堂·逸老堂). 김광욱의 손자로, 1666년(효종 17) 진사시에 합격해 의금부도사를 비롯해 여러 관직을 역임했다. 당시의 정치 상황에 직접 관여하지 않고, 자신의 일족들과 어울려 서울의 백악과 동교(지금의 장위동) 등지에서 풍류를 즐기며 지냈다.

김수장(金壽長, 1690~?) : 조선 숙종, 영조 때에 활동했던 가창자로 호는 노가재(老歌齋). 병조의 서리를 지냈으며, 1746년(영조 22) 가집인 『해동가요』를 엮기 시작했다. 만년에는 서울 화개동에 노가재를 지어 놓고, 당대의 가창자들과 함께 이른바 '노가재가단'을 만들어 활동했다.

김연준(金連俊, 1914~2008) : 교육자이자 작곡가로 한양대학교, 한양여자대학교, 한양초·중·고등학교 등을 세워 교육에 힘썼으며 작곡가로도 활약해 가곡집 16권을 펴냈다.

김영(金鍈, 생몰년 미상) : 조선 후기의 무인. 정조 때 무과에 급제해 형조판서에까지 올랐다.

김응하(金應河, 1580~1619) : 조선 전기의 무인으로 1604년(선조 37) 무과에 급제했고, 1608년(광해군 즉위년) 박승종이 전라도 관찰사가 되자 그 비장으로 기용되었다. 1618년(광해군 10) 명나라가 후금을 칠 때 조선에 원병을 청해 오자, 다음해 강홍립을 따라 후금 정벌에 종군했다가 적병에게 포위되어 전사했다.

김이익(金履翼, 1743~1830) : 조선 후기의 문인으로 정조 때 여러 관직을 지냈으며, 순조의 즉위와 함께 벽파의 정권 장악으로 진도에 유배되었다. 1807년 안동 김씨가 집권하면서 재기용되어 여러 관직을 역임했다.

김장생(金長生, 1548~1631) : 조선 전기의 문인으로 호는 사계(沙溪). 예학(禮學)을 깊이 연구하여 조선 예학의 태두가 되었으나, 인조반정(1623) 이후 서인의 영수격으로 당시 정국에 많은 영향력을 행사했다. 문집으로 『사계선생전서』가 있다.

김종서(金宗瑞, 1383~1453) : 조선 전기의 문인으로 호는 절재(節齋). 1433년(세종 15) 함길도 도관찰사가 되어 야인들의 변경 침입을 격퇴했고, 육진을 설치해 두만강을 경계로 국경 선을 확정하는 데 공을 세웠다. 수양대군에 의해 1453년(단종 1) 두 아들과 함께 죽임을 당했다.

김창업(金昌業, 1658~1721) : 조선 후기의 문인으로 호는 노가재(老稼齋)·석교(石郊) 등. 노론의 정치가이며 유학자인 김수항의 아들이다. 1681년(숙종 7) 진사시에 합격했으나, 벼슬길에 나아가지 않고 평생을 은거하며 지냈다. 문집으로 『노가재집』이 있다.

김천택(金天澤, 1685?~?) : 18세기 전반까지 활동했던 가창자로 호는 남파(南坡). 1728년(영조 4) 현재 전하는 최초의 가집인 『청구영언』을 편찬했다. 여러 가집에 그의 신분이 포교라 기록되어 있다. 일부 작품의 내용과 남파라는 호를 통해 볼 때, 서울의 남산 부근에서 살았던 것으로 파악된다.

김태석(金兌錫, 생몰년 미상) : 18세기 중반에 활동했던 가창자. 『해동가요』의 권말 부록 『청구가요』에 시조 2수와 김수장의 발문이 수록된 것으로 보아, 김수장과 함께 활동했던 것으로 파악된다.

남이(南怡, 1441~1468) : 조선 전기의 무인. 1460년(세조 6) 약관의 나이로 무과에 장원으로 급제해, 세조의 총애를 받았다. 1468년(예종 즉위년) 병조판서로 발탁됐으나 한명회 등 권신들에 의해 해직되어, 유자광의 모함으로 참살당했다.

낭원군(朗原君, 1640~1699) : 조선시대 종친의 한 사람으로, 이름은 이간(李偘), 호는 최락당(最樂堂). 선조의 손자이자 인흥군의 아들이다. 형인 낭선군과 함께 붓글씨의 전서와 예서에 능했다고 한다.

맹사성(孟思誠, 1360~1438) : 고려 말, 조선 초의 문인으로 호는 고불(古佛)·동포(東浦) 등. 1386년(고려 우왕 12) 문과에 급제해, 조선 초기 여러 벼슬을 거쳐 좌의정에까지 올랐다. 시문에 능하고 음률에도 밝아, 향악(鄕樂)을 정리하고 스스로 악기를 제작했다. 연시조인 「강호사시가」가 전한다.

박인로(朴仁老, 1561~1642) : 조선 전기의 문인으로 호는 노계(蘆溪). 임진왜란 때 종군하여 여러 번 공을 세웠다. 1599년 무과에 급제해, 여러 관직을 역임했다. 문집에 『노계집』이 있으며, 「태평사」 등의 가사와 「훈민가」 등의 시조를 남겼다.

박효관(朴孝寬, 1800~1880?) : 조선 후기에 활동했던 가창자로 호는 운애(雲崖). 1876년(고종13) 안민영과 함께 『가곡원류』를 편찬했고, 승평계와 노인계를 중심으로 당시의 음악계를 이끌었다. 흥선대원군의 총애를 받아 운애라는 호를 하사받았다.

성삼문(成三問, 1418~1456) : 조선 전기의 문인으로 호는 매죽헌(梅竹軒). 사육신의 한 사람이다. 집현전 학사로 뽑혀 세종의 총애를 받았으며, 훈민정음을 만들 때에 정인지 등과 함께 도왔다. 1456년(세조 2) 박팽년 등과 함께 단종의 복위를 꾀하다가 발각되어 처형당했다. 문집으로 『근보집』이 있다.

성혼(成渾, 1535~1598) : 조선 전기의 문인으로 호는 우계(牛溪). 1594년(선조 28) 유성룡과 함께 일본과의 화의를 주장하다가 관직을 삭탈당하고, 인조 때 복직되었다. 이이와 6년 동안에 걸쳐 사단칠정(四端七情)에 대한 논쟁을 벌였다. 문집으로 『우계집』이 있다.

소백주(小栢舟, 생몰년 미상) : 광해군 때 평양에서 활동했던 기녀. 평안도 관찰사인 박엽이 장기를 둘 때 장기판의 말 이름을 이용해 지은 시조가 남아 있다.

송계연월옹(松桂煙月翁, 생몰년 미상) : 조선 영조 때의 가창자로, 본명은 알 수 없다. 『고금가곡』의 편찬자로, 자신의 시조 14수가 수록되어 있다.

송순(宋純, 1493~1583) : 조선 전기의 문인으로 호는 면앙정(俛仰亭). 여러 벼슬을 거쳐 좌찬성 등을 역임했다. 만년에는 담양에 은거하면서, 정철 등과 어울려 독서와 음악으로 소일하며 지냈다. 문집으로 『면앙집』이 있으며, 「면앙정가」 등의 가사를 지었다.

송인(宋寅, 1517~1584) : 조선 전기의 문인으로 호는 이암(頤庵). 중종의 셋째 서녀인 정순옹주와 결혼해 여성위(礪城尉)가 되고, 명종 때 여성군(礪城君)에 봉해졌다. 만년에는 선조의 자문 역할을 했으며, 시문과 글씨에 능했다. 문집으로 『이암유고』가 있다.

신헌조(申獻朝, 1752~1807) : 조선 후기의 문인으로 호는 죽취당(竹醉堂). 신흠의 8대손으로 여러 관직을 두루 거쳤다. 시조집인 『봉래악부』를 편찬했다.

신흠(申欽, 1566~1628) : 조선 전기의 문인으로 호는 상촌(象村) 등. 1586년(선조 19) 별시에 급제한 뒤 요직을 두루 거쳤다. 1613년 계축옥사가 일어나자 파직되었다. 1616년 인목대비의 폐비 등으로 춘천에 유배되었으며, 1621년 사면되었다. 조선 전기 한문사대가(漢文四大家)의 한 사람으로 꼽힌다. 문집으로 『상촌집』이 있다.

신희문(申喜文, 생몰년 미상) : 조선 후기에 활동했던 가창자. 『청구영언』 육당본에 그의 시조 14수가 수록되어 전한다.

안민영(安玟英, 1816~1885?) : 19세기에 활동했던 가창자로 호는 주옹(周翁)·구포동인(口浦東人) 등. 박효관과 함께 『가곡원류』를 편찬했으며, 당시의 음악계를 주도했다. 그가 편찬한 『금옥총부』에는 자작 시조 180수가 수록되어 전하고 있다.

안서우(安瑞羽, 1664~1735) : 조선 후기의 문인으로 호는 양기재(兩棄齋). 태안 군수와 울산 부사를 지냈으며, 문집으로 『양기재산고』가 있다.

오경화(吳擎華, 생몰년 미상) : 조선 후기에 활동했던 가창자. 김수장이 편찬한 『해동가요』의 가객 명단인 '고금창가제씨'에 이름이 올라 있으며, 다른 가집에 '동국 명가'로 소개되어 있다.

우탁(禹倬, 1262~1342) : 고려 후기의 문인으로 호는 백운(白雲) · 역동(易東) 등. 문과에 급제, 영해사록(寧海司錄)이 되었으며 사당(祠堂)을 철폐했다. 원나라를 통해 들어온 정주학 서적을 처음으로 해득해, 이를 후진에게 가르쳤다.

원천석(元天錫, 1330~?) : 고려 말, 조선 초의 문인으로 호는 운곡(耘谷). 고려 말 정치 상황의 문란함를 개탄해, 치악산으로 들어가 농사를 지으며 부모를 봉양하고 이색 등과 교유하며 지냈다. 일찍이 조선 태종을 가르친 일이 있어, 태종이 왕위에 올랐을 때 그에게 여러 번 벼슬을 내렸으나 거절했다. 문집으로 『운곡시사』가 있다.

월산대군(月山大君, 1454~1488) : 조선 전기의 왕족으로 이름은 이정(李婷), 호는 풍월정(風月亭)이며 성종의 형이다. 1471년(성종 2) 월산대군으로 봉해졌다. 양화도 북쪽 언덕에 위치한 희우정을 개축해 망원정이라 하고, 이곳에서 강호를 벗 삼으며 지냈다. 문집으로는 『풍월정집』이 있다.

위백규(魏伯珪, 1727~1798) : 조선 후기의 문인으로 호는 존재(存齋). 어려서부터 향촌에서 공부하면서 향촌 교화에 힘썼다. 과거에 계속 응시했으나 급제하지 못하고, 1794년(정조 18) 학행으로 천거되어 옥과현감(玉果縣監) 등을 역임했다. 문집으로 『존재집』이 있으며, 「자회가」 등의 가사와 시조인 「농가」가 있다.

유성원(柳誠源, ?~1456) : 조선 전기의 문인으로 호는 낭간(琅玕). 사육신 중의 한 사람이다. 집현전 학사로 세종의 총애를 받았다. 1453년(단종 1) 수양대군의 협박에 정난공신을 녹훈하는 교서를 썼으나, 그 뒤 성삼문 등과 단종의 복위를 모의하다가 발각되어 1456년(세조 2) 자결했다.

윤선도(尹善道, 1587~1671) : 조선 전기의 문인으로 호는 고산(孤山). 1628년(인조 6) 별시문과 초시에 장원급제한 뒤, 봉림대군의 사부와 사헌부지평 등 요직을 두루 거쳤다. 생애의 20여 년을 귀양살이로, 19년을 은거 생활로 보냈다. 그는 특히 시조에 뛰어나 정철의 가사와 더불어 시가사상 쌍벽을 이룬다. 문집으로 『고산유고』가 있고, 「어부사시사」 등의 시조가 전한다.

이명한(李明漢, 1595~1645) : 조선 전기의 문인으로 호는 백주(白洲). 1616년(광해군 8) 증광 문과에 급제, 대사헌 · 도승지 · 대제학 등을 역임했다. 1643년(인조 21) 이경여 등과 함께 척화파라 하여 심양에 잡혀갔었으며, 1645년에는 명나라와 밀통하는 자문을 썼다 하여 청나라에 잡혀가기도 했다. 문집으로 『백주집』이 있다.

이색(李穡, 1328~1396) : 고려 후기의 문인으로 호는 목은(牧隱). 1341년(고려 충혜왕 복위 2)에 진사가 되고, 1348년(고려 충목왕 4) 원나라에 가서 국자감의 생원이 되어 성리학을 연구했다. 조선 개국 후 이성계의 출사 종용이 있었으나 끝내 이를 거절하고 1396년 여강으로 가다가 죽었다. 문집으로 『목은집』이 있다.

이순신(李舜臣, 1545~1598) : 조선 전기의 무인. 1592년(선조 25) 임진왜란이 일어나자, 좌수영의 수군을 이끌고 옥포 등의 해전에서 큰 공을 세웠다. 1598년(선조 31) 노량해전에서 왜적의 유탄에 맞아 전사했다.

이이(李珥, 1536~1584) : 조선 전기의 문인으로 호는 율곡(栗谷). 어려서부터 아홉 차례나 여러 과거에 장원하여 '구도장원공(九度壯元公)'이라 불렸으며, 대사헌, 홍문관 대제학 등을 지냈다. 이황과 함께 우리나라 유학의 쌍벽을 이룬다. 문집으로는 『율곡집』이 있으며, 연시조인 「고산구곡가」가 전한다.

이재(李在, 생몰년 미상) : 조선 후기의 문인. 서천군 이광의 손자로, 1760년(영조 36) 영천 군수를 지내고 한성부 서윤에 이르렀다. 글씨를 잘 썼다고 한다.

이정보(李鼎輔, 1693~1766) : 조선 후기의 문인으로 호는 삼주(三洲). 1732년(영조 8) 문과에 급제했고, 대사간 등의 벼슬을 지냈다. 성품이 강직하여 직언을 서슴지 않아 여러 차례 파직당했다. 한시와 사륙문에 능했으며, 퇴임 뒤 자신의 집에서 가창자를 양성할 정도로 음악에 관심이 깊었다.

이정신(李廷藎, 생몰년 미상) : 조선 후기의 가창자로 호는 백회재(百悔齋). 벼슬은 현감에 이르렀다고 하며, 『가곡원류』 등의 가집에 그의 시조가 전한다.

이중집(李仲集, 생몰년 미상) : 신원 미상의 인물. 『청구영언』에 작품 한 수가 수록되어 있으나, 활동 연대와 신분에 관해서는 기록이 남아 있지 않다.

이항복(李恒福, 1556~1618) : 조선 전기의 문인으로 호는 백사(白沙). 1580년(선조 13) 알성문과에 급제해 영의정까지 지냈다. 오성부원군에 봉군되어, 오성대감으로 널리 알려졌다. 문집으로 『백사집』이 있다.

이현보(李賢輔, 1467~1555) : 조선 전기의 문인으로 호는 농암(聾巖). 1498년(연산군 4) 문과에 급제했다. 사관원 정언으로 있을 때 서연관의 잘못을 논박하다가 귀양살이를 했다. 중종반정 후 복직되어 형조참판에 이르렀다. 문집으로 『농암집』이 있으며, 「어부가」 등의 시조를 남겼다.

이황(李滉, 1501~1570) : 조선 전기의 문인으로 호는 퇴계(退溪). 1534년(중종 29) 식년시에서 문과에 급제했다. 1568년(선조 1) 홍문관과 예문관의 대제학을 겸직하고, 다음해 고향으로 돌아갔다. 문집으로 『퇴계전서』가 있고, 연시조인 「도산십이곡」이 전한다.

임제(林悌, 1549~1587) : 조선 전기의 문인으로 호는 백호(白湖). 1577년(선조 10) 알성문과에 급제했으며, 예조정랑과 지제교를 역임했다. 당시 동서 사이의 당쟁을 개탄하여, 명산을 찾아다니며 여생을 보냈다. 문집으로 『백호집』이 있으며, 「수성지」 등의 소설이 전한다.

정극인(丁克仁, 1401~1481) : 조선 전기의 문인으로 호는 불우헌(不憂軒). 단종이 왕위를 찬탈당하자 사직하는 등 절의가 높고 벼슬을 탐하지 않았다. 1472년(성종 3) 후진 양성에 힘쓴 공으로 삼품교관이 되었다. 가사 「상춘곡」을 지었다.

정도전(鄭道傳, 1342~1398) : 조선 초의 문인으로 호는 삼봉(三峰). 이색의 문하에서 수학했으며 정몽주 등과 교유했고, 조준 등과 이성계를 추대해 조선 건국에 결정적 역할을 했다. 후에 이방원에 의해 피살되었다. 문집으로는 『삼봉집』이 있다.

정철(鄭澈, 1536~1593) : 조선 전기의 문인으로 호는 송강(松江). 1551년(명종 6) 전라도 창평으로 이주하여 지내며 임억령 등과 교유했다. 1561년 진사시, 1562년 별시 문과에 장원급제하여 벼슬길에 나아갔다. 문집으로 『송강집』이 있고, 「관동별곡」 등의 가사와 「훈민가」 등의 시조가 전한다.

조존성(趙存性, 1554~1628) : 조선 전기의 문인으로 호는 용호(龍湖). 1590년(선조 23) 증광문과에 급제해, 검열 등을 지내다가 정철의 일당이라 하여 파직되었다. 인조반정 뒤 복직되어 지의금부사에 올랐으며, 정묘호란 때 호조판서를 역임하다 병사했다. 시조로 「호아곡」 4수가 전한다.

주세붕(周世鵬, 1495~1554) : 조선 전기의 문인으로 호는 신재(愼齋). 1541년(중종 36) 풍기 군수로 부임해, 1543년 교육기관인 백운동서원을 세웠다. 저서로는 『죽계지』와 『무릉잡고』가 있으며, 「도동곡」 등의 경기체가와 「훈민가」 등의 시조를 지었다.

채유후(蔡裕後, 1599~1660) : 조선 전기의 문인으로 호는 호주(湖洲). 1636년 병자호란 때 집의로서 왕을 호종했고, 김류 등의 강화 천도 주장을 반대해 주화론 편에 섰다. 문집으로 『호주집』이 있다.

하위지(河緯地, 1412~1456) : 조선 전기의 문인으로 호는 단계(丹溪), 사육신의 한 사람. 세종 때 집현전 학사로 활동했으며, 벼슬은 예조판서에 이르렀다. 단종 복위를 꾀하다가 순절했다.

한용운(韓龍雲, 1879~1944) : 승려, 시인, 독립운동가. 3·1운동 때 민족대표 33인의 한 사람으로 독립선언서에 서명했으며, 체포되어 3년여의 옥고를 겪었다. 1926년 출간된 시집 『님의 침묵』은 한국문학사에서 기념비적인 위치를 차지한다.

한우(寒雨, 생몰년 미상) : 조선 전기에 활동했던 기녀. 선조 때 임제와 가까이 자내던 평양 기생으로, 임제가 부른 「한우가」에 화답한 시조가 전한다.

한호(韓濩, 1543~1605) : 조선 전기의 문인으로 호는 석봉(石峰). 1567년(명종 22) 진사시에 합격하고, 1604년(선조 37) 흡곡현령 등을 역임했다. 사자관으로 국가의 여러 문서와 명나라에 보내는 외교 문서를 도맡아 썼고, 중국에 사절이 갈 때도 서사관으로 파견되어 중국에까지 필명을 널리 알렸다.

홍랑(洪娘, 생몰년 미상) : 조선 전기의 기녀. 1573년(선조 6) 최경창이 북평사로 경성에 머물 때에 연을 맺었다. 임진왜란 중에도 최경창의 시고(詩稿)를 간직했으며, 죽어서는 고양에 있는 그의 묘 아래에 묻혔다.

홍섬(洪暹, 1504~1585) : 조선 전기의 문인으로 호는 인재(忍齋). 1531년(중종 26) 문과에 급제했고, 1535년(중종 30) 이조좌랑으로서 김안로의 전횡을 탄핵하다가 유배되었다. 1571년(선조 4) 좌의정이 되고, 그 뒤 영의정을 세 번 중임했다. 문집으로 『인재집』이 있다.

황진이(黃眞伊, 생몰년 미상) : 조선 전기의 기녀. 진이·진랑이라고도 하며, 기명은 명월(明月)이다. 아름다운 용모에다 뛰어난 글재주를 갖추었고, 유명한 선비들과 어울리며 한시와 시조를 지었다. 당대의 대학자인 서경덕, 박연폭포와 더불어 '송도삼절'이라 일컬어졌다.

작가 찾아보기

권호문 285
길재 138, 143
김광욱 170, 285, 287
김득연 44, 46
김상헌 108
김성기 358
김성최 161
김수장 131, 311, 348, 351, 364, 366
김연준 83
김영 196
김응하 263, 265
김이익 40
김장생 95
김종서 257
김창업 343
김천택 25, 267, 289, 364
김태석 310
남이 257, 261, 272
낭원군 56, 59
맹사성 73
박인로 127, 153
박효관 222, 225, 348
성삼문 53, 112, 114
성혼 76, 78, 339
소백주 382
송계연월옹 62, 245
송순 97, 106
송인 175
신헌조 212

신흠 38, 168, 212, 326
신희문 46, 215
안민영 225, 347
안서우 326
오경화 129
우탁 239
원천석 138, 141
월산대군 320, 322
위백규 305
유성원 53
윤선도 17, 95, 97, 300, 339
이명한 240, 243, 306
이색 136, 143
이순신 263
이이 92
이재 305
이정보 55, 157, 160, 280, 283, 343, 346
이정신 249
이중집 178
이항복 112
이현보 76, 87, 280
이황 14, 51, 87, 328
임제 377, 380
정극인 70
정도전 144, 148
정철 61, 104, 120, 153, 175, 177, 339
조존성 300, 303
주세붕 124
채유후 171
한용운 204
하위지 53, 320
한우 377
한호 339, 341
홍랑 206, 209
홍섬 358
황진이 139, 191, 206, 222, 377

작품 찾아보기

가노라 삼각산아 108
가을 타작 다한 후에 343
강호사시가 73
강호에 놀자 하니 285
강호에 봄이 드니 73
객산문경 하고 320
거문고 대현 올라 61
거문고 술 꽂아 놓고 343
거문고 타자 하니 61
고산구곡가 92
고산 구곡담을 92
곳구룡 우는 소리에 129
공명과 부귀와랑 289
구포동인 춤을 추고 347
굴레 벗은 천리마를 358
귀거래 귀거래 말뿐이오 280
귀거래 귀거래 한들 280
꽃 피면 달 생각하고 157
꽃 피자 술이 익고 157
꿈으로 차사를 삼아 227
나무도 돌도 바히 없는 뫼에 215
나 보기 좋다 하고 382
남으로 삼긴 중에 152
내 마음 베어 내어 104
내 벗이 몇이나 하니 95
내 언제 무신하여 222
내 집이 깊고 깊어 55
노래같이 좋고 좋은 것을 347
노래로 두고 보면 40

노래 삼긴 사람 38
농가 307
뉘라서 날 늙다 하는고 178
뉘라서 이르기를 212
늙어 좋은 일이 249
님 그린 상사몽이 222
님의 침묵 203
다나 쓰나 이탁주 좋고 171
대장부 되어 나서 267
도산십이곡 14, 51, 87, 328
동짓달 기나긴 밤을 191
동짓달 밤 길단 말이 191
두고 가는 이별 215
두 눈에 고인 눈물 212
둘러내자 둘러내자 305
뒷집의 술쌀을 꾸니 170
떳떳 상 평할 평 368
마음아 너는 어이 245
말 없는 청산이오 76
매아미 맵다 울고 32
묏버들 가려 꺾어 206
반나마 늙었으니 240
백두산석마도진 272
백발에 화냥노는 년이 249
백설이 잦아진 골에 142
버들은 실이 되고 29
번방곡 210
벗을 사귈진댄 153
베잠방이 호미 메고 46
봉래산가 115
부러진 활 꺾어진 총 368
부채 보낸 뜻을 227
북천이 맑다커늘 377
비 오는데 들에 가랴 300
사람 내실 적의 127
사랑이 어떻더냐 187
사랑을 찬찬 얽동여 197
삭풍은 나무 끝에 불고 257
산중에 책력 없어 331
산촌에 눈이 오니 326
삼나무에 그네 매어 187
상공을 뵈온 후에 382
상춘곡 70
샛별 지고 종다리 떴다 305
서방님 병들여 두고 129
석상에 자오동을 56

선인교 나린 물이 144
수박같이 두렷한 님아 386
술이 몇 가지요 168
십 년 가온 칼이 263
십 년을 경영하여 95
아흔아홉곱 먹은 노장이 178
아희야 죽조반 다오 300
어부단가 76
어이러뇨 어이러뇨 25
어이 얼어 자리 377
어져 내 일이야 206
연 심어 실을 뽑아 196
연하로 집을 삼고 87
오늘은 비 개건야 310
오륜가 124, 127, 153
오백 년 도읍지를 138
오우가 95, 97
옥을 돌이라 하니 358
율리유곡 170, 287
이 몸이 죽어 가서 112
이보오 내 머리가 245
이 중에 시름 없으니 76
일정 백년 산들 175
자네 집에 술 익거든 161
자상특사황국옥당가 106
잔 들고 혼자 앉아 17
장검을 빼어 들고 다시 앉아 267
장검을 빼어 들고 백두산에 257
재 넘어 성권농 집에 339
저 건너 명당을 얻어 310
전원에 남은 흥을 289
주문의 벗님네야 363
중놈은 승년의 머리털 잡고 387
지아비 밭 갈러 간 데 124
짚 방석 내지 마라 339
창노래 232
창 내고저 창을 내고저 231
철령 높은 봉에 112
청산에 살리라 82
청산으로 울을 삼고 326
초당에 일이 없어 53
추강에 밤이 드니 320
춘산에 눈 녹인 바람 239
칠십 년 다 지낸 후에 44
푸른 산중 백발옹이 331

풍상이 섞어 친 날에 106
하우요 300
한거십팔곡 285
한 달 서른 날의 175
한 몸 둘로 나눠 120
한산도가 263
한산섬 달 밝은 밤에 263
한우가 377
한 자 쓰고 눈물 지고 231
헛글고 싯근 문서 285
호기가 258
호아곡 303
홍진에 묻힌 분네 70
환욕에 취한 분네 364
회고가 139, 141
효빈가 280
훈민가 120, 153
흥망이 유수하니 138

조선의 영혼을 훔친 노래들

시조로 만나는 조선의 풍경

초판 1쇄 발행 2008년 3월 14일
개정판 1쇄 발행 2019년 8월 5일

지은이 김용찬
펴낸이 오은지
책임편집 변홍철
디자인 박대성
펴낸곳 도서출판 한티재 | 등록 2010년 4월 12일 제2010-000010호
주소 42087 대구시 수성구 달구벌대로 492길 15
전화 053-743-8368 | 팩스 053-743-8367
전자우편 hantibooks@gmail.com | 블로그 www.hantibooks.com

ISBN 978-89-97090-99-0 04810
ISBN 978-89-97090-73-0 (세트)

책값은 뒤표지에 있습니다.

이 도서의 국립중앙도서관 출판예정도서목록(CIP)은 서지정보유통지원시스템
홈페이지(http://seoji.nl.go.kr)와 국가자료공동목록시스템
(http://www.nl.go.kr/kolisnet)에서 이용하실 수 있습니다.
(CIP제어번호: CIP2019019228)